KB242959

S·I·R

Simplicity ♡단순   Ignorance ♡무식   Radical ♡과격

S · I · R 4
최영채 판타지 장편 소설

초판 1쇄 찍은 날 § 2002년 11월 12일
초판 1쇄 펴낸 날 § 2002년 11월 23일

지은이 § 최영채
펴낸이 § 서경석

편집장 § 문혜영
편집 § 장상수 · 박영주 · 김희정 · 권민정 · 이종민
마케팅 § 정필 · 강양원 · 김규진

펴낸곳 § 도서출판 청어람
등록번호 § 제1081-1-89호
등록일자 § 1999. 5. 31
어람번호 § 제1-0314호

주소 § 경기도 부천시 원미구 심곡1동 350-1 남성B/D 3F (우) 420-011
전화 § 032-656-4452 팩스 § 032-656-4453
http://www.chungeoram.com
E-mail § eoram99@chollian.net

ⓒ 최영채, 2002

값 7,500원

ISBN 89-5505-431-9 (SET)
ISBN 89-5505-527-7 04810

※ 파본은 본사나 구입하신 서점에서 교환하여 드립니다.
※ 저자와 협의하여 인지를 붙이지 않습니다.

최영채 판타지 장편소설

S·I·R

Simplicity 단순　　Ignorance 무식　　Radical 과격

4 연인(戀人)

도서출판

청어람

목 차

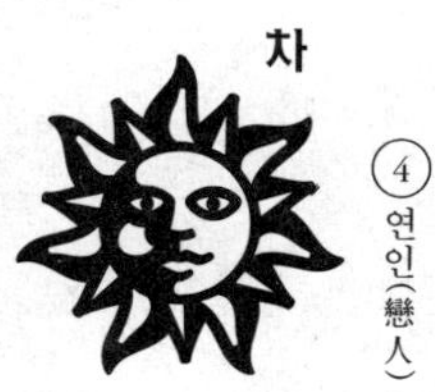

자네들은 진심으로 사랑하는 사이인가?

자네들은 진심으로 사랑하는 사이인가?

석양.

마치 피를 흘리는 듯 너무도 선명한 붉은색을 띠고 있는 서쪽 하늘은 보는 사람의 마음을 섬뜩하게 만들기에 충분했다. 그런 하늘을 말없이 바라보고 있는 거구의 사내.

언제부터 그곳에 있었는지 알 수는 없지만 그의 등을 보다 보면 언제까지라도 움직이지 않을 것 같은 바위 같은 장중한 분위기가 느껴졌다.

이미 석양은 사라지고 한 치 앞도 볼 수 없을 정도의 어둠이 내렸건만 사내는 움직일 생각이 없는 듯 그 자세에서 미동도 하지 않고 서 있을 뿐이었다.

"여기서 뭘 하고 계십니까?"

듀오네가 다가서며 말을 건넸지만 상대는 듣지 못했는지 꼼짝도 하지 않았다.

"시미니언님."

듀오네가 이름을 부르자 그제야 샤리프는 천천히 몸을 돌려 상대를 바라봤다.

"무슨 일인가?"

"저녁 식사 시간이 지났는데도 보이지 않으시기에 찾으러 왔습니다."

"난 생각이 없네. 자네나 어서 식사를 하도록 하게."

"무슨 걱정이 계십니까?"

샤리프는 듀오네의 얼굴을 바라보았다.

"왜 그렇게 생각하나?"

"제가 보기엔 걱정이 있으신 것처럼 보이는군요."

"내 개인적인 일을 잠시 생각하고 있었네."

씁쓸한 표정을 짓는 샤리프의 얼굴을 본 듀오네는 더 이상 질문을 할 수가 없었다.

"그보다 자네는 정말 드래곤 슬레이어가 되려고 하는가?"

이번엔 듀오네가 씁쓸한 표정을 지었다.

"그게 현실적으로 가능한 일이겠습니까?"

"그렇다면 베네스트 후작을 어떻게 설득할 생각인가?"

"저도 아직까지는 별다른 방법을 찾지 못해 답답할 뿐입니다. 드래곤 슬레이어가 되는 것은 현실적으로 불가능한 일이고, 그렇다고 레이디 라그나와 헤어진다는 일은 제가 받아들일 수 없습니다. 대체 이 일을 어떻게 처리해야 좋을지 모르겠습니다. 휴우~"

듀오네의 입에서는 긴 한숨이 흘러나왔고, 그런 듀오네를 바라보는 샤리프의 눈길에는 깊은 연민이 담겨 있었다.

"레이디 라그나가 이곳으로 왔다는 사실을 베네스트 후작은 모르고 있는 것 같은데, 내 말이 맞는가?"

"제가 짐작하기에도… 아마 그럴 겁니다."

"레이디 라그나가 자신의 아버지를 피해 이곳까지 온 이유가 무엇인지 혹시 그 이유를 알고 있는가?"

샤리프의 질문에 듀오네는 순간 어금니를 깨물며 주먹을 불끈 쥐었다. 그런 듀오네의 모습에서 강렬한 적의를 느낀 샤리프는 그가 입을 열 때까지 묵묵히 기다렸다.

듀오네가 입을 연 것은 한참 후의 일이었다.

"레이디 라그나가 그녀의 아버지를 피해 이곳까지 온 이유는 그녀의 아버지가 그녀를 강제로 결혼시키려고 하기 때문입니다. 그런데 그 상대가 누군지 아십니까? 현 레트로니아 왕국의 국왕인 아리오 폐하란 말입니다."

"흐음~ 그런 일이 있었군. 하지만 내가 알기론 국왕의 나이가 50이 넘은 것으로 알고 있는데……."

"그래서 제가 베네스트 후작에게 이렇게 분노를 느끼는 겁니다. 단지 자신이 출세하기 위해 자신의 딸을 나이 든 사람에게 팔아넘긴다는 것이 말이나 되는 소리입니까?"

부들부들 몸을 떠는 듀오네의 모습에 샤리프는 아무런 말도 할 수 없었다.

"진정하게. 내가 그 이야기를 꺼낸 이유는, 다름이 아니라 잠시 동안 이곳을 떠나 있는 것은 어떨까 하는 생각 때문이라네."

"이곳을 떠나 있다니…… 그게 무슨 말씀이십니까?"

샤리프의 말을 이해하지 못한 듀오네는 영문을 모르겠다는 표정으로 샤리프를 바라봤다.

"드래곤 슬레이어가 되는 것이 현실적으로 불가능하다는 것은 자네도 잘 알고 있을 것이네. 게다가 자네의 상대는 막강한 권력을 가지고 있는 베네스트 후작이 아닌가. 레이디 라그나의 일을 원만하게 처리하려면 다른 방법을 찾아야 하는데, 그것이 현실적으로 그리 간단한 일은 아니라고 생각하네. 그렇다면 현자나 덕망있는 프리스트를 찾아 그들에게 자네의 일을 상의해 보는 것은 어떨까 하는 것이 내 생각이라네. 난 두 사람의 사랑이 이루어지기를 진심으로 바라지만 그것으로 인해 두 사람이 평생 동안 베네스트 후작을 피해 도망자 생활을 하는 것은 결코 바라지 않는다네. 자네 또한 그럴 것이고 말이야. 레이디 라그나가 이곳에 있으면 한동안 그녀의 안전은 보장될 듯하니 자네도 잠시 이곳을 떠나 냉정함을 찾아 장래에 대해 신중히 생각해 보는 것이 두 사람에게 도움이 될 것 같은데…… 자네 생각은 어떤가?"

샤리프의 말에 듀오네의 안색은 딱딱하게 굳어졌지만, 그것은 단순히 그의 말이 듣기 싫어서가 아니었다.

사실 그의 말처럼 두 사람이 서로의 사랑만 믿고 세상에서 잠적한다는 것은 그리 간단한 일이 아니다.

첫째, 베네스트 후작이 가만히 있을 리 만무하고, 둘째, 그런 고생을 하기에는 라그나가 너무나 허약했기 때문이다. 설사 라그나가 자신을 믿고 따라나선다고 하더라도 사랑하는 여인을 고생시키고 싶지 않은 마음은 듀오네 역시 여느 사내와 마찬가지였다.

샤리프의 말은 그동안 라그나에 대해 맹목적이던 듀오네에게 여러 가지를 시사하고 있었다.

"시미니언님의 말씀을 듣고 보니 제가 너무 계획없이 행동했다는 생각이 드는군요. 시미니언님의 말씀대로 생각할 시간을 갖는 것이 좋을 것 같습니다."

"내 충고를 받아들인다니 다행이군."

"예?"

"후후후, 왜 이런 말이 있지 않은가. '사랑하는 사람은 장님이 된다'는 말을 자네는 들어본 적이 없는가? 남녀 간에 사랑의 감정이 일단 싹트게 되면 남의 말은 절대 듣지 않는다고들 하는데, 그럼에도 불구하고 자네는 내 충고를 받아들일 정도의 판단을 할 수 있다니 이게 다행한 일이지 않고 뭐겠는가? 후후후."

샤리프의 나직한 웃음에 듀오네는 쑥스러운 표정을 감추지 못했다.

가만히 생각해 보니 라그나에게 사랑을 느낀 이후부터는 어떻게 하면 그녀와 만날 수 있을까 그 방법만을 찾았고, 그녀와 만날 수 없는 현실에 괴로워하기만 했던 것 같다는 생각이 불현듯 들었다.

자신에게 갑자기 찾아든 낯선 감정에 처음 얼마나 당황했는지 분명히 기억이 났다. 그녀를 처음 본 순간 온몸이 강한 전류에 감전된 것처럼 꼼짝도 하지 못했던 당시의 모습이 지금도 눈에 선했다.

"그럼 시미니언님께서는 어떻게 할 생각이십니까?"

"뭘 말인가?"

"곧 이곳을 떠나실 것 아닙니까?"

"그래야겠지."

"만약 실례가 되지 않는다면 시미니언님과 동행을 해도 괜찮을까요?"

듀오네의 조심스런 말에 샤리프는 곧 고개를 끄덕였다.

"나야 상관없네만."

"시미니언님을 뵙게 된 후 많은 것을 배웠습니다만 좀 더 배우고 싶다는 생각이 들어서 드린 말씀입니다."

"나 같은 위인에게서도 배울 것이 있었단 말인가?"

대답을 하는 샤리프의 얼굴에는 자조적인 기색이 잠시 스치고 지나갔다.

"그렇지 않습니다. 이 며칠간 시미니언님께 배운 것이 몇 년 동안 배운 것보다 더 많습니다. 이런 기회가 흔한 것이 아니니 좀 더 배우고 싶습니다."

"자네는 배울 것이 있다고 말했지만 솔직히 난 그것이 뭔지 모르겠네. 하지만 자네에게 도움이 된다니 다행한 일이군. 얼마 동안이나 함께 있을지는 모르지만 잘 지내보세."

"아닙니다, 오히려 제가 부탁드리고 싶은 말입니다. 앞으로 잘 부탁드리겠습니다."

듀오네의 깍듯한 인사에 샤리프는 고개를 끄덕였다.

멀리 성벽 위에 켜져 있는 마법등이 밤하늘의 별처럼 아득하게 보였다.

아침 식사를 마친 샤리프는 우선 성안 사람들에게 작센 지방에 있는 용병 길드의 위치를 물었다. 그들이 가르쳐 준 가장 가까운 곳은 성에서 거의 40엠파렌 떨어진 엘리힐이란 곳이었는데, 그곳은 작센 지역에서 가장 큰 도시였다.

샤리프는 이야기를 듣는 즉시 성을 출발했다.

엘리힐 시가 가장 큰 도시이기 때문인지 엘리힐로 가는 길은 잘 닦여 있어 시간을 상당히 절약할 수 있었다.

성을 출발한 지 2시간 만에 샤리프는 엘리힐 시에 도착했다.

도로 위를 가득 메운 사람들의 표정은 한결같이 밝았고, 더워진 날씨 탓인지 사람들의 옷차림은 대부분 가볍고 화사했다. 햇볕을 가리기 위한 양산을 든 여인들의 모습도 심심치 않게 보였다.

남다른 용모와 체격을 가진 탓에 성문을 지키는 경비병들과의 시비를 걱정했지만 그것은 샤리프의 기우에 불과했다. 경비병들은 그의 복장이 용병 차림인 것을 보고는 신경도 쓰지 않았다.

도시 안으로 들어선 샤리프는 도시의 규모가 자신의 예상보다 훨씬 크다는 것을 깨달았다.

잘 정비된 도로와 즐비하게 늘어선 각종 상점과 건물들, 그리고 환한 표정을 짓고 거리를 오가는 사람들의 모습.

과거의 그였다면 레트로니아 왕국에 사는 사람들이야말로 신의 축복과 사랑을 받는 유일한 국민들이라고 생각했을 것이다. 보이는 모든 것들이 너무나도 눈부셔 보였기 때문이다.

머리를 흔들며 정신을 차린 샤리프는 곧 곁을 지나가는 근육질의 사내에게 말을 걸었다.

"죄송하지만 말씀 좀 묻겠습니다."

누군가가 자신에게 말을 걸자 사내는 험악한 표정을 지으며 고개를 돌렸다. 하지만 그의 얼굴은 눈 깜짝할 사이에 원래의 표정으로 돌아가 있었다. 아니, 간사스러운 미소까지 지으며 아양(?)을 떨었다.

"헤헤헤, 무슨 일이십니까?"

"이곳에 용병 길드가 있습니까?"

"물론입죠. 그리고 보니 용병 길드에 가입하러 가시는 모양이군요.

이 길을 쭉 따라가시다가 빨간 지붕으로 장식된 건물을 끼고 오른쪽으로 돌아가시면 정면에 보이는 건물이 바로 이곳 엘리힐에서 가장 큰 다이먼 용병 길드 건물입니다. 찾기가 그리 어렵지 않으실 겁니다."

"감사합니다."

샤리프가 인사를 하고 말을 몰아 그 자리를 떠나자 사내는 그런 샤리프의 뒷모습을 바라보며 고개를 절레절레 흔들었다.

"나도 덩치만은 누구에게도 뒤지지 않는다고 자부해 왔는데…… 정말 더럽게도 체격이 좋군."

사내의 설명대로 용병 길드를 찾는 것은 어렵지 않았다. 그리고 그의 말처럼 상당한 규모를 가진 건물이었다.

말 보관소에 말을 보관한 샤리프는 곧 건물 안으로 들어섰다. 샤리프를 발견한 사람들은 하나같이 그의 체격에 놀라움을 감추지 못하면서 황급히 뒤로 물러섰다.

접수대로 다가간 샤리프는 안내원을 찾았다.

"레이디, 잠시 물어볼 것이 있어 들렀소."

"무슨 일인가요? 어머!"

대답과 함께 고개를 돌리던 젊은 여성은 샤리프의 모습을 발견하고는 깜짝 놀라고 말았다.

그 모습에 샤리프는 씁쓰름한 표정을 짓지 않을 수 없었다. 이제는 그만 익숙해질 만도 하건만 자신을 보고 놀라는 사람들의 모습을 발견할 때마다 씁쓸한 마음이 드는 것만은 그로서도 어쩔 수 없었다.

"죄, 죄송해요. 그, 그런데 무슨 일로 저희 다이먼 길드를 찾으신 건지……."

“잠시 물을 것이 있어서 왔소.”

“말씀하세요.”

“혹시 이 다이먼 길드가 카로프 용병 길드와 협력 관계에 있는 길드인지 일단 그것을 알고 싶소.”

“하이네브르크 시에 있는 그 카로프 용병 길드를 말씀하시는 건가요?”

“그렇소.”

“그럼 카로프 용병 길드 소속 용병이십니까?”

“그렇진 않소. 하지만 그곳 소속 용병인 안드레이란 분과 렉스란 분을 알고 있소. 사실 이곳을 찾은 이유도 안드레이란 분이 남기신 메시지가 혹시 있지 않나 해서요.”

“잠시만 기다려 주세요.”

젊은 여성은 그 말만을 남기고 그 자리를 떠났다. 그리고 곧 돌아온 여성 곁에는 중년의 탄탄한 체구를 가진 사내가 서 있었다.

“듣기에 카로프 용병 길드의 안드레이 조장과 잘 아는 사이시라고요?”

“아니, 그렇게 잘 아는 사이는 아닙니다. 다만 그분께서 제가 쫓고 있는 자에 대한 정보가 입수되면 카로프 용병 길드나 협력 관계에 있는 길드에 메시지를 남겨놓겠다고 해서 이렇게 찾아오게 된 겁니다.”

“그럼 귀하의 이름은 어떻게 되시오?”

“샤리프 델 시미니언이라고 합니다.”

“출신은?”

“제라스탄 왕국입니다.”

샤리프의 대답을 들은 중년 사내는 고개를 끄덕였다.

"번거롭게 해서 죄송하오만 안드레이 조장이 메시지를 확인할 상대의 인상착의를 가르쳐 주긴 했지만 반드시 상대의 신분과 출신을 확인한 후에 알려주라고 하셨기 때문에 그런 것이니 이해해 주기 바라오."

중년 사내의 말에 샤리프는 조금씩 심장이 빨리 뛰는 것을 느꼈다.

안드레이가 자신에게 전할 말이라면 자신의 원수인 사이나에 대한 새로운 정보를 입수한 것이 분명했기 때문이었다. 샤리프는 자신도 모르는 사이에 두 주먹을 불끈 쥐었다.

우두둑~ 끼끼낑~

순간 그의 양손에서 귓전을 자극하는 기이한 소음이 흘러나왔다. 특히 건틀릿을 낀 왼손에서 흘러나온 소름 끼치는 소리에 샤리프의 모습을 멍하니 쳐다보던 중년 사내는 자신도 모르게 몸서리를 쳤다.

자신이 용병 생활을 시작한 것이 10대 때의 일이니까 벌써 용병이 된 지도 30년이 넘었다.

그동안 그가 경험해 보지 못한 일이란 찾아보기 힘들 정도였다. 하지만 눈앞에 있는 이 사내와 같이 살벌한 기운을 내뿜는 용병은 한 번도 만나본 적이 없었다.

조금 전까지만 해도 드래곤 수백 마리가 눈앞에서 난리부르스를 떤다고 해도 눈 하나 깜짝 하지 않을 것처럼 보였던 사람이 자신의 한마디에 갑자기 돌변한 모습을 보이니 오히려 이야기를 꺼낸 자신이 더 놀랐다.

너무나 심하게 충혈이 되어 금방이라도 핏물을 쏟아낼 것 같은 눈동자, 검붉게 달아오른 얼굴, 살아 있는 생명체처럼 꿈틀거리는 혈관들, 그리고 폭발하기 일보 직전 같은 팽팽한 긴장감.

중년 사내는 그런 샤리프의 모습에 숨조차 제대로 쉴 수가 없었다.

“안드레이님의 전언이 무엇인지 어서 가르쳐 주시오.”

“전언은 레이노스 시에서 귀하가 쫓고 있는 사람을 발견했다는 것이오. 그리고 레이노스 시의 ‘고향’이라는 여관을 찾아 모네스와 바르미아라는 용병을 찾으면 자신이 있는 곳을 가르쳐 줄 것이라고 했소.”

“레이노스 시의 고향이라는 여관, 모네스와 바르미아라는 용병… 알겠소. 그리고 고맙소.”

그가 마지막 말을 마쳤을 때 그의 안색은 어느새 본래의 얼굴색으로 돌아와 있었다. 하지만 그의 전신에는 조금 전과는 비교도 할 수 없을 정도의 처절한 살기와 냉기가 뿜어져 나오고 있었다.

샤리프가 그곳을 떠나고도 한참 동안 중년 사내는 꼼짝도 할 수 없었다. 한참의 시간이 지난 후에야 진저리를 치며 몸을 떨었다.

“대체 저런 자와 원한을 맺은 자가 누구인지는 모르겠지만 잠은 고사하고 불안해서 숨이나 쉬고 살 수 있을지 의문이군.”

그리고는 다시 한 번 몸을 부르르 떨었다.

뉴리얼 성으로 돌아온 샤리프는 잠시 고민에 빠졌다.

안드레이가 사이나를 언제 발견한 것인지는 모르지만 지금까지 사이나가 레이노스 시를 떠나지 않고 있으리라고 믿기에는 무리가 있었다. 하지만 사이나에 대한 다른 단서나 정보가 전혀 없는 지금 레이노스 시로 가지 않을 도리가 없었다. 게다가 안드레이의 전언에 자신이 간절하게 기다리고 있던 딸에 대한 소식은 한마디도 언급되지 않았다는 점이 그를 더욱 조급하게 만들었다.

지금 샤리프의 뇌리를 지배하는 것은 한시라도 빨리 레이노스 시로 가려는 생각뿐이었다.

그가 많지도 않은 자신의 짐을 챙기고 있을 때 듀오네가 그런 샤리프의 모습을 보고는 서둘러 자신의 짐을 챙기기 시작했다.

"언제 출발할 생각이십니까?"

"내일 새벽에 출발할 생각이네."

"목적지는 어디입니까?"

"일단 레이노스 시에 들러 알아볼 일이 있네."

"알겠습니다. 그럼 저는 레이디 라그나께 작별 인사를 하고 오겠습니다."

"걱정하지 않도록 설명을 잘 해주게."

샤리프에게 인사를 하고 듀오네가 방을 나가자 샤리프는 다시 자신의 짐을 챙겼다.

이른 새벽.

어슴푸레한 마구간에서 듀오네가 오기를 기다리던 샤리프는 좀처럼 그가 나타나지 않자 조금 이상한 생각이 들었다. 그가 자신과의 약속을 잊을 리 없다는 것을 누구보다 잘 알고 있는 샤리프였기에 그가 아직까지 모습을 보이지 않자 가슴이 답답해졌다.

더 이상 기다리지 못하고 샤리프가 막 듀오네를 찾으러 마구간을 나가려는 순간 마구간 안으로 들어서는 사람이 있었다. 한 사람은 듀오네였지만 다른 한 사람은 본 적이 없는 왜소한 체구의 사람이었다.

지저분한 복장에 얼굴과 머리도 재와 흙투성이라서 원래의 얼굴을 전혀 알아볼 수 없었지만 그 체형만큼은 어디선가 본 적이 있다는 느낌이 들었다.

안절부절못하고 있는 듀오네와 죄인처럼 고개를 숙이고 있는 왜소한 체구의 사내.

세 사람 사이에는 어색한 분위기가 한동안 계속되었다.

"누군가?"

"저어……."

"누군지도 모르는 사람과 함부로 동행할 수는 없네."

"성을 빠져나가고 난 후에 이 사람의 정체를 밝히면 안 되겠습니까?"

곤란한 표정을 지으며 입을 여는 듀오네의 태도에 샤리프는 잠시 두 사람의 모습을 바라보고는 곧 말 위에 올랐다.

"서둘러 가도록 하세. 많이 늦었네."

다행히도 샤리프가 자신들의 동행을 허락하자 두 사람은 얼른 자신들의 말에 올랐다. 하지만 왜소한 체구의 사내는 말을 타본 적이 없는 듯 제대로 말 위에 오르지도 못했다. 그 모습에 말에서 내린 듀오네는 조심스럽게 왜소한 체구의 사내를 말 위에 오르도록 도왔다.

두 사람의 모습을 묵묵히 지켜보던 샤리프는 생각나는 것이 있는지 잠시 고개를 끄덕이다가 곧 말을 몰아 마구간을 빠져나갔다.

샤리프의 눈치를 보던 두 사람은 샤리프가 아무 말도 하지 않자 안도의 한숨의 쉬고는 재빨리 말을 몰아 샤리프의 뒤를 쫓았다.

약 10분 정도 달려 세 사람은 성의 정문에 도착했다.

성문을 지키고 있던 병사들은 세 사람의 모습을 발견하고는 곧 그들을 제지했다.

"말을 멈추시오. 그리고 귀하들의 정체를 밝히시오."

"우린 라그나 아가씨를 이곳까지 모시고 왔던 용병들이오. 임무를 마쳤기에 길드로 복귀해야 하오. 갈 길이 멀어 새벽에 출발하려고 하니 허락해 주기 바라오.”

“뒤에 있는 사람은 본 적이 없는 것 같은데…… 누군지 설명해 주겠소?”

병사들을 헤치고 나온 사람은 뉴리얼 성의 경비대장인 페렌치 스카스키였다. 샤리프나 듀오네를 담담한 눈길로 볼 때와는 달리 지저분한 복장을 한 왜소한 체구의 사내는 샅샅이 훑어보고 있었다.

한 걸음 앞으로 나선 듀오네가 재빨리 입을 열었다.

“이 녀석은 이곳에서 제 하인으로 받아들인 녀석입니다. 세상 구경을 하고 싶다나 뭐라나.”

듀오네의 말에도 페렌치는 뭔가 이상한지 의심스럽다는 표정을 감추지 못했다. 하지만 성안으로 들어오는 사람도 아니었기 때문에 의심하는 표정은 곧 사라졌다.

먹고 살기 힘들다는 이유로, 또 세상 구경을 하고 싶다는 이유로 스스로 남의 하인 되기를 원하는 자들도 없는 것이 아니기에 곧 고개를 끄덕이고는 부하들에게 성문을 열어주도록 지시를 내렸다.

끼끼끼~ 끽~

육중한 소리를 내며 성문이 열렸고, 세 사람은 페렌치에게 작별 인사를 하고는 곧 성문을 빠져나왔다.

샤리프는 성을 빠져나온 후 한마디도 하지 않고 빠르게 말을 몰았다. 그런 샤리프의 태도가 너무나 무거워 보였기 때문인지 듀오네와 왜소한 체구의 사내는 한마디도 입을 열 수가 없었다. 하지만 시간이 지나면 지날수록 왜소한 체구의 사내 얼굴이 창백해지자 듀오네가 어쩔 수 없이 샤리프에게 말을 걸었다.

"시미니언님, 잠, 잠시만……."

마치 듀오네가 자신을 불러주기를 기다렸다는 듯이 샤리프는 즉시 말을 멈췄다.

설마 샤리프가 이렇게 금세 말을 멈출 줄은 몰랐기에 두 사람은 정지를 못 시키고 좀 더 달리다 급히 말고삐를 잡아당기며 다시 말머리를 돌려 되돌아와야만 했다.

근처의 나무에 말고삐를 묶은 두 사람은 벌써 한쪽에 앉아 기다리고 있는 샤리프에게 조심스럽게 다가갔다.

다가오는 두 사람 쪽으론 고개도 돌리지 않은 채 샤리프가 입을 열었다.

"레이디 라그나는 무슨 생각으로 우리를 따라온 것이오?"

샤리프의 말에 두 사람은 깜짝 놀랐다.

"벌써 알고 계셨습니까?"

"자네는 가만히 있게. 난 레이디 라그나에게 물었네."

"제가 듀오네님에게 부탁을 했어요. 듀오네님은 너무 위험해서 안 된다고 만류를 하셨지만 제가 억지를 부려서 따라온 것이에요. 그러니 듀오네님께 뭐라고 하시지는……."

"그건 내가 원했던 대답이 아니오, 레이디. 나는 레이디가 무슨 생각으로 우리를 따라왔냐고 물었소. 나나 듀오네 군은 최소한 자신의 몸을 지킬 만한 힘과 검술을 익히고 있소. 정작 위험한 상황이 되면 레이디를 지킬 사람은 레이디밖에 없는데 레이디는 스스로를 지킬 만한 힘이 있다고 생각하오?"

"……."

샤리프의 말에 라그나는 고개를 숙인 채 아무런 대구도 하지 못했다.

“스스로를 지킬 수 없는 사람이 일행으로 있을 때 나머지 사람들을 얼마나 위험하게 만드는지 아마 레이디는 모를 것이오. 그리고 만약 적과 만나게 된다면 틀림없이 적들은 일행들의 약점인 레이디를 집중 공격할 것이 틀림없소. 결과적으로 말해 레이디를 보호하기 위해 우리 모두가 위험에 빠질 수도 있다는 말이오. 내 말이 무슨 뜻인지 알겠소?”

“레이디는 제가 철저히 보호를 하겠습니다. 그러니…….”

듀오네가 라그나를 옹호하며 나서자 샤리프는 아무런 감정도 실리지 않은 눈길로 듀오네를 바라보았다.

“자네는 어떤 상황에서도 레이디와 자네의 목숨을 지킬 수 있는 실력을 가지고 있다 장담하는가?”

“그, 그건…….”

“내가 진심으로 두 사람에게 묻고 싶은 것이 있네.”

잠시 말을 멈춘 샤리프는 다시 두 사람의 얼굴을 유심히 바라봤다.

“두 사람은 서로를 정말 사랑하는가?”

“예?”

“두 사람은 서로에 대해 얼마나 알고 있으며, 상대를 좋아한다고 느끼는 감정이 정말 사랑이라고 자신있게 말할 수 있느냐는 것이네.”

샤리프의 뜻하지 않은 질문에 듀오네와 라그나는 깜짝 놀라 그의 얼굴을 바라보았다.

“두 사람은 서로를 사랑한다고 나에게 말을 했지만 사실은 조금 다를 수도 있다고 난 생각하네. 듀오네 군도 알다시피 레이디 라그나는 자신의 집에서만 생활했었기에 자신 또래의 타인을 볼 기회가 거의 없었을 것이네. 그러다 처음으로 자네를 만나게 되었으니 비슷한 또래의 상대에 대해 상당한 호기심이 생겼을 것은 당연한 일. 게다가 상대 역시 자신에게 호감을 가지고 있으니 그것을 사랑이라고 착각할 수도 있다는 말일세. 그리고 듀오네 군 역시 마찬가지고.”

샤리프의 눈은 라그나에게서 듀오네에게로 이동했다.

“자네 정도 나이에 그 정도의 실력을 가지려면 어떤 생활을 해야만 했을지 쉽게 짐작할 수 있는 일이네. 자네 역시 사랑을 느낄 상대를 지금껏 만나본 적이 거의 없었겠지. 내가 두 사람에게 묻고 싶은 것은 지금 서로에게 느끼는 호감이나 연민을 혹시 사랑이라고 착각하는 것은 아닌가 하는 것이네. 안 보면 보고 싶은 정도가 아니라 과연 상대를 위해 자신의 모든 것을 희생할 정도로 상대를 생각하고 있느냐 하는 것을 스스로 잘 생각해 보도록 하게.”

샤리프의 말에 두 사람은 아무 대꾸도 하지 못한 채 앉아 있었다.

지금까지 서로 사랑하고 있다 생각했던 감정들이 실제로는 샤리프의 말처럼 단순한 호감이나 연민, 동경은 아니었는지 의심스러운 생각도 들었다.

물론 당장이라도 샤리프의 말은 사실이 아니라고 외치고 싶었지만 확신이 없었다. 그제야 두 사람은 자신이 상대를 사랑하고 있음을 확인시켜 줄 수 있는 것이 실은 아무것도 없다는 것을 깨달았다.

사랑이라는 감정이 물건처럼 명확하고 드러나 있는 것이라면 상대에게, 또 자신에게 분명히 확인시켜 줄 수도 있겠지만 눈으로 볼 수 있는 것이 아니기에 상대에게도, 자신에게도 어떤 확신도 줄 수 없었다.

“이번 여행이 얼마나 오랫동안 계속될지는 모르지만 신중하게 생각해 보게. 자신에 대해, 또 상대에 대해서 말이네. 절대 섣불리 판단해 성급하게 결론을 내리지는 말게. 그리고… 난 두 사람이 정말로 사랑하는 사이가 되었으면 좋겠네."

샤리프의 마지막 말은 듀오네와 라그나를 어리둥절하게 만들기 충분했다.

서로 사랑하는 사이냐? 무엇으로 그것을 확신하느냐고 물어 자신들을 당황하게 만들었던 사람이 지금의 정말 사랑하는 사이였으면 좋겠다는 말은 무슨 뜻으로 한 것인지 궁금하지 않을 수 없었다. 하지만 그 말을 할 때 샤리프의 안색이 어두워 보였기에 왜 그런 말을 한 것이냐고 물을 수가 없었다.

모네스의 변신

모네스의 변신

"정말 클리포드 후작께서 정체를 알 수 없는 자들을 만나고 계신다는 말씀이세요?"

"글쎄, 그렇다니까 그러는구나. 어제도 새벽에 후작님께서 정체를 알 수 없는 자들을 몰래 서재에서 만나시는 것을 내 눈으로 똑똑히 봤단 말이다. 이젠 아비 말도 못 믿는 게냐?"

스네턴은 자신의 말을 좀처럼 믿지 못하는 바르미아의 태도에 섭섭함을 느끼는지 조금은 상기된 얼굴로 대답했다.

"대체 그들은 누군데 사람들의 눈을 피해 은밀하게 만나는 거죠?"

"글쎄다… 나도 적지 않은 사람들을 알고는 있다만 어제 새벽 본 사람들은 모두 처음 본 사람들뿐이더구나."

스네턴의 대답에 바르미아는 클리포드 후작이 다른 사람의 눈을 피해 새벽에 만나야 할 사람들이 대체 누구인지 궁금한 생각이 들었다.

혹시 새벽에 만났다는 사람들이 검은 달 교단의 신도들은 아닌지 의심
이 갔지만 아버지인 스네턴에게 이야기하지는 않았다.

"아버지, 전 잠시 밖에 나갔다 오겠어요."

"밖에?"

"예, 잠깐 알아볼 일이 있어요. 기다리지 마세요. 시간이 걸릴지도
모르니까요."

"무엇 때문에 밖으로……."

자리에서 일어서는 바르미아에게 스네턴이 조금은 투정 섞인 말을
꺼냈지만 바르미아는 신경도 쓰지 않고 밖으로 나갔다. 그런 딸의 행
동에 스네턴은 아무런 말도 하지 못하고 그저 멍하니 바라볼 뿐이었다.
하지만 기가 센 바르미아의 행동을 막는다는 것은 스네턴으로서는 무
리였다.

밖으로 나온 바르미아는 즉시 자신의 말을 타고 저택을 빠져나왔다.

답답한 마음에 집을 나오기는 나왔지만 어디로 가야 할지 금세 결정
을 내릴 수는 없었다. 하지만 잠시 후 그녀의 말이 걸음을 멈춘 곳은
일행들이 한동안 머문 적이 있던 고향이라는 여관이었다.

때마침 밖에 나왔던 리나는 바르미아를 발견하고는 그녀에게 반갑
게 맞이했다.

"어머! 때맞춰 오셨군요. 그렇지 않아도 조금 전 어딘가 가셨던 손
님들께서 돌아와 레이디를 기다리고 계세요."

"예? 나를 기다리는 손님이라니?"

"모르셨어요? 어서 들어가 보세요."

리나의 재촉에 바르미아는 영문을 알 수 없었다. 하지만 누가 자신
을 기다리고 있는지 궁금한 생각에 걸음을 재촉했다.

말고삐를 리나에게 넘기고 여관 안으로 들어서서 주위를 둘러보니 사람이 앉아 있는 테이블은 단 하나. 하지만 그 자리에 앉아 있는 사람들을 바르미아는 한 번도 본 적이 없었다.

한 사람은 21, 2살 정도로 보이는 왜소한 체격의 사내였는데 햇볕을 한 번도 쪼인 적이 없는지 꽤나 창백한 안색을 하고 있었다. 게다가 순박해 보이는 얼굴에 등까지 약간 꾸부정해 보여 그의 체격을 더욱 왜소해 보이게 만들었다.

맞은편에 앉아 있는 사람은 이제 12, 3세쯤으로 보이는 귀엽게 생긴 소년이었는데 특이하게도 머리 색이 엷은 녹색을 띠고 있었다. 분명 처음 보는 두 사람이었음에도 불구하고 낯설다는 느낌이 전혀 들지 않는 것이 더 이상했다.

바르미아가 자신들을 바라보는 것을 눈치 챈 것인지 두 사람은 고개를 돌렸고, 왜소한 체구의 청년이 반가운 표정을 지으며 손을 번쩍 들었다.

"여깁니다, 레이디 바르미아."

처음 보는 청년이 자신을 아는 척하자 바르미아는 더욱 궁금함을 참을 수 없었다. 바르미아가 궁금증을 참으며 자리에 앉자 청년은 무례하다고 할 정도로 빤히 바르미아의 얼굴을 쳐다보았다.

그렇다고 부끄러워할 바르미아도 아니었지만 상대의 눈빛이 왠지 어디선가 본 적이 있다는 느낌이 들었기에 상대의 얼굴을 찬찬히 살폈지만 역시 처음 보는 사람이었다.

"실례지만… 절 아시나요?"

바르미아의 질문에 청년은 조금 당황한 모습을 보였지만 녹색 머리 소년은 무표정한 얼굴로 앉아 있을 뿐이었다. 아니, 기분 상한 일이 있는지 소년의 표정은 싸늘하기 그지없었다.

문제는 그 표정이 얼마나 살벌했던지 누구보다 대담하다고 자부하던 바르미아로서도 함부로 말을 걸기 힘들 정도였다는 것이다.

"저는 모네습니다. 예전에 비해… 조금 변했죠."

"예, 그러시군요. 예? 뭐, 뭐라고요?"

상대의 말에 별 생각 없이 대꾸하던 바르미아는 깜짝 놀라 자신도 모르게 자리에서 벌떡 일어나고 말았다.

쑥스러운 듯 얼굴을 붉히는 모네스와 깜짝 놀란 표정을 짓고 있는 바르미아, 그리고 싸늘한 표정을 짓고 있는 소년, 아니, 지메로스.

"그, 그럼 이, 이분은……?"

"지메로스님이십니다. 일전에 뵌 적이 있는데 기억나십니까? 여관에서도 뵈었고, 레이디 바르미아 댁에서도 잠시 뵌 적이 있을 겁니다. 물론 지금은 폴리모프를 한 상태라 그때와는 다른 모습을 하고 계시지만 지메로스님이 틀림없습니다."

"지메로스님을 다시 뵙게 되어 무한한 영광이옵니다."

바르미아의 깍듯한 인사에도 지메로스는 뭐가 못마땅한지 대꾸도 하지 않은 채 잔뜩 인상을 썼다. 지메로스의 기분이 저기압이라는 것을 직감한 바르미아는 조심스럽게 자리에 앉았다. 그리고는 모네스를 바라봤다.

얼굴을 가득 덮고 있는 짐승 같은 털 밑에 이렇게 순박한 얼굴이 숨어 있을 줄은 바르미아도 미처 예상치 못했던 일이었다. 그의 얼굴은 조금은 창백하지만 커다란 눈이 어울려 잘생긴 얼굴이라기보다는 어린 아이처럼 맑고 깨끗하다는 느낌을 주는 인상이었다.

단지 얼굴을 덮고 있던 털이 사라진 것만으로 한 사람에 대해 이렇

게 다른 느낌을 받게 된다는 것이 바르미아로서는 너무나 신기한 일이
었다.

"불치병이라고 들었는데 드디어 치료에 성공하신 모양이군요. 정말
축하드려요. 그동안……"

바르미아의 말에 지메로스의 얼굴은 더욱 싸늘하게 변했다. 그 기색
을 눈치 챈 모네스가 재빨리 입을 열었다.

"말씀 중에 죄송하지만… 도네님과 렉스님이 지금 어디에 계신지
알 수 있을까요?"

"두 분은 지금 노른스브르크 지방에 계세요. 베노아 공작을 감시하
기 위해서요."

"예? 베노아 공작을 감시한다니, 그게 무슨 소립니까?"

"실은……"

바르미아는 모네스에게 그동안 있었던 일들은 간략하게 설명해 주
었다. 그녀의 설명을 듣고서 그제야 왜 일행들이 여관에 한 명도 없는
지 이해를 할 수 있었다.

"도네님께서 통신을 하기 위해 만드셨다는 거울을 지금 가지고 있느
냐?"

"예."

지메로스의 갑작스런 질문에 바르미아는 찔끔 놀라면서도 재빨리
품에서 거울을 꺼내 지메로스에게 내밀었다. 거울의 붉은 보석에 푸른
색의 마나를 집어넣고 잠시 방향을 가늠하던 지메로스는 거울을 다시
바르미아에게 던지듯 내밀었다.

"워프."

짧은 시동어와 함께 지메로스의 작은 몸이 순식간에 두 사람의 시야

에서 사라졌다. 갑작스런 지메로스의 행동에 바르미아는 어리둥절한 표정을 지었지만 모네스는 안도의 한숨을 내쉬며 고개를 미약하게 저었다.

"저어… 지메로스님께서 기분 나쁜 일이라도 있으신 모양이네요. 말 한마디 없이 사라지신 것을 보면 말이에요."

"지메로스님께서 기분이 나쁘신 것은 모두 저 때문입니다."

"예? 그게 무슨 말씀이신지?"

바르미아의 반문에 모네스는 그동안 자신이 겪었던 일을 이야기해 주었다. 그제야 바르미아는 고개를 끄덕였다.

"그러니까 지메로스님께서 모네스 씨의 병을 치료하려고 갖은 방법을 다 동원했지만 결국 실패했기 때문에 기분이 좋지 않으셨던 것이군요. 전 그것도 모르고 치료에 성공했다고 떠들어댔으니……. 하지만 지금 제가 보기에는 다 나으신 것처럼 보이는데……."

바르미아가 끝말을 흐리자 모네스의 입가에는 쓴웃음이 걸렸다.

"지메로스님께서 지난 세월 동안 연구하신 모든 방법을 총동원해서 치료해 보았지만 치료 효과가 나타나는 건 낮뿐이었습니다. 자고 아침에 일어나면 원래 상태로 되돌아오기를 반복해 결국 지메로스님께서도 포기하고 마셨습니다. 그래도 다행인 것은 아침에 면도를 하면 저녁까지는 더 이상 털이 자라지 않는다는 겁니다. 그래 봐야 다음날 아침에는 원래대로 되돌아오지만 말입니다."

모네스의 설명에 바르미아는 기가 막혔다.

신 다음으로 전능한 존재로 알려진 드래곤의 능력으로도 어떻게 할 수 없는 불가능한 일이 있으리라고는 생각해 보지 않았다.

"레이디 바르미아, 클리포드 후작을 감시하는 일은 어떻게 되었습니까? 렉스님이 짐작했던 대로 검은 달 교단의 교도들과 접촉이 있었습니까?"

"확실하지는 않지만 정체를 알 수 없는 사람들과 은밀히 접촉하고 있다는 정보가 있어요."

"정체 불명의 사람들? 그들에 대한 정보는 없습니까?"

"아직까지는 없어요. 하지만 계속 감시를 하고 있으니까 그들에 대한 정보를 곧 입수할 수 있을 것 같아요."

바르미아의 대답에 모네스는 곰곰이 뭔가를 생각하는 눈치였다.

"다른 분들과 연락을 취해본 적이 있습니까?"

"예, 어제 연락을 했는데 아직까지는 감시하고 있는 귀족들이 검은 달 교단과 연관이 있다는 별다른 징후를 발견하지 못한 것 같아요. 일단은 한동안 지속적으로 감시를 해야만 할 것 같아요."

"알겠습니다. 오늘부터 저도 돕겠습니다."

"여기보다 저희 집이 더 편하지 않으시겠어요? 방도 여유가 있으니 저희 집으로 가는 것은 어떠세요?"

바르미아의 제의에 승낙을 하려던 모네스는 그녀의 작은오빠와 있었던 일이 생각나 고개를 저었다.

"아닙니다. 전 이곳에서 지내겠습니다."

재차 자신의 집으로 가자고 하려던 바르미아는 그가 오빠들과의 껄끄러운 관계 때문에 가기를 꺼려한다는 것을 깨닫고 더 이상 권하지 않았다.

"이 여관 후원이 그리 넓지는 않지만 검술 훈련하기에 좁지는 않을 것 같은데…… 검술 지도를 부탁드려도 될까요?"

조심스러운 바르미아의 말에 모네스는 생각할 것도 없다는 듯 흔쾌히 고개를 끄덕였다.

"물론입니다. 일전에 말씀드렸던 것처럼 제가 레이디 바르미아를 가르칠 능력은 되지 않으니 함께 훈련하도록 하죠."

모네스가 자리에서 일어나자 바르미아도 곧 일어나 그의 뒤를 따라 여관의 후원으로 향했다.

＊　　　＊　　　＊

"레이디, 여기 혹시 모네스란 사람이나 바르미아라는 사람이 투숙하고 있는가?"

"예, 어서 오세요."

뒤에서 들린 음성에 대답과 함께 무의식 중에 고개를 돌렸던 리나는 자신의 시야를 온통 가리는 엄청난 체격의 용병을 발견하고는 벌린 입을 다물지 못했다.

자신이 여관을 직접 운영한 지는 몇 년 되지 않았지만 눈앞의 사내와 같이 엄청난 키에, 전신이 근육으로 뒤덮인 용병은 한 번도 본 적이 없었다.

"방금 뭐라고 하셨나요?"

"모네스나 바르미아라는 이름을 가진 사람이 투숙하고 있냐고 물었네."

"아! 그분들을 찾으시는군요. 바르미아라는 여자 분은 투숙하고 계시지 않지만 모네스란 분은 투숙하고 계세요. 지금 두 분은 후원에서 검술 훈련 중이시니까 그분들을 만나시려면 후원으로 가서야 해요. 제가 안내해 드릴게요."

리나의 안내를 받아 샤리프와 듀오네, 그리고 라그나는 후원으로 향했다.

막상 후원에 도착하고 보니 왜소한 체구의 청년과 상당히 건장해(?) 보이는 여자가 검술 수련이 아닌 살벌하기 이를 데 없는 대결을 벌이고 있었다.

챙~ 챙~ 챙~

귓전을 자극하는 격렬한 금속음에 후원으로 온 세 사람은 조금은 멍한 표정을 지으며 그들을 지켜봤다. 하지만 두 사람은 누가 자신들의 대결을 지켜본다는 사실도 느끼지 못한 채 결전에 몰입하고 있었다.

"대단한 실력들이군. 특히 저 청년의 검술은 도저히 인간의 검술이라고 볼 수 없을 정도로 동물적이군. 자네가 보기에도 그렇지 않은가?"

"시미니언님의 말씀대로 상당히 날카로운 검이군요. 하지만 정식으로 익힌 검술 같지는 않습니다."

"그래, 자네의 말대로 정식으로 익힌 검술 같지는 않아 보이는군. 어때? 저 청년과 겨루면 이길 수 있을 것 같은가?"

샤리프의 말에 듀오네는 모네스의 몸놀림을 유심히 살펴봤다. 인간의 움직임이라고 보기 힘들 정도로 상상을 불허하는 각도에서 검이 뻗어져 나왔다. 그렇다고 막을 수 없을 정도는 아니라고 판단이 되었지만 막상 직접 대결을 해보면 상당히 까다로운 상대가 될 것 같았다.

"무조건 이길 수 있다고 장담할 수 있는 상대는 아니군요. 게다가 소드 마스터 초급은 넘어선 실력을 가지고 있고요. 저로서는 별로 싸우고 싶은 상대는 아닙니다."

"잘 봤네. 내가 보기에도 두 사람은 거의 비슷한 실력을 가지고 있지만 타입은 전혀 다른 것 같군. 아마 두 사람의 승부를 결정짓는 것은 누가 더 경험이 많은가가 될 것이네."

짝짝짝! 휘이익~

샤리프는 길게 휘파람을 불었다.

그 순간 두 사람의 대결은 멈춰졌고, 고개를 돌린 모네스의 눈에 샤리프와 다른 두 사람이 자신들을 바라보고 있는 것이 보였다.

천천히 검을 내리며 샤리프를 바라보던 모네스는 자신의 전신에서 전율이 일어나는 것을 느꼈다. 상대방에게서 처음 느낀 감정은 지독하게 강하다는 것이었다. 전율이 일어날 정도로 말이다.

자신이 알고 있는 안드레이도 소름 끼칠 정도로 강한 인물이다. 하지만 그의 강함이 싸늘함과 날카로움이라면 눈앞의 이 인물은 감히 반항을 인정하지 않을 압도적인 강함을 소유한 인물이었다.

모네스는 미미하게 떨리는 몸을 진정시키는 데 온 신경을 집중해야만 했다.

"그대가 모네스란 청년인가?"

"그렇습니다만……?"

"난 샤리프 델 시미니언이라는 사람이라네. 내가 자넬 찾은 이유는 이곳에 오면 안드레이님의 소재를 알 수 있다는 말을 들었기 때문이라네. 지금 그분이 어디에 계시는지 아는가?"

갑작스런 샤리프의 출현에 모네스는 그에게 안드레이의 소재에 대해 말을 해도 되는 것인지 쉽게 판단을 내릴 수가 없었다. 그런 반면 곁에 있던 바르미아가 한 걸음 앞으로 나서며 입을 열었다.

"시미니언님이라고 하셨나요?"

"그렇네, 레이디."

"그럼 안드레이님을 어디서 처음 만나신 것인지 물어도 되겠습니까?"

"바이야니 산맥의 코르츠 시에서 처음 그분을 뵈었네."

"그럼 확실하시군요. 안드레이님은 모종의 일을 처리하기 위해 현재 이곳에 계시지 않아요. 그분을 만나시려면 수도인 포얀으로 가서야 해요."

"그럼 포얀 시에 계시단 말인가?"

"예."

"검은 달 교단과 관련이 있는 일인가?"

"예? 어떻게 검은 달 교단에 대해서……."

"과거 그분들과 만났을 때 들은 적이 있네."

그때까지만 해도 혹시 샤리프가 검은 달 교단에서 보낸 자가 아닐까 의심하던 바르미아는 그의 대답을 듣고서야 안심할 수 있었다.

"잠시 이쪽으로 앉으시지요."

모네스가 의자를 권하자 세 사람이 자리에 앉은 후 샤리프 곁에 앉아 있는 두 남녀의 신분을 물었다.

"저분들은 누군지 소개를 해주시겠습니까?"

"저는 듀오네 라오스라 하고, 이쪽은 레이디 라그나 베네스트입니다."

"성이 라오스라면 라오스 남작 가문 분이십니까?"

"그렇습니다만……."

"전 모네스 포르샤라고 합니다."

"그럼 포르샤 백작가의……."

"맞습니다. 제가 막내아들입니다."

서로의 신분에 대해서 알게 되었기 때문일까?

비록 두 사람이 웃는 얼굴로 악수를 나누기는 했지만 속으로는 팽팽하게 긴장하고 있었다. 다른 두 여인은 그런 그들의 모습을 그저 바라볼 뿐이었지만 샤리프의 눈을 속일 수는 없는 일이었다.

샤리프가 보기에는 두 사람은 좀처럼 만나기 힘든 호적수가 분명해 보였다.

비슷한 나이에 검술 실력도 비슷한 경지에 올랐고, 또한 귀족가의 자식이라는 점도 비슷했다. 만약 두 사람이 서로를 라이벌로 인정해 선의의 경쟁을 한다면 앞으로 상당한 발전을 거둘 것이 틀림없었다.

"실례지만… 그렇다면 저분은 베네스트 후작가의 레이디이신 라그나님이 맞습니까?"

"그렇습니다."

듀오네가 한 발 앞서 대답했다.

모네스와 바르미아는 너무도 연약하기 이를 데 없어 보이는 라그나의 모습에 연민을 금할 수 없었다.

평생 동안 고생 한 번 해보지 않았을 후작가의 영양이 이런 남루한 복장으로 남작가의 자식과 함께 있다는 것은 흔히 볼 수 있는 일이 아니었다. 아마도 사랑하는 남자를 따라 이곳까지 온 것 같은데 그녀가 얼마나 심한 고초를 겪었을지 충분히 짐작이 갔다.

"안드레이님을 만나려면 포얀 시의 어디로 가야 하는가?"

"포얀 시의 크리스털 빌리지에 가시면 레이너 폰 아르본 공작의 임시 저택이 있습니다. 안드레이님은 지금 로자린님과 함께 아르본 공작을 감시하고 계시는 중입니다."

"내가 알고 있는 것이 정확하다면 아르본 공작은 레트로니아 왕국의 이대공작 가운데 한 분으로 알고 있는데…… 설마 그분도 검은 달 교단과 연관이 있단 말인가?"

"확실하지는 않지만 검은 달 교단의 신도들이 자주 아르본 공작의 저택에 출입하는 것을 본 사람이 있다고 해서 현재 조사 중입니다."

"보통 심각한 일이 아니군. 참! 렉스님도 함께 계시는가?"

"렉스님도 아십니까?"

"우연한 기회에 그분의 도움을 받은 적이 있네. 혹시 이곳에 오면 만나뵐 수 있지 않을까 생각했었는데…… 어딜 가신 모양이군."

"예, 그분은 도네님과 함께 노른스브르크 지방으로 가셨습니다."

"노른스브르크 지방이라면 아이루스 왕국과 국경을 접하고 있는 곳이 아닌가?"

"맞습니다. 두 분 역시 검은 달 교단과 연관이 있을 것으로 짐작되는 베노아 공작을 감시하기 위해 며칠 전 이곳을 떠나셨습니다."

"내가 생각했던 것보다 사태가 훨씬 심각한 모양이군. 나도 그분들의 은혜에 어서 보답을 해야 할 텐데……. 휴우~"

샤리프의 긴 한숨에 주위에 있던 사람들은 자신들까지 기분이 우울해지는 것 같았다.

"내가 자네들을 방해한 것 같군. 아직 시간이 있으니 부지런히 간다면 저녁엔 포얀 시에 도착할 수 있을 것 같군. 자아, 우리는 이만 출발하도록 하세."

"예."

아직도 피곤이 가시지 않는 얼굴로 일어서는 라그나의 모습이 가슴 아프기는 했지만 듀오네는 그녀를 부축하며 자리에서 일어났다. 샤리프는 그런 모습을 보지 못한 것인지 성큼성큼 걸음을 옮겼고, 라그나는 듀오네의 도움을 받으며 그 자리를 떠났다.

그 모습을 물끄러미 바라보던 모네스는 문득 듀오네가 부럽다는 생각이 들었다.

　물론 자신의 연인이 아프기를 바라는 남자야 없겠지만 연인이 허약해야 보살펴 줄 수 있는 기회도 있는 것이 아닌가? 그런 점에서 보면 바르미아는 평생을 가봐야 그럴 기회가 없을 것 같았다.

　모네스가 자신을 조금은 얄궂은 눈길로 보는 것을 발견했는지 바르미아가 입을 열었다.

　"왜, 제 얼굴에 뭐가 묻었나요?"

　"아, 아닙니다. 레이디 라그나의 모습을 보니 사람은 역시 건강이 최고란 생각이 드는군요."

　"그 말은 우리 어머니께서 항상 하시던 말씀인데……."

　모네스를 따라 걸음을 옮기던 바르미아는 영문을 모르겠다는 듯 머리를 긁적였다.

＊　　　＊　　　＊

　"교황 각하, 마지막으로 로니 바로크만이란 사람만 남았습니다. 어떻게 할까요?"

　"로니 바로크만? 드디어 끝이 난 모양이군. 어서 들여보내게. 빨리 끝내고 이만 쉬어야겠네."

　교황 라이터 카발라야의 대꾸에 천천히 접견실의 문이 열리더니 조금은 초췌한 모습을 한 로니가 안으로 들어섰다. 그리고는 라이터를 향해 손을 입에 대었다 주먹을 쥐어 심장에 갖다 대는 하이얀 브로넨스 교단의 인사를 했다.

　담담한 미소를 지으며 인사를 받은 라이터는 천천히 자리에서 일어나 로니에게로 다가갔다.

　조금은 비대한 몸에 머리는 온통 백발이었지만 여든세 살이라는 나이라고는 도저히 믿을 수 없을 만큼 건장해 보였다. 그런 반면 로니는 어디로 봐도 프리스트라고는 보기 힘들 정도로 볼품이 없어 보였다.

　"어서 자리에 앉게."

　자리에 앉은 후에도 로니는 불안한 마음을 감추지 못하고 있었다.

　그동안 그렇게 만나려 해도 만날 수 없었던 라이터가 지금은 자신이 먼저 만나자고 사람들을 풀어 자신을 찾다니…… 아무리 생각해 봐도 영문을 알 수 없었기에 로니의 불안은 클 수밖에 없었다. 게다가 하이얀 브로넨스 교단의 누가 검은 달 교단의 스파이인지 모르는 상황이니 그의 행동은 더욱 조심스러울 수밖에 없었다.

　그런 반면 라이터의 생각은 달랐다.

　로니가 일전부터 자신을 만나려고 갖은 노력을 다 했다는 것을 잘 알고 있었다. 하지만 그를 만나지 않은 것에는 나름대로의 이유가 있어서였다.

　오늘만 해도 파문당한 프리스트들을 구제하기 위해 그들을 만난다는 방법이 생각났기에 겨우 로니를 만날 수 있었던 것이다.

　"자네가 억울한 누명을 썼다가 무죄가 밝혀지기는 했지만 교단을 어지럽혔다는 죄목으로 파문당했던 로니 바로크만이 맞는가?"

　"맞습니다, 교황 각하."

　로니의 대답을 들은 라이터는 왼손에 끼고 있던 반지를 만지작거리다가 탁자 위에 놓여 있는 하이얀 브로넨스의 동상(銅像)에 반지를 갖다 대었다. 그러자 동상의 전신에서 부드러운 푸른 빛이 뿜어져 나오더니 두 사람을 포함한 결계를 순식간에 만들었다.

뜻하지 않는 사태에 로니가 흠칫 놀랄 때 라이터가 여전히 미소를 지은 채 입을 열었다.

"그래, 세상을 돌아다녀 보니까 어떻던가?"

"예? 무슨 말씀이신지……?"

"몇 년 동안 세상을 돌아다녔으면 뭔가 느낀 것이 있을 것 아닌가? 설마 그동안 허송세월만 하고 온 것은 아니겠지?"

"……."

로니는 예상 밖의 질문에 두꺼비처럼 크지도 않은 눈만 껌뻑거릴 뿐 한마디도 하지 못했다. 그런 로니의 표정이 재미있었는지 라이터는 커다란 웃음을 터뜨렸다.

"하하하, 용서하시게. 자네의 표정이 너무 재미있어서 말이야. 푸하하하! 도저히 참을 수 없군. 하하하!"

유쾌한 듯 웃음을 터뜨리던 라이터의 웃음이 한순간이 그쳤다. 순간 그의 얼굴에 걸렸던 사람 좋아 보이던 미소도 사라지고 없었다.

"내가 이렇게 자네를 만나자고 한 것에는 나름대로 이유가 있네. 먼저 자네에게 묻겠네. 자네가 살인 사건의 용의자가 되었던 그 일은 아직도 조사를 하고 있는가? 그리고 우리 교단에 정체를 알 수 없는 자들이 있는 것 같은데, 그자들에 대해 혹시 아는 바가 없는가? 또 마지막으로 자네는 왜 나를 그렇게 만나려고 한 것인가?"

갑자기 쏟아진 라이터의 질문에 로니는 정신을 차릴 수가 없었다. 하지만 방금 교황의 질문이야말로 자신이 하고픈 이야기라는 것을 깨닫고는 흥분된 가슴을 진정시키기에 안간힘을 써야만 했다. 그러면서 조금 전 라이터가 신성력을 끌어올려 결계를 치던 장면을 떠올리며 그는 자신이 생각했던 검은 달 교단의 스파이는 아닐 것이라는 판단을 내렸다.

몇 번의 심호흡을 한 후 로니가 입을 열었다.

"그동안 제가 교황 각하를 만나뵈려고 한 것도 바로 그 일 때문입니다. 교황 각하께서는 검은 달 교단이란 이름을 들어본 적이 있으십니까?"

"검은 달 교단? 으음, 들어본 적이 있네."

"그럼 그 집단이 어떤 집단인지도 아십니까?"

"아모데우스를 믿고 따르는 단체라 알고 있네만… 혹시 내가 모르고 있는 다른 일이 있는가?"

반문을 하는 라이터의 입가에 다시금 미소가 떠올라 있었다. 그 미소가 무엇을 뜻하는지 알 수는 없었지만 적어도 지금까지 자신이 생각해 왔던 것보다 더 많은 것을 라이터가 알고 있을지 모른다는 생각이 들었다.

"먼저 제가 살인 사건의 용의자가 되었던 일부터 말씀드리자면, 그것은 제가 교단 하부에서 일어난 모종의 음모에 대해 꼬리를 잡았기 때문입니다."

"음모의 꼬리?"

"그렇습니다. 교황 각하께서는 해마다 저희 교단에 얼마나 많은 아이들이 지원을 하는 줄 아십니까?"

"흐음, 계속해 보게."

"제가 기록관으로 있을 때 각 지방의 신전에서 보내온 보고서를 종합해 보면 거의 2만 명에 달합니다."

"2만 명? 그렇게 많았던가?"

"그렇습니다. 그러나 실제로 신전에서 교육을 받는 아이들은 만 명이 약간 되지 않습니다. 물론 그 만 명 가운데에서도 상당한 숫자의 아이들이 신앙심이 모자란다거나 규율을 어겼다거나, 스스로 생활을 견디지 못하겠다는 이유로 그만두어 실제 프리스트가 되는 아이들은 얼마 되지 않습니다. 문제가 된 것은 프리스트가 되지 못해 탈락한 아이들입니다."

로니가 하고자 하는 이야기의 내용을 미리 알고 있는 것인지, 아니면 아예 호기심을 느끼지 못하는 것인지 라이터는 예의 미소 띤 얼굴로 로니를 바라보고 있었다.

"떨어진 아이들은 모두 집으로 귀가시키게 됩니다. 그런데 매년 탈락된 아이들 가운데 일부가 감쪽같이 사라져 버린 것입니다. 어떨 때는 몇십 명에서부터 많을 때는 수백 명에 이르는 숫자의 아이들이 감쪽같이 실종된다는 겁니다."

"실종? 그럼 자네의 말은 누군가가 그 아이들을 납치라도 한다는 것인가?"

"제 판단으로는 그렇습니다, 교황 각하."

"누가, 대체 무슨 목적으로 아이들을 납치한다는 말인가?"

약간은 굳어진 교황의 얼굴을 로니는 무례하다고 할 정도로 빤히 쳐다보았다.

말없는 눈싸움이 한동안 계속되었다. 그리고 먼저 입을 연 사람은 로니였다.

"계속 보고를 드리겠습니다. 이상함을 느낀 저는 그동안의 기록들을 모두 조사했고, 그 과정에서 이러한 실종 사건이 지난 10여 년 동안 꾸준히 발생했다는 사실을 알아낼 수 있었습니다. 아이들의 실종에 틀림없이 교단의 수뇌부가 개입되어 있다고 판단한 저는 은밀히 의심이 가는 사람들을 한 명씩 조사해 나갔습니다. 그리고 마침내 아이들의 실종과 관련이 있는 자를 발견했을 때 어이없게도 전 사람을 죽였다는 누명을 써야만 했습니다. 그리고 재판을 받게 되었습니다, 교황 각하께서도 잘 알고 계시다시피."

마지막 말을 하는 로니의 얼굴에는 그동안 그가 겪어야만 했던 고뇌와 번민이 가득 배어 있었다.

"그래, 당시 자네가 교단에서 재판을 받을 때 나도 참석했었지. 그리고 자네를 파문시켰지. 내가 교황이 된 후 첫 번째 한 일이었지 아마."

라이터의 얼굴은 뻔뻔하다고 할 정도로 변화가 없었다. 오히려 그의 입가에 걸린 미소가 더욱 짙어진 것 같았다.

"하지만 난 그 후의 이야기를 듣고 싶군."

너무나도 태연한 라이터의 태도에 로니는 자신도 모르게 주먹을 불끈 쥐고는 부르르 떨지 않을 수 없었다.

그의 깊은 신앙심으로써도 지금 이 순간만은 치미는 분노를 참기 힘들 정도였다. 하지만 로니는 미련하다고 할 정도로 자신의 분노를 눌러 참았다.

잠시의 시간이 지나고 말을 이었다.

"파문을 당한 저는 더욱 아이들의 실종 사건에 매달렸고, 얼마 지나지 않아 곧 이상한 공통점을 하나 발견하게 되었습니다. 아이들이 실종되던 날에는 어김없이 목격되는 검은 로브를 걸친 사람들. 저는 그 자들이 아이들의 실종 사건과 틀림없이 연관이 있다 판단하고는 곧 그들을 목격했다는 사람들을 찾아 나섰습니다. 하지만……."

"하지만? 뭔가?"

"그들을 목격한 사람들은 적지 않았지만 그자들은 마치 실체가 없는 유령처럼 좀처럼 흔적을 찾을 수 없었습니다. 그러던 과정에 우연히 그자들에 대해 아는 분들을 만나 여러 가지 정보를 입수하게 되었습니다.”

“자네가 황태자 전하를 치료할 때 곁에 있었다는 그 용병들을 말하는 것인가?”

“그렇습니다. 전 지금도 그분들을 만난 것이야말로 하이얀 브로넨스의 가호가 저에게 임했기 때문이라 생각하고 진심으로 감사드리고 있습니다.”

로니의 얼굴에 떠 있는 존경의 기색을 감지한 라이터는 로니가 일개 용병을 존경한다는 사실을 좀처럼 믿을 수 없었다. 프리스트라는 직업 자체가 남에게서 존경을 받는 직업이지 남을 존경하는 직업은 아니지 않는가?

고지식하다고 할 정도로 융통성없는 로니가 존경할 만한 상대가 대체 누구인지 궁금증이 생기는 것을 느꼈다.

“그분들을 통해 알아낸 검은 달 교단의 세력은 정말 놀랄 만큼 방대한 조직을 가지고 있었습니다.”

“방대한 조직? 대체 얼마나 큰 조직이기에…….”

“교황 각하께서는 지난 10여 년 동안 실종되었거나 납치된 아이들의 수가 대체 얼마나 되는지 알고는 계십니까? 바르빈스 연방에 있는 4개 국에서 자그마치 10만 명이 넘는 아이들이 사라졌습니다. 그 아이들이 지금 어떻게 되었는지 아십니까? 검은 달 교단에 의해 세뇌가 되어 오히려 원수들을 보호하기 위해 자신의 목숨을 희생하는 한낱 방패막이 신세가 되어버렸단 말입니다. 각 국에서 사라지고 납치된 아이들이 아무것도 모른 채 자신들의 조국을 향해 검을 겨누고 있단 말입니다.”

　로니의 말에 라이터의 얼굴에는 믿을 수 없다는 기색이 완연했다. 하지만 로니의 말은 끝나지 않았다.

　"그들의 하부 조직에 속해 있던 주교 한 사람이 얼마나 많은 신도들을 관리하고 있는지 아십니까? 적게는 수백 명에서부터 많게는 천여 명까지 관리를 합니다. 다시 말해 검은 달 교단에 소속된 신도들의 수가 얼마나 되는지 아무도 모릅니다. 그들에게 소중한 것은 나라가 아닙니다. 검은 달 교단의 수뇌부에서 하달되는 명령, 그것이 모든 것을 우선합니다. 검은 달 교단에서 원한다면 한 나라의 황태자라고 해도 예외가 될 수 없습니다."

　라이터의 얼굴은 무섭게 굳어졌다. 설마 로니에게서 이렇게 충격적인 보고를 듣게 될 줄은 상상도 못했기에 그의 놀라움은 더욱 큰 것이었다.

　"그리고 참고적으로 말씀을 드리자면 모든 교단, 귀족가, 상인들, 기사단, 하다못해 군대, 용병들에 이르기까지 그들의 스파이가 활동하지 않는 곳은 없습니다. 조금 전 교황 각하께서 정체를 알 수 없는 자들이 교단에 있는 것 같다고 말씀하셨는데, 그것은 저희 교단뿐만이 아닙니다. 그리고 한 가지 더 말씀을 드리자면 황태자 전하께서 중상을 입으셨을 때 검은 달 교단의 어쎄신들이 노린 것은 황태자 전하의 목숨만이 아니었습니다. 그들은 교황 각하와 다른 교단 교황들 목숨까지 노리고 벌인 일이었습니다."

　"우리의… 목숨까지 노렸단 말인가?"

　"그렇습니다. 그리고 만약 그날 교황님들 가운데 한 분이라도 암살을 당하셨다면 나라 안은 당장 극심한 혼란에 싸였을 겁니다."

　"혹시 그건 자네 생각이 그렇다는 것 아닌가?"

“아닙니다. 그날 교황님들의 목숨을 노렸던 검은 달 교단의 어쎄신에게서 직접 들은 이야깁니다.”

“그럼 그자는 어떻게 했는가?”

“좀 더 많은 정보를 얻기 위해 감시 중입니다.”

“그러다 그자가 도주라도 한다면 어떻게 하려고?”

“마법사와 검사들로 구성된 사람들이 철저하게 감시하고 있으니 그럴 염려는⋯⋯.”

“대체 얼마나 뛰어난 실력을 가지고 있기에 그런 장담을 하는지는 몰라도 자만은 프리스트가 가장 경계해야 될 감정이라는 것을 절대 잊지 말게.”

라이터의 음성에는 로니의 말을 믿을 수 없다는 기색이 뚜렷했다.

“그건 그렇고, 그날 재판에서 내가 왜 자세한 이야기를 들어보지도 않고 자네를 파문했는지 그 이유를 아는가?”

라이터의 갑작스러운 말에 로니는 그가 왜 당시의 일을 꺼내는 것인지 이해를 할 수 없었다. 로니의 얼굴은 괴로운 기억을 떠올린 탓인지 벌겋게 상기되어 있었다.

“내가 다른 하이 프리스트들의 추대를 받아 교황이 된 직후였던 것으로 기억하네. 전대 교황 각하께 인수인계를 받아 정신없이 나날을 보내고 있을 때였지. 모든 것이 평화롭게만 느껴지던 그때 난 정확히 꼬집어 말할 수는 없지만 상당한 위화감을 느끼고 있었네. 그냥 지나치려 해도 누군가가 나를 감시하고 있다는 느낌을 떨쳐 버릴 수 없었네. 나 역시 은밀하게 조사해 보았지만 그 느낌의 실체가 무엇인지 정확히 알아내지는 못했다네. 그때 동료를 살해한 프리스트가 있다는 말을 듣고 난 나름대로 계획을 세우게 되었지.”

라이터의 말이 자신의 예상과는 전혀 다르자 로니는 그의 말에 귀를 기울였다.

"말을 듣고 보니 나오는 경로가 다르지만 그 역시 우리 교단 내에 숨어 있는 다른 자들의 존재를 느껴 그들을 감시하던 도중에 그런 사건이 일어났다는 것을 알게 되었지. 그 사람이 바로 자네였네. 내가 보기에 자네는 어떤 상황에서도 절대 남과 타협할 사람이 아니라고 판단했네. 또한 본인의 목숨이 위험하다 해서 자신이 하던 일을 멈출 사람도 아니고 말이야. 그래서 자네를 믿고 교단의 장래를 걸어보기로 결심을 했지. 그런 이유로 파문을 했고 말이야."

로니의 얼굴에는 이해가 가지 않는다는 표정이 가득했다.

"왜, 내 말을 이해할 수 없나? 자네를 보호하기 위해서는 자네를 교단에서 내보내야만 했단 말이네. 나야 교황의 신분이니 설사 내가 저들의 존재를 알았다고 하더라도 나를 함부로 해칠 수는 없겠지만 자네는 다르지 않은가? 내가 생각하기에 자네를 좀 더 자유로운 신분으로 만들어준다면 아마도 자네가 우리 교단에 숨어 있는 자들의 정체에 대해 알아낼 수 있지 않을까 해서 내 독단으로 결정한 일이었네. 달리 의논할 사람도 없었지만 말일세. 이런 내 행동이 옳지 않다는 것은 알지만 나로서도 별다른 방법이 없었다는 것만은 알아주게. 그리고 자네는 역시 내 예상대로 훌륭하게 일을 처리해 주었네."

"그, 그럼 제 파문은 어떻게 되는 겁니까?"

"파문? 하하하. 역시 고지식하군, 자네는. 하하하!"

라이터는 유쾌한 듯 사람 좋은 웃음을 터뜨렸지만 로니의 굳어진 얼굴은 풀릴 줄 몰랐다.

"자네의 믿음은 인간의 말 몇 마디에 의해 결정이 될 정도로 그렇게 값어치없는 것인가? 교황이나 하이 프리스트의 말 몇 마디에 지금까지 쌓아왔던 믿음이 사라지기라도 했단 말인가? 자네라면, 적어도 자네라면 다른 프리스트들과는 다를 것이라고 생각했었는데 말이야."

"그래도 전 교황 각하께 저의 죄를 사면해 주신다는 말을 직접 듣고 싶습니다."

"굳이 자네가 그걸 원한다면… 내 앞에 무릎을 꿇게."

로니는 일어선 라이터 앞에 공손하게 무릎을 꿇었다.

라이터는 근엄한 표정을 지으며 로니의 머리에 손을 얹었다. 그리고는 눈을 감고 낮은 음성으로 입을 열었다.

"나 라이터 카발라야는 하이얀 브로넨스께서 나에게 부여하신 권능으로 지금까지 네가 지은 모든 죄를 사하노라. 앞으로 다시는 죄를 짓지 말 것이며, 하이얀 브로넨스의 프리스트로서 부끄러운 삶을 살지 않을 것이며, 사람들을 위해 봉사를 할 것을 신 앞에 맹세할 수 있겠는가?"

"맹세하겠나이다, 교황 각하."

"너의 모든 죄가 사하였다."

라이터의 말에 로니는 눈을 감은 채 하이얀 브로넨스에게 기도를 올렸다.

"잠시 의자에 앉아보겠나?"

라이터의 말에 로니는 자리에서 일어나 의자에 앉았다. 잠시 주위를 서성거리던 라이터는 뭔가를 고심하는 듯 잔뜩 인상을 쓰고 있었다.

"자네에게 부탁하고 싶은 것이 있네."

"말씀하십시오, 교황 각하."

"자네가 우리 교단에 숨어 있는 스파이들을 색출해 주었으면 하네. 내가 움직인다면 그들도 눈치를 채고 숨어버릴 것이 분명하니 자네가 그 일을 맡아주었으면 하네."

"하지만 저에게는 그들을 막을 힘이 없습니다, 교황 각하."

로니의 입에서 그 말이 나오길 예상했는지 라이터는 미소를 지으며 고개를 끄덕였다. 그리곤 결계를 해제시킴과 동시에 누군가를 불렀다.

"페르케인 단장, 들어오시오."

잠시 후 눈이 부실 정도로 번쩍거리는 은빛 하프 플레이트를 걸친 40대 초반의 사내가 근엄한 표정을 지으며 접견실로 들어왔다.

접견실로 들어온 사내는 로니는 본 척도 하지 않은 채 라이터를 향해 공손하게 인사를 했다.

"실버 소드 기사단 단장 듀레스코 페르케인, 교황 각하의 부르심을 받고 대령했습니다."

"어서 오시게, 페르케인 단장. 자자, 이쪽으로 앉게."

로니에게는 여전히 눈길 한 번 주지 않은 채 자리에 앉은 듀레스코 는 오직 라이터만을 바라보고 있었다.

"아마 처음 보는 사이일 걸세. 이쪽은 우리 교단을 지키는 실버 소 드 성기사단의 단장 듀레스코 페르케인 자작이고, 이쪽은 오늘 하이 프 리스트로 임명을 받은 로니 바로크만 프리스트일세. 앞으로 함께 행동 해야 할 사이이니 서로 인사들 나누게."

라이터의 말에 두 사람은 동시에 눈을 동그랗게 뜨고는 라이터를 바 라봤다.

"앞으로 함께 행동해야 한다니 그게 무슨 말씀이십니까?"

"그게 무슨 말씀이십니까? 제가 하이 프리스트라니요?"

두 사람의 반문에도 라이터는 미소만 지을 뿐 아무런 대꾸도 하지 않았다. 어쩔 수 없이 서로를 바라보는 두 사람의 태도는 확연하게 달랐다.

잔뜩 주눅 든 것처럼 보이는 로니와 눈살을 잔뜩 찌푸린 채 경멸이 섞인 눈으로 로니를 바라보는 듀레스코.

"실버 소드 기사단의 단장인 페르케인이라고 하오."

"저, 전… 로니 바로크만이라고 합니다."

말조차 더듬거리며 하는 로니의 모습에 듀레스코의 인상은 더욱 구겨졌다.

"교황 각하, 제가 이자와 함께 행동해야 하다고 하셨는데 그에 대해 설명을 해주셨으면 감사하겠습니다."

"참! 내가 말을 잘못한 것 같군. 행동은 같이 하지만 페르케인 단장은 앞으로 바로크만 프리스트의 지시에 따라 움직여야 할 것이네."

"예? 제가 이런 자의 명령을 들어야 한단 말씀이십니까?"

듀레스코의 무례한 행동을 보았음에도 불구하고 라이터의 얼굴에 떠올라 있는 미소는 걷힐 줄 몰랐다.

"그래, 앞으로 페르케인 단장은 바로크만 프리스트가 지시하는 것을 내가 지시하는 것으로 생각하고 충실히 따라주길 바라네. 그리고 바로크만 프리스트에게 자세한 얘기를 들으면 내가 왜 이런 지시를 내리는지 충분히 이해가 될 것이네. 이 일은 우리 교단의 존망과도 연관이 있는 일이니만큼 페르케인 단장의 활약을 기대하고 있다는 것을 잊지 말게."

말을 마친 라이터는 정성스럽게 싼 물건 하나를 로니에게 내밀었다.

"자, 내 이야기는 모두 끝났으니 두 사람은 이만 나가주게. 좀 쉬어야겠네."

말을 마친 라이터는 눈을 감은 채 의자 깊숙이 몸을 묻었다. 묻고 싶은 것은 산더미처럼 많았지만 눈을 감은 라이터에게 더 이상 질문을 할 수 없어 두 사람은 어쩔 수 없이 자리에서 일어나야만 했다.

"참! 그 '하이얀 브로넨스의 눈' 은 누구에게서 받은 건가?"

갑작스런 질문에 로니는 고개를 돌려 라이터를 바라봤지만 그는 여전히 눈을 감은 채 앉아 있었다.

"전대 교황이신 밀레이님께 받았습니다."

"그래? 역시 그랬군. 나가보게."

"예, 그럼 다음에 다시 인사드리겠습니다."

두 사람이 나가고 난 잠시 후 눈을 뜬 라이터는 곰곰이 생각을 하더니 곧 고개를 끄덕였다.

"역시 혼자보다는 둘이 낫겠지? 그럼 나도 슬슬 움직여 봐야겠군."

어둠 속의 청년

어둠 속의 청년

"다크 루미니언의 마벡 단장, 귀하는 귀하가 얼마나 큰 과오를 저지른 줄 알고는 있는 거요?"

"과오라니요? 전 무슨 말씀인지 잘 모르겠습니다."

"저런 뻔뻔스러운 인간이 있나!?"

"그러게나 말이오. 저 한 사람의 실수 때문에 레이노스 지부가 엄청난 피해를 입었는데도 발뺌을 하려고 하다니⋯⋯."

"그뿐만이 아니지 않소. 지난 10여 년 동안 단 한 번도 없었던 지부의 괴멸이 연속적으로 벌어졌음에도 불구하고 사건을 일으킨 흉수에 대한 털끝만한 정보도 얻지 못한 죄도 면할 수 없단 말이오!"

머리와 눈썹, 그리고 잘 다듬어진 짧은 콧수염까지 모두 피처럼 붉은색을 띠고 있는 것이 인상적인 중년인은 주위에서 자신을 몰아세우는 사람들의 목소리가 들리지 않는지 태연한 표정을 짓고 있었다.

그런 그의 태도가 마음에 들지 않았기 때문일까? 사람들의 음성은 시간이 지날수록 점점 더 커져만 갔다.

"조용!"

누군가의 음성이 들리는 순간 실내는 정적에 휩싸였다.

"마벡 단장."

"말씀하십시오, 교황 각하."

"황태자와 교황들에 대한 암살이 실패로 돌아간 것에 대한 그대의 변론을 듣고 싶다."

"교황 각하, 물론 제가 전반적으로 계획을 세워 진행을 시킨 것은 사실이지만 암살이 실패로 돌아간 것에 대한 전적인 책임을 질 수는 없는 일입니다. 먼저 말하고 싶은 것은, 정보를 담당하고 있는 다크 베트가 수집한 정보가 너무나 허술한 데다, 또한 정확하게 파악된 것이 하나도 없었습니다."

"무슨 소리를 하는 거요? 우리 조직에서 사전에 조사한 것은 모두 정확했단……."

"조용! 지금은 마벡 단장의 변론을 듣고 있다."

낮은 음성이 들리는 순간 실내는 당장 서늘하고 음습한 기운에 휘감겼다. 주위가 조용해지자 사이나는 다시 입을 열었다.

"당시 다크 베트에서 저에게 넘겨준 정보에 의하면 각 교단의 성기사단장급에 해당되는 실력을 가진 자들은 모두 체크가 되어 있었지만 그에 준하는, 아니, 그들보다도 더욱 뛰어난 자들이 누락되어 있었습니다. 그런 자들이 황태자 주위에 있었으니 자연히 암살은 실패로 돌아갈 수밖에 없었습니다."

"적어도 실패까지 예상한 계획을 세웠더라면 황태자는 놓쳤다 하더라도 교황들 가운데 한두 명 정도는 제거할 수 있어야 하지 않았나?"

"물론 그럴 수도 있었겠지만 교황들이야 교황 각하께서 원하시기만 하면 언제라도 제거할 수 있기 때문에 큰 신경을 쓰지 않은 것이 사실입니다."

사이나는 미리 대답을 준비했던 사람처럼 대답하는 데 막힘이 없었다.

"좋다, 이번에 우리가 암살을 계획한 것은 혼란을 야기시키기 위해서였으니 실패는 그리 중요한 일이 아니다. 그리고 황태자나 교황들은 언제라도 제거할 수 있으니 더 이상 말하지는 않겠다. 하지만 레이노스 시의 지부 가운데 한곳이 완전히 사라진 것에 대해서는 어떻게 설명하겠나?"

"저도… 사건 현장에 가봤습니다만 적어도 7클래스 급의 마법사가 아니면 만들어낼 수 없는 파괴의 현장이었습니다. 분명 마법사 가운데 하나가 한 짓이 틀림없는데, 제가 파악하고 있는 레트로니아 왕국의 마법사 가운데 7클래스 급의 마법사는 존재하지 않습니다. 한 가지 이상한 것은 그날 근처에서 사건을 목격한 사람들의 증언에 의하면 거대한 불기둥이 지상으로 쏟아졌다고 하는데, 당시의 광경은 이야기로만 들었던 레드 드래곤의 브레스 같다고들 했습니다."

"레드 드래곤의 브레스?"

"예. 하지만 저희들은 지금껏 레드 드래곤과 만났거나 그들의 비위를 거스른 적이 없지 않습니까? 하지만 만약 그 일을 저지른 것이 드래곤이 아닌 마법사라면, 또 이런 짓을 한 것으로 보아 우리와 적대 관계에 있는 자가 분명한데 그게 사실이라면 앞으로 상당히 신경 쓰이는 일이 될 것 같습니다."

사이나의 대답을 들은 사람들은 과연 그만한 능력을 가진 마법사가 레트로니아 왕국에 존재하는가에 대해 열심히 수군덕거렸다.

"그건 그렇고, 무슨 이유로 본부로의 귀환이 이렇게 늦은 것인가?"

"그건……."

사이나는 자세를 바로하고는 신중한 어조로 입을 열었다.

"황태자에 대한 암살이 실패로 돌아간 다음날 전 남아 있는 어쎄신들을 이끌고 본부로 귀환하려고 했습니다. 그때 저희들 앞을 가로막는 자들이 있었는데, 제가 보기엔 황태자의 암살을 저지한 문제의 인물들 같았습니다. 저와 부하들은 그자들을 맞이해 대결을 벌였지만 30분도 안 되어 모두 제압당하고 말았습니다."

"정말 다크 루미니언들이 그렇게 간단하게 제압당했단 말이오?"

"그렇소이다. 나 역시 믿을 수 없지만 이건 내 눈으로 직접 확인한 일이란 말이오. 게다가 더욱 놀란 것은 그들 가운데 저의 정체를 아는 자가 있었다는 겁니다."

"그게 뭐가 놀라운 일이라는 거요?"

"모르는 소리. 레트로니아 왕국에서 내 정체를 아는 사람은 한 명도 없소. 그럼에도 불구하고 내 정체를 알아본다는 것은 나를 알고 있는 제라스탄 왕국 사람이 이곳 레트로니아 왕국에 있다는 말이란 말이오. 그리고 만약 내 예감이 틀리지 않는다면 우리 교단에 강력한 적이 새롭게 출현했다는 것을 의미하오."

"강력한 적? 자세히 말해 보라."

"제 뒤를 쫓는 자가 있습니다."

"전에 자네가 말했던 그자 말인가?"

"그렇습니다. 샤리프 델 시미니언. 제라스탄 왕국 최강의 기사단인

레드 그리핀 기사단의 수석 기사장인 샤리프는 제라스탄 왕국 최강의 전사라고 해도 과언이 아닙니다. 그런 자가 저를 쫓는다는 것은 우리 교단을 추적한다는 말이나 마찬가지이니 우리 교단에 강력한 위협이 될 것이 분명한 일입니다. 전 이제까지 그자만큼 강한 전사는 본 적이 없는데 뜻밖에도 저의 정체를 아는 자가 샤리프의 이름을 거론했습니다. 게다가 샤리프의 이름을 거론한 자 역시 믿을 수 없게도 샤리프만큼 강한 자였습니다. 그자와 그자의 동료들이 암살을 방해했다면 다크 루미니언들의 능력으로는 도저히 막을 수 없는 것이 당연한 일입니다. 전 이런 사실을 알려야겠다는 생각에 그 자리를 떠나기는 했지만, 그자들의 얼굴은 분명히 기억해 두었습니다. 그런 이유에서 본부로 귀환하려 할 때 포이트 티보스 백작으로부터 자신들을 감시하는 듯한 이상한 자들이 있어 그들을 감시하다가 그들이 자신의 성에 침입했을 때, 그들 가운데 한 명을 사로잡는 데 성공했다는 연락이 왔습니다.”

“감시? 누가 티보스 백작이 우리 교단 사람이라는 것을 알고 감시를 했단 말인가?”

“그런 것은 알 수 없지만, 연락을 받는 즉시 서둘러 티보스 백작에게로 출발을 했지만 제가 도착했을 땐 이미 그자는 탈출한 후였습니다.”

“탈출이라니! 어떻게 감시를 했기에 포로가 탈출할 수 있단 말인가?”

“그에 대해서는 제가 엄중하게 문책을 했습니다만 티보스 백작이 사로잡았다는 자의 인상착의가 제가 본부로 귀환하면서 만난 적이 있던 자의 인상착의와 일치했습니다. 게다가 그자를 구해간 자의 능력도 상상을 초월해 티보스 백작의 성은 엉망이 되었고, 사상자의 수도 상당했습니다. 결론을 말씀드리자면 누구인지 확인할 수는 없지만 저희들의 존재를 알고 있는 자가 있고, 그자들이 저희의 대업을 방해하고 있는 것만큼은 확실합니다. 그들에 대한 조치가 늦어지면 늦어질수록 저희들은 상당한 곤란을 겪게 될 것으로 예상됩니다."

사이나의 대답에 실내에 있던 사람들의 얼굴은 곤혹스럽게 변했다. 지금까지 철저히 어둠 속에서만 움직였다고 생각했던 자신들의 행적이 갑자기 태양 아래 드러나 세상 사람들의 눈에 보이게 되었다는 사실에 당혹감을 감추지 못하고 있었던 것이다. 마치 자신의 치부를 느닷없이 다른 사람들에게 보이게 된 사람처럼 말이다.

한참 동안의 정적이 실내를 짓눌렀다.

"먼저 그들의 정체가 무엇이고, 어떤 자가 있고, 또 그 수가 얼마나 되는지 철저히 조사를 해야 한다. 지금 이 시간부터 시행 중인 모든 계획을 중시시킨다. 다크 베트의 린네 단장."

"하명하십시오, 대교황 각하."

"그대는 오늘부터 다크 어쎄신의 마벡 단장을 도와 그들의 정체에 대해 철저히 조사해라."

"마, 마벡 단장을 도우란 말씀이십니까? 이 일은 저희 조직만으로도 충분한 일입니다. 그러니……."

"항명인가?"

"아, 아닙니다. 대교황 각하의 말씀대로 마벡 단장을 도와 그들의 정체를 반드시 밝혀내겠습니다."

"마벡 단장!"

"예, 대교황 각하."

"그대는 휘하의 어쎄신 조직을 총동원해 그자들의 위치와 정체를 반드시 알아내도록. 그리고 그들을 제거하는 데 내 힘이 필요하다면 나에게 언제든 보고를 해라. 다크 스파이더를 움직이겠다."

"다크 스파이더를…… 명심하겠습니다, 대교황 각하."

"설사 상대가 소드 마스터라고 해도 그들이 내미는 죽음의 손을 피할 수는 없을 것이다. 지금 상황이 위기라고 생각하지는 않지만 자만과 방심으로 교단의 위엄에 손상을 입힌 자는 아모데우스님의 분노를 피할 길이 없을 것임을 분명히 명심하기 바란다."

나직하지만 형언할 수 없는 위엄이 실린 음성에 실내에 있는 사람들은 자신도 모르게 몸을 부르르 떨었다.

"모두 맡은 바 자신의 일에 최선을 다하도록 해라. 이것으로 비상회의는 마치겠다. 그대들에게 아모데우스님의 가호가 함께하실 것이다."

그 말을 마지막으로 실내는 짙은 어둠과 침묵에 휩싸였다.

두 개의 촛불이 켜져 있는 작은 테이블.

펼쳐진 책.

의자에 깊숙이 몸을 묻은 채 초점이 잡히지 않는 눈동자로 어둠을 바라보고 있는 청년.

창백하고 갸름한 얼굴의 대부분을 덮고 있는 길고 검은 머리칼이나 어둠처럼 검은 옷은 그를 어둠의 한 부분으로 만들고 있었다.

창백한 안색을 한 청년은 20대 초반으로 보였는데 평생을 지하에서만 생활했는지 그의 얼굴에서 핏기를 찾아보기란 거의 불가능한 일이었다. 게다가 초점이 잡히지 않는 그의 눈은 그의 창백한 얼굴과 어울려 몽환적인 분위기를 자아내고 있었다.

청년의 몸을 휘감고 있는 기묘한 분위기는 주위의 시간마저 지배하는 듯 시간의 흐름을 전혀 느낄 수 없었다.

조용히 타오르던 촛불이 갑자기 흔들린다고 느끼는 순간 테이블 앞으로 다가서는 사람이 있었다.

"플로렌스, 뭘 하고 있느냐?"

부드러운 상대의 음성에 청년의 눈에 서서히 초점이 잡혔다. 그리고 전면을 바라보니 50대 중반의 희끗희끗한 새치가 드문드문 보이는 장년인이었다.

"아! 대부(代父), 잠시 생각을 하고 있었어요."

"생각? 무슨 생각을?"

"세상은 어떤 곳일까요? 많은 사람들이 있고, 산과 들, 강이 있고, 꽃이 피고, 나무들이 자라는 곳이겠지요? 따스한 태양이 세상을 비추고, 비가 내리고, 바람도 불겠죠?"

청년의 말에 대부라 불렸던 장년인의 눈에 잠시 동안 미안해하는 기색이 떠올랐다가는 순식간에 사라졌다.

"세상에 나가고 싶으냐?"

"정말 나가도…… 아, 아니에요."

장년인의 말에 반색을 하던 청년은 곧 시무룩한 얼굴로 고개를 저었다.

"아직 아모데우스님의 계시도 받지 못했고, 또……."

"조금만 참거라. 곧 세상으로 나갈 수 있을 것이다. 아니, 세상이 너를 보길 간절히 원하게 될 것이다."

"정말 그런 날이 올까요, 대부?"

"그럼. 그날은 틀림없이 올 것이다. 그것도 빠른 시일 안에 곧."

"정말 그런 날이 왔으면 좋겠어요. 그것도 빨리."

청년의 음성에는 간절한 기원이 담겨 있었다.

그런 청년을 바라보는 장년인의 눈에는 희미한 연민과 그보다 강한
욕망의 불길이 타오르고 있었다.

*   *   *

레이노스를 출발한 샤이베리아와 크레이는 자신들이 감시하기로 한
포이트 티보스 백작의 성이 있는 리스몬테 시에 도착했다.

일반적인 성이 마을이나 도시의 외곽에 위치해 있는 것에 반해 티보
스 백작이 거주하는 성은 성 자체가 도시를 포함하고 있는 형태를 가
지고 있었다. 성벽 주위에는 깊고 넓은 해자가 파여 있었고, 해자 곳곳
에 날카롭게 깎여 있는 통나무들이 물 위로 드러나 있는 것이 상당히
위협적으로 보였다.

끝없이 늘어선 성벽이나 해자 위에 걸려 있는 다리, 그리고 그 다리
위에는 수십 명의 병사들이 질서정연하게 늘어서 있었다.

성문을 지키던 병사들은 왕래하는 사람이 워낙 없기 때문인지 입이
찢어져라 하품을 하느라 정신을 차리지 못하고 있었다. 눈물을 찍어내
던 30대 병사 하나가 성문 쪽으로 다가오는 두 사람을 발견하고는 반
색했다.

성문으로 다가오는 두 남녀.

샤이베리아와 크레이였다.

가볍고 밝은 색의 라이트 레더에 짧은 소매가 달린 흰 상의와 검은
바지를 입은 크레이의 모습은 영락없이 철없는 부잣집 도련님 같았고,
새파란색의 머리에 핑크 빛 케이프를 두른 귀여운 샤이베리아의 모습
은 누가 봐도 귀족가의 영애처럼 보였다.

　두 사람의 신분이 범상치 않아 보였기에 그들의 앞을 가로막은 병사
는 목소리를 가다듬은 후 질문을 던졌다.

　"저희 리스몬테 시에 오신 걸 환영합니다. 무슨 일로 방문하신 것인
지 그 이유를 알 수 있겠습니까?"

　물론 자신들의 복장이나 외모 때문에 상대가 정중하게 나온 것일 수
도 있다는 것을 모를 크레이는 아니었지만 상대의 정중한 태도에 그의
기분이 좋은 것만큼은 사실이었다.

　"저는 여기 계신 샤이베리아 디 샤벨 아가씨를 호위하는 경호원 크
레이라고 합니다. 저희는 지금 레트로니아 왕국 이곳저곳을 여행하는
중입니다."

　"여행 중… 이시라고요?"

　"그렇습니다만?"

　상대의 말투에 자신들을 의심하는 기색이 엿보이자 크레이는 대답
을 하며 병사들을 슬쩍 엿보았다. 다른 병사들의 얼굴에도 크레이의
대답을 의심스러워하는 기색이 보였다.

　"혹시… 이곳으로 오시다가 몬스터들의 습격을 받지 않으셨습니
까?"

　"몬스터의 습격? 몬스터라고는 구경도 못했는데 무슨 말씀이신
지……."

　"간혹 아주 드물게 몬스터의 습격을 받지 않은 여행객들이 있는데
두 분께서는 아주 재수가 좋았던 모양이군요. 저희 리스몬테 시는 아
시다시피 북쪽에 뮤기냐 산맥이 있습니다. 그래서 그런지는 모르지만
몬스터들이 항상 출몰하는 곳이지요. 그로 인해서 몬스터의 습격을 받
은 여행객들이 많답니다. 그렇기 때문에 항상 무리를 지어서 이동을

하거나 병사들의 보호를 요청해 오는 일이 많답니다. 몬스터와 만나지 않았다니, 아마도 자르츠께서 여러분을 보호하신 모양입니다."

병사의 설명에 샤이베리아는 입술을 삐죽 내밀기는 했지만 그동안 경험을 쌓은 탓인지 입을 열지는 않았다.

"그런 일이 있었군요. 저희가 몬스터와 만나지 않은 것은 귀하의 말씀처럼 정말 자르츠께서 저희를 보호하신 모양입니다. 그럼 안으로 들어가도 되겠습니까? 식사를 아직 하지 못해서 상당히 시장하군요."

"물론입니다. 어서 들어가십시오. 성안에 유명한 음식점이 여럿 있으니 충분히 만족하실 겁니다. 저희 리스몬테 시에 찾아오신 것을 진심으로 환영합니다."

"환대에 진심으로 감사드립니다. 그럼 저희들은 이만."

가볍게 인사를 한 크레이와 샤이베리아는 성안으로 말을 몰았고, 병사들은 그런 두 남녀의 뒷모습을 한동안 바라보았다.

"쯧쯧쯧, 정말 겁없는 청춘들이군."

"그러게나 말이야. 몬스터가 버글거리는 곳을 용케도 무사히 지나왔네그려."

"내가 부모라면 저런 철딱서니없는 것들은 볼기짝을 불이 나도록 패주고 집에서 꼼짝도 못하게 할 텐데 말이야."

"이보게, 그건 그렇고 샤벨이라는 귀족 가문의 이름을 들어봤나?"

"아니, 난 꼬마 아가씨가 하도 기품있게 생겨서 당연히 귀족가의 딸이라고 생각했지."

"어? 나도 그렇게 생각했는데. 하지만 이 나라에 얼마나 많은 귀족들이 있는데 샤벨이라는 가문이 없겠어?"

"그건 그래. 알아봐야 내 일생에 별로 도움도 안 될 거고 말이야. 별

영양가가 없어."

"흐아암~ 정말 찢어지게 따분한 오후구먼 그래."

"흐아암~ 이 사람아, 하품 좀 그만 해. 나까지 나오잖아."

"나오는 하품을 어쩌라고. 흐아암~"

"지겨워 죽겠네. 흐아암~"

정말 나른한 오후였다.

성안으로 들어선 크레이와 샤이베리아는 먼저 티보스 백작의 거처부터 알아봤다.

그의 거처는 리스몬테 시의 서쪽에 있는 그리 크지 않은 둔덕에 위치하고 있었는데 비교적 아담한 곳이었다. 하지만 높고 두꺼운 성벽으로 둘러싸인 곳이라 접근하는 것이 그리 만만해 보이지는 않았다.

먼저 여관을 찾은 두 사람은 숙소를 정하고 간단한 식사를 주문했다.

요리가 나오는 동안 두 사람은 여관 밖을 지나다니는 사람들의 모습을 조금은 멍한 시선으로 바라보고 있었다.

"어떻게 할 거야?"

"예? 뭘 말입니까?"

크레이의 조금은 멍청한 대응에 샤이베리아의 눈살은 당장 찌푸려졌다.

"그게 무슨 멍청한 소리야? 당연히 티보슨지 뭔지 하는 녀석을 감시하는 일을 말하는 거지."

샤이베리아의 날카로운 음성에 크레이는 황급히 주위를 둘러보았다. 하지만 사람들은 자신들의 이야기에 정신이 팔려 미처 그녀의 말을 듣지 못한 것 같았다.

"샤이베리아님, 누가 검은 달 교단의 신도들인지 모르는 상황이니 제발 음성을 낮춰주십시오."

"흥! 그까짓 검은 달인지 시궁창의 달인지를 믿는 놈들을 내가 신경이나 쓸 것 같아?"

"샤이베리아님은 신경 쓰지 않으시겠지만 전 다릅니다. 솔직히 제가 이번 일을 제대로 처리할 수 있을지 정말 불안합니다."

"불안해? 뭐가? 아무리 생각해 봐도 넌 생각이 너무 많아. 일단은 그 자식의 거처에 잠입해서 감시하면 되잖아. 뭐가 문제야?"

샤이베리아의 말에 크레이는 낮게 한숨을 쉬었다.

티보스 백작의 성은 둔덕 위에 세워져 있어 접근하기도 용이하지 않을 뿐더러, 또 내부 구조를 모르니 함부로 잠입할 수도 없는 상황이었다. 이런 상황에서 어떻게 잠입을 해서 누구를 감시한다는 것인지…… 아니, 어떻게 그렇게 생각이 단순할 수 있는지 자신의 머리로는 도저히 이해가 되지 않았다.

잠시 후 식사가 나오자 두 사람은 아무런 말 없이 식사를 하기 시작했다. 그들이 식사를 하는 사이 옆 테이블에 앉아 있던 용병 차림의 사내 가운데 한 명이 일어났다.

"나 먼저 갈 테니 자네들은 천천히 오도록 하게."

"갈 거야? 그럼 우리는 술 한잔하고 갈 테니까 기다리지 말고 그냥 쉬어."

"알았어. 그렇지만 너무 많이 마시진 말라고. 조장이 알면 별로 좋아하지 않을 테니까 말이야."

"알았어, 알았으니까 잔소리 그만 하고 어서 가."

30대 중반의 용병은 동료들에게 몇 마디의 잔소리를 하고서야 여관
을 나갔다.

여관을 빠져나온 용병은 힐끔 뒤편을 바라보고는 어딘가를 향해 빠
르게 걸음을 옮겼다.

잠시 후 그가 도착한 곳은 허름한 과일 가게였다.

정신없이 손님들을 상대하던 주인은 흘깃 용병의 모습을 발견하고
는 예의 상투적인 인사말을 던졌다.

"어서 오십시오, 손님. 어떤 과일을 드릴까요?"

"아이리스 왕국에서 들여온 자몽은 어디 있소?"

"예, 안쪽에 있습니다."

"알겠소."

평범하게 대화를 주고받은 용병은 자연스럽게 가게 안으로 들어갔
고, 과일 바구니에 과일을 주워 담던 주인의 눈에 이상한 빛이 잠시 번
뜩였다가는 순식간에 사라졌다.

가게 안으로 들어선 용병은 과일 궤짝을 정리하고 있는 두 명의 청
년을 발견했다. 갑자기 나타난 용병을 발견하고도 청년들은 전혀 놀라
지 않았다. 다만 손을 천천히 허리춤으로 가져가며 태연한 표정으로
입을 열었다.

"무엇을 도와드릴까요, 손님."

"자몽이 이곳에 있다고 주인에게 들었소."

"아! 자몽은 다 팔리고 없는데. 죄송합니다, 손님."

"그럼 검은 달의 정기를 받고 자란 과일은 있소?"

용병의 말에 두 청년의 눈빛이 한순간에 싸늘해졌다.

"있기는 하지만 선택받은 사람이 아니면 먹는 순간 죽음을 피할 수

없는 과일입니다."

"하지만 난 아모데우스님의 총애를 받은 사람이니 오히려 나에게는 커다란 축복이 될 것이오."

용병의 대답에 청년들의 눈에서 싸늘한 기색이 사라졌다. 대신 그들의 눈에 의아해하는 기색이 완연했다.

"대체 무슨 일이 있기에 연락도 없이 이곳까지 온 것이오?"

"슈피리어께 긴히 보고드릴 사항이 있어 왔소. 지금 그분은 여기에 계시오?"

"들어가 보시오. 때마침 돌아와 계시오."

"고맙소."

대답을 한 용병이 전면에 보이는 과일 상자 가운데 하나를 슬쩍 밀자 벽면이 밀려나며 어두운 통로가 드러났다. 그러자 용병은 망설이지 않고 통로 안으로 들어섰다. 들어선 지 얼마 되지 않아 용병은 마법등이 켜져 있는 작은 석실에 도착했다.

그곳에는 40대 중반으로 보이는 사내 하나가 서류를 보고 있었다. 그를 발견한 용병은 지체없이 무릎을 꿇고는 정중하게 인사를 했다.

"미천한 제가 슈피리어님께 인사를 올립니다."

"무슨 일이기에 미사 날짜도 아닌데 온 것인가?"

"급히 보고를 드릴 일이 있어서입니다."

"급한 보고?"

"그렇습니다. 정체 불명의 두 남녀가 제가 관리하는 여관에 투숙을 하고 있는데, 그들의 대화 가운데 티보스 백작님을 감시한다는 말이 나왔기에 슈피리어님께 보고를 드려야겠다고 생각해 이렇게 온 것입니다."

"대주교님을 감시하겠다고?"

"예? 그분께서 대주교님이셨습니까?"

슈피리어의 말에 용병이 깜짝 놀라 반문하자 슈피리어는 순간 아차 하는 표정을 지었다. 눈을 동그랗게 뜨고 자신을 바라보는 용병의 모습에 슈피리어는 어쩔 수 없다는 표정을 짓고는 대답을 했다.

"어차피 곧 세상에 알려질 일이니 자네가 알아도 상관은 없지만 일단 다른 사람들에게는 비밀로 하게. 대주교님을 편안하게 해드리는 것이 우리 신도들의 의무가 아닌가?"

"무, 물론입니다. 이 일은 제가 죽을 때까지 철저히 비밀로 하겠습니다. 하, 하지만 그분께서 설마 대주교님이실 줄은 상상도 못했던 일입니다!"

슈피리어의 말에 용병은 감격한 듯 금방이라도 눈물을 흘릴 것 같은 얼굴을 하고 있었다. 그런 용병의 반응에 슈피리어는 나직이 한숨을 쉬었지만 별다른 내색을 하지는 않았다.

"지금 그들은 누가 감시하고 있는가?"

"제 동료들이 지금 그들을 감시하고 있으니 걱정하지 않으셔도 됩니다. 아마도 지금 몇 겹의 감시망을 펼쳐 놓고 있을 겁니다. 명령만 내리신다면 당장이라도 그들을 사로잡을 수 있습니다. 어떻게 할까요?"

"일단은 감시만 하도록 하게. 대주교님께는 내가 보고하고 지시를 받도록 하겠네. 절대 그들을 놓쳐서는 안 되네. 명심하게, 절대 그들이 눈치 채지 못하게 해야 하네. 알겠나?"

"명심하겠습니다."

용병이 석실을 나간 후에도 슈피리어는 한참 동안 고심을 하고 있었다.

"대체 무엇 때문에 그들이 대주교님을 감시한다는 거지? 혹시 대주교님의 정체를 알고 온 자들이 아닌지 모르겠군. 아무래도 내가 대주교님을 직접 만나뵈어야겠어."

서류를 정리한 슈피리어는 곧 석실을 빠져나갔다.

*   *   *

샤이베리아가 자신의 방에 알람 마법을 거는 것을 확인하고서야 크레이는 안심을 하고 여관을 빠져나왔다. 그리고는 티보스 백작의 성을 향해 빠르게 달려갔다.

사실 레트로니아 왕국은 오래전부터 루니언 10시부터 솔리언 5시까지 통행 금지를 실시하고 있었지만 대부분의 도시에서는 유명무실한 법이었다.

아무리 통행 금지법이 있다고 하더라도 큰 도시에선 새벽까지 술에 취해 떠드는 자들이나 통행인들이 없을 수 없다. 하지만 이곳 리스몬테 시엔 단 한 사람도 없었다. 티보스 백작의 성으로 다가가면서 크레이는 연신 주위를 살폈지만 보이는 사람은 단 한 사람도 없었다. 하지만 크레이가 달려가는 모습을 어둠 속에서 지켜보는 눈동자가 있었다.

약 20분 정도를 달려 티보스 백작의 성에 도착한 크레이는 먼저 주위를 살폈다. 높이 치솟은 성벽 밑으로는 깊은 해자가 파여 있었고 끝없이 이어진 성벽 위에는 수십 명의 경비병들이 물샐틈없이 주위를 살피고 있었다.

성벽의 높이만 해도 거의 10파렌이 넘어 보였기에 경비병의 눈을 피해 성벽을 오르기란 거의 불가능해 보였다. 크레이는 성벽을 따라 은신해 가며 조사를 했지만 성의 정문을 통과하거나 성벽을 타고 오르는 방법을 제외하고 다른 방법은 찾을 수 없었다.

결국 새벽까지 성벽 주위를 맴돌았지만 별다른 방법은 찾을 수가 없어 실망한 크레이는 다시 여관으로 돌아오는 수밖에 없었다.

아침에 1층 식당에서 크레이를 만난 샤이베리아는 그의 얼굴이 별로 밝지 못한 것을 발견하고는 고개를 갸웃거렸다.

"왜 그런 얼굴을 하고 있는 거지?"

"예? 아닙니다."

"왜 그러냐니까?"

"어제 티보스 백작의 성을 살피러 가지 않았습니까."

"그건 나도 아니까 다음 이야기나 해봐."

"성 주변을 돌며 자세히 살펴봤지만 너무나 견고한 성이었습니다. 날아가는 방법이 아니면 침투할 방법도 없어 보였고 경계도 너무나 철저했습니다."

"그래서 아침부터 그런 얼굴을 하고 있었던 거야?"

너무나 태연한 샤이베리아의 태도에 대체 그녀에게 어떻게 설명을 해야 지금 상황이 상당히 심각하다는 것을 이해시킬 수 있을지 말문이 막혔다.

"일단 티보스 백작을 감시해야 그가 검은 달 교단 사람들과 접촉하는지 안 하는지 알 수 있을 것 아닙니까? 하지만 지금 상황에서는 감시는커녕 티보스 백작의 얼굴조차 볼 수가 없으니 어떻게 그를 감시할 수 있겠습니까?"

"하지만 그렇다고 너처럼 얼굴을 구긴다고 해서 그 자식의 얼굴을 볼 수 있는 것은 아니잖아."

"샤이베리아님의 말씀도 틀린 것은 아니지만 저희가 이곳까지 온 것이 단순히 놀러 온 것은 아니지 않습니까?"

크레이의 대답에 샤이베리아는 답답하다는 표정을 감추지 못했다.

"하여간 너는 생각이 너무 많아. 그래서 오래 살진 못할 거야. 그런 생각 안 들어?"

샤이베리아의 말에 크레이는 길게 한숨을 내쉬었다.

"그래서 어떻게 하자는 거야?"

"일단 오늘 낮에 다시 한 번 성을 살펴볼 예정입니다. 혹시 새벽에 발견하지 못한 침투로가 있을지 모르니까요. 샤이베리아님도 같이 가시겠습니까?"

"당연하지. 혼자 여관에서 뒹구는 것은 정말 지겨워."

"그럼 아침 식사를 마치고 천천히 출발하죠. 그리고 조심하셔야 합니다."

크레이의 말에 샤이베리아는 무슨 말이냐는 듯 그의 얼굴을 빤히 쳐다보았다.

"이유는 모르겠지만 왠지 기분이 이상합니다."

"기분이 이상하다니? 그게 무슨 소리야?"

"누군가 저희를 감시하는 것 같아서 기분이 좋지 않습니다."

크레이의 말에 샤이베리아는 주위를 둘러보았지만 식사 준비를 하는 뚱보 여관 주인을 제외하고는 아무도 볼 수 없었다.

"아무도 안 보이는데? 누가 우릴 감시한다는 거야?"

"휴우~ 그냥 제 예감이 그렇다는 것입니다."

크레이의 한숨 섞인 말에도 샤이베리아는 여전히 이해를 하지 못하겠다는 듯 고개를 갸우뚱거리고 있었다.

그날 저녁 여관으로 돌아온 크레이의 얼굴은 여전히 어두웠다.

역시 자신이 전날 살펴보았던 것과 다른 점은 발견하지 못했다. 오히려 낮에 본 성벽은 철옹성처럼 단단하고 높아 보이는 것이 밤에 보았을 때보다 더 위압감이 느껴졌다. 게다가 곳곳을 지키고 있는 병사들의 수도 전날 확인했던 것보다 훨씬 많아 보였다.

물론 샤이베리아 역시 크레이와 같이 성벽의 견고함을 확인했지만 생각하는 것은 전혀 달랐다.

그냥 레비테이션 마법으로 날아가서 그 작자를 제압해 최면 마법을 걸어 그가 알고 있는 것을 모조리 실토받으면 되지 않겠는가? 그러면 그자가 검은 달 교단의 신도인지 아닌지 알 수 있는 일이 아닌가? 신경 쓸 일도, 걱정할 일도 하나도 없는데 대체 뭘 저렇게 고민을 하는 것인지 샤이베리아는 전혀 이해를 할 수 없었다.

"이봐, 크레이. 그런 얼굴 하지 말고 앞으로 어떻게 할 건지나 말해 봐."

"일단 새벽에 잠입해 볼 생각입니다."

"새벽에?"

"예, 낮보다는 아무래도 새벽에 병사들의 긴장이 많이 해이해지니까요."

"알았어. 나도 따라가 줄게."

샤이베리아의 말에 크레이의 얼굴에 순간 불안함이 스치고 지나갔다. 하지만 애써 부정하며 고개를 저었다.

"상황이 어려워지면 제가 샤이베리아님을 제대로 보호하지 못할 수

도 있습니다. 만약 그런 경우가 생긴다면 지체없이 제 곁을 떠나십시
오.”

“뭘 걱정하는 거야? 내가 너 하나 정도 보호하지 못할 것 같아? 걱정
하지 마, 내가 알아서 돌봐줄 테니까.”

“다시 말씀드리지만 저보다는 샤이베리아님의 안전에 신경 쓰십시
오. 설사 제가 목숨을 잃는다 하더라도 신경 쓰지 말고 몸을 피하셔야
합니다. 저에게 약속해 주십시오. 위험해지면 반드시 피신하겠다고 말
입니다.”

“그, 그래, 알았어.”

크레이의 강렬한 눈빛을 받은 샤이베리아는 자신도 모르게 더듬거
리며 대답했다. 육체적인 강함이 아닌 정신적인 위압감 때문이었다.

“그럼 전 새벽을 대비해 조금 쉬어야겠습니다.”

말을 마친 크레이는 자신의 방으로 들어가 버렸고 혼자 남은 샤이베
리아는 조금 전 자신의 행동 때문인지 얼굴이 새빨갛게 상기되어 있었
다.

세상의 모든 것이 깊은 정적에 묻혀 있는 새벽, 어둠 속을 빠르게 이
동하는 두 사람이 있었다.

크레이가 빠르게 달려가는 반면 샤이베리아의 몸은 지상에서 약간
떠서 빠르게 날아가고 있었다. 크레이의 얼굴은 긴장 때문인지 조금은
굳어 있었다.

얼마 되지 않아 티보스 백작의 성 외곽에 도착한 두 사람은 성벽 위
곳곳에서 주위를 경계하고 있는 병사들의 모습을 발견할 수 있었다.

“어디로 들어갈 거야?”

“전 저곳을 통해 안으로 들어갈 겁니다. 샤이베리아님께서는 어떻게 하실 겁니까?”

물어보는 말과는 달리 크레이의 얼굴에는 못마땅해하는 표정이 역력했다. 그도 그럴 것이 몰래 잠입하겠다는 사람이 어둠 속에서도 확연하게 드러나는 밝은 핑크 색의 옷을 입고 나왔기 때문이었다. 그러니 크레이의 반응은 당연한 것이었다.

“나? 난 날아서 갈 거야.”

“잊지 마십시오. 조금이라도 위험하다고 느껴지시면 즉시 탈출해야 한다는 것 말입니다.”

“내가 정말 그러면 넌 날 원망할 거잖아?”

“절대 원망하지 않을 테니까 즉시 탈출하셔야 합니다. 아시겠습니까?”

“알았어, 알았다니까.”

마치 자신을 어린애 취급하는 크레이의 태도에 샤이베리아는 기분이 나빴기에 음성이 퉁명스럽기 그지없었다.

자신이 침투하기로 결정한 성벽 밑에 은신한 크레이는 주위를 경계하는 병사들의 시선이 서로 반대 방향을 바라보는 순간 신중하게 한 자루의 대거를 던졌다. 날아간 대거는 성벽 중간쯤의 돌과 돌 사이의 틈을 소리도 없이 정확히 파고들었다.

크레이는 긴장한 눈으로 주위를 둘러보았지만 눈치를 챈 사람은 없는 것 같았다. 길게 심호흡을 한 크레이는 다시 병사들의 시선이 반대를 향하는 순간 성벽을 향해 쏜살같이 달려갔다.

팍!

미약한 소리와 함께 지면을 박찬 크레이는 다시 성벽을 가볍게 박차며 대거가 박혀 있는 곳을 향해 몸을 날렸다. 수직으로 치솟은 크레이는 다시 대거를 밟고 더욱 빠르게 치솟아 순식간에 성벽 너머로 사라졌다.

조금 떨어진 곳에서 그 모습을 지켜보던 샤이베리아는 날렵한 크레이의 몸놀림에 작은 탄성을 질렀다.

"햐~ 정말 빠른데? 나도 이번 모험이 끝나고 나면 검술이나 익혀볼까? 림피드니스! 레비테이션!"

샤이베리아의 시동어와 함께 그녀의 몸이 점점 투명해짐과 동시에 서서히 허공으로 떠오르기 시작했다. 그리고는 곧 시야에서 완전히 사라졌다. 마치 유령처럼 어떤 움직임도 느낄 수 없었다.

성벽을 넘은 크레이는 성벽 밑에 있는 숲으로 재빨리 이동해 몸을 숨겼다. 그리고는 긴장한 눈으로 주위를 살폈다.

곳곳에 불을 피워놓고 경계를 서는 병사들의 모습이 보였는데 별다른 움직임을 보이지는 않았다. 안도의 한숨을 쉬던 크레이는 갑자기 긴장한 얼굴로 검의 손잡이에 손을 올려놨다.

"나야."

어둠 속에서 샤이베리아의 음성이 들리자 크레이는 긴장을 풀며 긴 한숨을 내쉬었다. 그리고 서서히 샤이베리아의 몸이 어둠 속에서 드러났다.

"그 자식이 있는 곳이 어디지?"

"저 두 채의 건물 중 하나 같은데…… 어느 쪽인지는 저도 모르겠습니다."

멀리 어둠 속에서 보이는 건물은 두 채.

하나는 4층짜리 건물이었고, 또 하나의 건물은 3층짜리 건물이었는데 건물의 넓이가 상당해 보였다. 물론 건물 주위를 지키는 병사들의 숫자도 적지 않아 보였다.

건물 주위를 둘러보았지만 병사들의 감시를 피해 건물에 잠입하기란 쉬운 일이 아니었다. 게다가 어떤 위험이 있을지 모르니 건물 안으로 함부로 들어갈 수도 없는 상황이었다.

"그럼 이제 어떻게 할 거야?"

"일단 저쪽 건물을 먼저 조사해 봐야 할 것 같습니다. 왠지 신경을 자극하는 것이, 저곳에 뭔가 있을 것 같습니다."

"있다니? 뭐가?"

"글쎄요? 저도 보지 못했으니 뭐가 있는지는 모르겠지만 예감이 좋지 않은 것을 보면 조심해야 할 것 같습니다."

"조심하긴 뭘 조심해. 눈에 보이지 않는데 지들이 어쩔 거야? 림피드니스!"

샤이베리아의 시동어와 함께 두 사람의 모습이 서서히 희미해졌다. 영문을 몰라 어리둥절한 표정을 짓고 있던 크레이를 보고 샤이베리아가 입을 열었다.

"뭐 하고 있어? 안 갈 거야?"

"정말 저의 모습이 저들에게 보이지 않을까요?"

"건방지게. 넌 드래곤의 마법을 대체 뭐라고 생각하는 거야? 드래곤의 마법을 감히 인간 따위가 발견이나 할 수 있을 것 같냐? 걱정 말고 어서 따라오기나 해."

샤이베리아가 말과 함께 건물을 향해 걸어나가자 크레이도 어쩔 수 없이 자신의 롱 소드를 뽑아 들고 그녀의 뒤를 따라갔다. 두 사람이 몸을 숨겼던 숲과 두 건물과의 거리는 거의 100파렌 이상 떨어져 있었고, 병사들은 건물에서 약 10파렌 정도 떨어져 경계를 서고 있었다.

두 사람이 이동해 50파렌쯤 전진했을 때였다.

한순간 경계를 서고 있던 병사들의 시선이 일제히 두 사람에게로 쏠렸다. 병사들과 눈이 마주친 크레이는 그야말로 심장이 입 밖으로 튀어나올 듯 깜짝 놀랐다.

"침입자다!"

"어서 저들을 잡아라!"

병사들이 일제히 함성을 지르며 달려들자 두 사람은 너무나 당황한 나머지 그 자리에서 꼼짝도 하지 못했다.

슈슈슈슉—

파파파팍!

공기를 가르는 낮은 소리와 함께 수십 발의 화살이 두 사람에게로 쏟아졌다. 본능적으로 몸을 피하던 크레이는 순간 샤이베리아가 함께 왔음을 기억하고는 다시 그녀에게로 몸을 틀었다.

순간 왼쪽 어깨에게 이는 격렬한 통증에 크레이는 자신도 모르게 신음을 토했다.

"윽!"

어깨에 박힌 화살을 움켜쥔 크레이의 눈에 샤이베리아의 옆구리에 틀어박힌 화살이 너무나도 선명하게 보였다.

고통스러워하는 샤이베리아의 모습에 크레이는 자신도 모르게 다급함을 느끼고는 소리를 질렀다.

"어서 피해! 어서 피하란 말이야!"

옆구리를 움켜쥐고 고통스러워하던 샤이베리아는 크레이의 고함 소리에 정신이 든 듯 다시 한 번 자신과 크레이를 보호할 수 있는 커다란 실드를 만들려고 스펠을 캐스팅했다. 그러나 결과는 마찬가지였다.

건물로 접근하면서 만들었던 실드가 무슨 이유 때문인지 사라진다고 느끼는 순간 병사들이 자신들을 발견했고, 이렇게 공격을 받게 된 것이다.

물론 실드 계열의 방어 마법 스펠을 몇 번이나 캐스팅했지만 갑자기 그녀의 마법 능력이 사라진 것인지 어느 것 하나 실현되는 것이 없었다.

너무나 당황해 어쩔 줄 모르는 사이 하나의 화살이 그녀의 옆구리를 파고들었고, 너무도 격렬한 고통 때문에 다른 생각은 할 수도 없었다. 동시에 샤이베리아는 난생처음 자신이 죽을지도 모른다는 생각과 함께 밀려드는 공포에 몸을 떨어야만 했다.

화살이 박힌 옆구리에서 전해지는 격렬한 고통과 함께 혼란스러운 생각 때문에 정신을 차리지 못하고 있을 때 크레이의 고함 소리가 들려왔고, 그 순간 샤이베리아는 정신을 차릴 수 있었다.

크레이를 찾아보니 이미 크레이는 적들을 맞아 치열한 혈전을 벌이고 있었는데, 병사들이 샤이베리아 쪽으로 가려고 할 때마다 자신의 상처에는 아랑곳하지 않고 필사적으로 막고 있었다.

그 모습에 감격할 사이도 없이 샤이베리아의 몸은 크레이의 고함 소리에 반응해 조금 전 그들이 은신하고 있던 숲을 향해 달려가고 있었다.

"계집이 도망친다!"

"어서 저 계집애를 잡아라!"

일부의 병사들이 외치는 소리에 샤이베리아는 너무나 수치스러운 나머지 이를 부드득 갈았지만 지금으로써는 다른 방법이 없었다. 숲 속으로 몸을 숨긴 샤이베리아는 황급히 워프의 스펠을 캐스팅했다.

"워프!"

순간 그녀의 몸은 그 자리에서 감쪽같이 사라졌다.

한편 샤이베리아가 도주할 시간을 벌어주던 크레이는 샤이베리아의 뒤를 쫓던 병사들이 허탈한 모습으로 돌아오는 것을 확인하고서야 거우 안도의 한숨을 쉴 수 있었다.

그 순간 그가 들고 있던 롱 소드는 거역할 수 없는 힘에 이끌려 허공으로 치솟았고, 크레이가 손목을 잡고 고통스러워할 때 그의 목에 시퍼런 칼날이 닿아 있었다.

고개를 돌려 상대를 확인하니 그리 큰 키는 아니었지만 떡 벌어진 어깨에 웬만한 여인의 허리만큼 굵은 팔을 가진 40대 중반의 사내였다.

"그대는 누구이기에 나의 집에, 그것도 이렇게 늦은 시간에 침입한 것인가?"

"그대가 포이트 티보스 백작이시오?"

"설마 내가 누군지도 모르면서 내 집에 침입했단 말인가?"

노기가 섞인 포이트의 말에 잠시 머뭇거리던 크레이는 곧 다시 입을 열었다.

"내가 찾는 사람은 티보스 백작이 아니오."

"그럼 누굴 찾기에 이런 야심한 시간에 남의 집에 뛰어들었단 말인가? 만약 그대의 대답이……."

"난 국왕 폐하의 은총을 배신한 검은 달 교단의 교도인 포이트 티보스라는 사람을 만나러 왔소.”

크레이의 뜻하지 않은 대답에 포이트의 눈에는 당황하는 기색이 떠올랐다. 하지만 포이트가 눈 깜짝할 사이에 감정을 지우는 동안 주위를 둘러싸고 있던 병사들은 크레이의 대답에 영문을 모르겠다는 표정들을 짓고 있었다.

“검은 달 교단이라니? 그게 뭐지?”

“그러게나 말이야? 자넨 검은 달 교단이라고 들어본 적이 있는가?”

“아니, 그게 대체 뭐 하는 단체지?”

병사들의 말을 들으며 그들을 안색을 살피던 크레이는 그들의 반응이 대체로 두 편으로 나뉘는 것을 확인할 수 있었다. 한쪽은 정말 한 번도 들어본 적이 없어 의아해하는 병사들이었고, 또 한쪽은 애써 태연한 표정을 짓지만 불안한 기색을 보이는 병사들이었다.

그들 모두가 검은 달 교단의 교도가 아니었다는 것이 안심이 되면서도 또 한 편으로는 비밀을 지키기 위해 자신을 그냥 두지 않을 것이란 생각이 들었다.

“검은 달 교단이라니? 감히 귀족인 날 우롱하는 것이냐? 당장 이놈을 지하 감옥에 가두거라. 날이 밝는 대로 철저히 심문해 이놈의 배후에 누가 있는지 알아봐야겠다. 그리고 혹시 적들이 다시 침입할지 모르니 더욱 경계를 철저히 하도록 하거라. 알겠느냐!”

“예, 명심하겠습니다.”

포이트의 말에 병사들은 일제히 허리를 꺾었다.

포이트가 저택 안으로 사라지자 병사들 가운데 몇몇이 크레이를 지하 감옥으로 끌고 갔고, 남은 병사들은 다시 주위로 흩어져 경계를 섰다.

여관으로 돌아온 샤이베리아는 조금 전 상황을 떠올리고 있었다. 하지만 아무리 생각해 봐도 치밀어 오르는 분노를 참을 길이 없었다.

세상에 드래곤인 자신이 겨우 인간 따위가 쏜 화살에 부상이 입다니…… 이건 있을 수도 없는 일이고 있어서도 안 되는 일이었다.

처음에는 여관으로 돌아와 치료를 마친 후 즉시 본체로 돌아가 당장 티보스 백작의 성을 브레스로 날려 버리려고 했다. 하지만 크레이가 그들 손에 잡혀 있다는 생각이 떠올라 그럴 수도 없었다.

어깨에 화살이 꽂힌 채 자신을 향해 달려오는 병사들의 앞을 가로막으며 도망치라고 외치던 크레이의 모습이 떠오르자 갑자기 묘하게 가슴이 두근거리기 시작했다.

이런 감정을 이제껏 느껴본 적이 없는 샤이베리아는 지금 자신이 느끼고 있는 이 감정을 뭐라고 말해야 좋을지 알 수 없었다. 하지만 그들에게 사로잡힌 크레이가 겪고 있을 고통이 생각나자 도저히 가만히 있을 수 없었다.

그렇지만 샤이베리아는 냉정을 되찾으며 조금 전 자신이 겪었던 상황을 떠올려 마법이 갑자기 실현되지 않은 것에 대해 심각하게 고민하기 시작했다. 자신의 마법 실력이 겨우 7클래스 급밖에 되지 않는다고 하더라도 세상의 마나가 몽땅 사라진 것이 아니라면 드래곤인 자신의 마법이 실현되지 않는 상황은 한 가지밖에 없었다.

안티 매직 존.

일정 지역의 마나를 인위적인 방법으로 없애 마법사가 마법을 쓸 수 없도록 만든 지역을 가리키는 말이었다.

자신들의 투명 마법이 저절로 해제된 것이나 실드 마법이 통용되지 않은 것을 보면 두 채의 건물 주위에 누가, 어떻게 만든 것인지는 모르지만 안티 매직 존을 만든 것이 틀림없었다. 물론 경험이 많은 드래곤이라면 이런 간단한 속임수에 당할 리 없을 테지만 자신이 겨우 인간들이 만든 안티 매직 존에 걸려 부상을 입었다는 것이 너무나도 수치스러웠다.

이를 부드득 간 샤이베리아는 즉시 여관의 허공으로 워프를 해 본래의 모습으로 돌아갔다. 그리고는 디텍트 계열의 스펠을 사용해 크레이가 가지고 있는 통신용 거울을 찾았다.

본체에서 사용할 수 있는 막대한 마나를 이용한 탓인지는 모르지만 금세 찾을 수 있었다. 거울은 두 채의 건물 중 4층짜리 건물의 지하에 있는 것을 확인할 수 있었고, 크레이 역시 근처 어디에 있을 것으로 예상되었다.

한 쌍의 날개를 휘저어 티보스 백작의 성 상공에 도착한 샤이베리아는 신중한 태도로 안티 매직 존을 구성하고 있는 마법구(魔法具)를 먼저 찾았다. 샤이베리아는 곧 건물을 보호하듯 건물 주변 땅속 곳곳에 깊숙이 묻어놓은 수십 개의 수정구슬을 발견할 수 있다.

깊게 심호흡을 한 샤이베리아는 곧 서너 개의 스펠을 동시에 캐스팅했다.

"픽싱 타킷! 매직 미사일! 매가 라이트닝 볼트! 폴리모프! 림피드니스!"

수백 발의 매직 미사일이 눈이 아릴 것 같은 번개가 건물 주위로 떨어져 폭발하면서 자욱한 흙먼지를 일으켰고, 순식간에 주위는 흙먼지로 인해 온통 암흑 세상으로 변했다.

병사들이 난데없는 상황에 정신을 차리지 못해 우왕좌왕할 때 그들의 머리 위로 폭포수처럼 전류가 쏟아졌다.

"으아악!"

퍼퍼퍽— 펑펑!

처절한 비명 소리와 함께 가죽 공이 터지는 듯한 기이한 소리가 주위에서 연속적으로 들려왔다. 어느 틈에 소녀의 모습으로 폴리모프한 샤이베리아의 몸은 투명하게 변한 채 건물의 지하로 숨어들었다.

지하에서 죄수들을 지키던 병사들은 갑자기 들린 비명 소리에 당황하며 누가 먼저랄 것도 없이 밖으로 달려나왔다.

한편 지하로 내려온 샤이베리아는 지하 감옥의 이곳저곳을 살폈지만 크레이의 모습은 좀처럼 보이지 않았다.

조급한 마음을 숨기지 못하며 두리번거리던 샤이베리아의 눈에 푸줏간의 고기처럼 피를 흘리며 매달려 있는 크레이의 모습이 들어온 것은 얼마간의 시간이 지난 후의 일이었다.

넝마처럼 해진 상의는 그가 흘린 피로 붉게 물들어 있었고, 불빛에 드러난 그의 상체 곳곳은 그새 고문을 받은 듯 온통 상처투성이였다. 정신을 잃은 듯 축 늘어져 있는 크레이는 양손에 채워진 수갑 때문에 쓰러지지도 못한 채 벽에 매달려 있었다.

그의 처참한 모습을 발견하는 순간 샤이베리아는 자신도 모르게 극한의 분노를 느꼈다.

"라이트닝 볼트!"

앞으로 내민 샤이베리아의 손에 끼워져 있던 반지가 붉은색을 띠는 순간 눈부시게 하얀 번개가 감옥의 철문으로 날아갔다.

쾅!

요란한 소리와 함께 문은 날아가 버렸고, 감옥 안으로 들어선 샤이베리아는 자신도 모르게 기절해 있는 크레이의 뺨을 잠시 쓰다듬었다.

그리고는 조심스러운 손길로 부축하며 그를 구속하고 있던 수갑을 마법으로 잘라냈다.

"큐어! 힐링! 리커버리!"

자신이 알고 있는 모든 치료 마법의 스펠을 캐스팅해 크레이에게 베풀어준 샤이베리아는 그가 정신을 차리기만을 기다렸다. 그런 샤이베리아의 걱정 덕분인지 모르지만 크레이는 곧 정신을 차렸다.

"크레이, 날 알아보겠어?"

"샤, 샤이베리아님?"

"그래, 나야. 이제 정신이 좀 들어?"

"여, 여긴 어떻게?"

억지로 정신을 차리려는 듯 고개를 흔들며 일어서려고 했지만 완전 탈진된 크레이로서는 쉬운 일이 아니었다.

"정신이 들었으면 일단 나가서 이야기하자고. 자, 나한테 기대어 움직여."

보이지는 않지만 샤이베리아의 어깨에 팔을 둘러 몸을 의지하던 크레이는 그제야 자신의 손에 느껴지는 것이 옷이 아니라 그녀의 맨몸이라는 것을 느끼고는 흠칫 놀랐다. 하지만 샤이베리아는 크레이를 부축하기에 여념이 없어 자신이 폴리모프할 때 옷을 만들지 않았다는 사실을 미처 깨닫지 못하고 있었다.

그들이 지하 감옥의 복도로 나오자 이미 그곳엔 수십 명의 병사들이 지키고 서 있었다. 그렇지만 병사들은 눈을 동그랗게 뜨고 있었는데 그도 그럴 것이 크레이가 누군가에 부축을 받아 서 있는 듯한데, 문제는 그 누군가가 전혀 눈에 보이지 않는다는 데 있었다. 아니, 크레이의 몸에 흐른 피가 군데군데 묻어 마치 핏방울이 공중에 떠 있는 듯 보여 더욱 공포스러운 모습이었다.

"모두 죽어, 라이트닝 볼트!"

순간 극한의 분노에 찬 낮은 음성과 함께 수십 줄기의 번개가 그들에게 날아갔고, 번개에 맞는 순간 그들의 몸은 폭죽처럼 터져 버렸다. 샤이베리아의 반지에서 쏟아진 번개는 그 잔해조차 새카맣게 태워 버렸다.

한순간 통로 안에 있던 병사들이 없어지자 샤이베리아는 크레이를 부축한 채 밖으로 나왔다. 하지만 그곳에는 더욱 많은 병사들이 활과 갖가지 무기를 겨눈 채 샤이베리아와 크레이를 노려보고 있었다. 그리고 그들 앞에는 포이트가 믿을 없다는 표정으로 두 사람을 지켜보고 있었다.

"넌 누구냐! 어서 모습을 드러내라!"

"흥! 티보스 백작이라고 했느냐? 오늘은 이대로 그냥 돌아가지만 곧 다시 찾아오마. 아마 그때는 단단히 각오를 하는 것이 좋을 것이다. 이 리스몬테에 사는 나무 한 그루, 풀 한 포기도 그냥 두지 않을 테니까. 레비테이션!"

시동어와 함께 크레이의 몸은 까마득한 허공으로 치솟았고, 그런 크레이의 모습을 사람들은 그저 멍하니 바라보고 있을 뿐이었다.

메디안의 불만

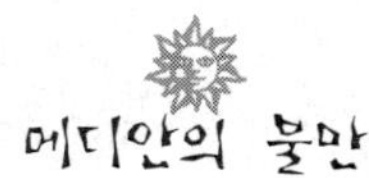

메디안의 불만

"이곳이 크리스털 빌리지가 분명한데…… 그분은 어디 계신지 전혀 찾을 수 없군."

"그분의 인상착의를 말씀해 주시면 제가 주위를 한번 둘러보겠습니다."

"아니네, 잠시 쉬고 난 후 같이 찾아보도록 하세. 일단 저곳으로 가세."

샤리프가 가리킨 곳은 테이블을 바깥에 내놓은 노천 카페였다. 시간이 아직 이르기 때문인지 손님은 한 명도 없었다.

세 사람이 자리에 앉자 점원이 다가와 주문을 받고 곧 가게 안으로 사라졌다.

의자에 몸을 기댄 샤리프는 밝은 표정으로 거리를 오가는 사람들을 바라보고 있었다. 아무런 걱정도 없는 듯 보이는 행인들의 모습을 멍한 표정으로 바라보고 있다가 혼잣말처럼 입을 열었다.

"레트로니아 왕국은 정말 신의 축복을 받은 나라인 것 같군. 날씨나 대지, 게다가 사람들까지."

"예? 뭐라고 하셨습니까?"

창백한 안색을 한 라그나의 얼굴에 깔려 있는 피곤을 안쓰러운 마음으로 지켜보고 있던 듀오네는 갑자기 들린 샤리프의 말에 고개를 돌렸다.

"아니네, 정말 좋은 날이라고 했네."

"햇살이 제법 따가운 것이 곧 여름이 닥칠 것 같습니다."

"그럴 것 같군."

샤리프는 근육질의 체격에는 어울리지 않게 순박한 표정으로 지나가는 행인들을 바라보고 있었다.

"저어~ 혹시 시미니언님이 아니십니까?"

뒤에서 들린 음성에 고개를 돌리고 보니 뜻밖에도 안드레이와 로자린이 서 있었다. 반가운 나머지 자리에서 벌떡 일어선 샤리프는 두 사람에게 먼저 인사를 했다.

"아니, 안드레이님이 아니십니까? 그렇지 않아도 안드레이님을 찾고 있었습니다."

"제가 용병 길드에 남겨놓은 메시지를 받으신 모양이군요."

"예. 그런데 저분은?"

"아! 로자린, 인사하시오. 이분은 제라스탄 왕국 최강의 전사이신 샤리프 델 시미니언님이시오. 그리고 이 사람은 로자린 듸아 휘나가르트, 제 아내입니다."

"시미니언님, 처음 인사를 드리게 되는군요. 이렇게 만나게 되어 반가워요."

"아닙니다, 로자린님. 오히려 제가 로자린님을 만나뵙게 되어 영광입니다."

로자린은 안드레이의 소개로 샤리프를 보고는 그의 전신에서 뿜어져 나오는 강렬한 기운에 감탄을 금치 못했다. 로자린도 상당히 많은 전사, 기사, 용병들을 만나봤지만 샤리프만큼 강하다는 느낌을 전해주는 사람은 없었다.

남편인 안드레이가 강하다는 것은 잘 알고 있지만 그와는 전혀 다른 느낌으로 강하다는 것을 느낄 수 있는 사람이었다.

"우선 이곳으로 앉으십시오."

"감사합니다."

자리에 앉은 안드레이는 샤리프 곁에 앉아 있는 듀오네와 라그나를 가리켰다.

"저분들은?"

"자네들이 직접 소개하게."

샤리프의 말에 라그나는 고개도 들지 못했고, 그녀 대신 듀오네가 자신들을 소개했다.

"저는 듀오네 라오스라고 하고, 이분은 레이디 라그나 디 베네스트님이십니다."

"이렇게 만나게 되어 반갑소이다."

"아, 아닙니다. 저희들이 오히려 영광입니다."

안드레이와 눈이 마주친 듀오네는 자신의 세포 속으로 저며드는 날카로운 예기에 자신도 모르게 몸을 부르르 떨었다. 샤리프만큼 강한 이가 또 있으리라고는 상상도 못했기에 듀오네의 놀라움은 상당한 것이었다.

　듀오네의 떨림을 느낀 라그나는 두려운 생각에 그의 팔을 잡은 손에 힘을 주었다. 그러자 듀오네의 떨림은 곧 멎었다.

　"두 분 모두 귀족가의 자제 분이시군요."

　"귀족가의 자제?"

　"제가 잘못 알고 있는 것이 아니라면 남자 분은 라오스 남작가의 자제 분이시고, 여자 분은 베네스트 후작가의 영애가 틀림없으신 것 같군요."

　뜻밖에 로자린이 자신들을 알아보자 두 사람은 깜짝 놀라지 않을 수 없었다.

　"저희들의 가문을 어떻게?"

　"호호호, 자랑은 아니지만 전 레트로니아 왕국에서 작위를 받은 분들을 거의 모두 알고 있답니다."

　한 나라의 작위를 받은 모든 귀족들을 알고 있다니 정말 놀랄 일이 아닐 수 없었다.

　"잠깐 말씀들 나누고 계세요. 전 저 레이디와 잠시 어디를 갔다 올게요."

　로자린의 말은 당사자인 라그나는 물론 듀오네들의 눈을 동그랗게 만들기 충분했다. 자리에서 일어난 로자린은 라그나의 팔을 잡아끌었고, 라그나는 영문도 모른 채 그녀에게 어디론가로 끌려갔다.

　멀어져 가는 두 여인의 모습을 바라보던 샤리프는 곧 신중한 얼굴로 입을 열었다.

　"제가 전해 들은 이야기로는 레이노스 시에서 사이나를 목격하셨다고 하는데 그것이 사실입니까?"

"붉은 모발에 왼손잡이, 소드 마스터 상급 이상 되는 검술, 그리고 무엇보다 그의 이름을 거론했을 때 그가 보인 반응을 보면 틀림없는 것 같았소이다."

안드레이의 말에 샤리프는 끓어오르는 분노를 참기 힘든 듯 어금니를 깨물며 주먹을 불끈 쥐었다. 그가 다시 입을 연 것은 조금의 시간이 지난 후였다.

"안드레이님께서 그자를 봤을 때의 상황을 좀 설명해 주시겠습니까?"

고개를 끄덕인 안드레이는 곧 그에게 그날 있었던 상황에 대해 상세히 설명해 주었다. 곁에 있던 듀오네도 신중한 태도로 안드레이의 말에 귀를 기울였다.

이야기를 듣고 난 후 샤리프의 표정이 조금 이상하게 변해 있었다.

"그러니까 그자가 검은 달 교단의 어쎄신들과 함께 있었단 말입니까?"

"내가 보기에 단순히 함께 있는 정도가 아니라 그들의 인솔자로 보였소이다. 그들에게 지시를 내리는 장면도 그렇지만 마지막 그가 사라지기 전 나에게 퍼부은 저주 중에 다크 루미니언이 찾을 것이란 말을 분명히 했소이다. 시미니언님께서 아시는지 모르겠지만 다크 루미니언이란 검은 달 교단의 어쎄신들을 가리키는 말입니다."

"검은 달 교단의 어쎄신……."

"내 생각으로는 사이나란 자가 어떤 식으로든 검은 달 교단과 연관이 있는 것이 틀림없소이다."

안드레이의 말에 샤리프는 고개를 숙였다.

지금 샤리프는 그가 평생 동안 써야 할 인내를 모조리 발휘하고 있는 중이었다.

지금 심정으로는 당장이라도 사이나를 찾아 그를 박살 내 피 한 방울, 살점 한 조각 남기지 않고 모조리 씹어 먹고 싶은 생각뿐이었다.

그런 그의 마음은 자연스럽게 몸 밖으로 기운이 흘러나왔고, 그 기운이 얼마나 살벌했던지 안드레이조차 섬뜩한 생각이 들 정도였다. 그러나 그것도 잠시뿐이었다.

잠시 후 고개를 든 샤리프의 얼굴은 평소와 똑같이 순박한 표정이었다. 그리고 그의 전신에서 흘러나오던 살벌한 기운도 씻은 듯 사라져 적어도 겉으로는 평소와 똑같아 보였다.

그렇게 짧은 순간 만에 평소의 자신으로 돌아갈 수 있다는 것은, 다시 말해 그의 검술이나 정신 수양이 어떤 경지에 들어섰는지를 보여주는 것이었다.

"앞으로는 어떻게 하시겠습니까?"

"일단은 시간을 두고 생각을 해봐야겠습니다. 쉽게 결정할 수 있는 일은 아니군요."

"투숙할 곳은 정하셨습니까?"

"아니요, 저희도 방금 도착했는지라 아직……."

"그럼 저희가 묵고 있는 여관을 이용하시죠. 조용하고, 드러나지 않는 곳에 있어 여러 가지로 편한 곳입니다."

안드레이의 말에 고개를 끄덕인 샤리프는 잠시 주위를 둘러보다가 입을 열었다.

"제가 듣기로는 레트로니아 왕국의 이대공작 가운데 한 명인 아르본 공작을 감시하고 계신다 들었습니다. 아르본 공작의 저택은 어느 곳에 있습니까?"

　샤리프의 질문에 안드레이는 망설이지 않고 한곳을 가리켰다. 그가 가리킨 곳을 바라본 샤리프는 의외라는 표정을 지으며 안드레이의 말이 사실인지 확인하는 듯 그의 얼굴을 바라보았다.

　샤리프의 행동도 이해가 가는 것이 지금 그의 눈에 보이는 건물은 건물의 폭이 조금 넓기는 하지만 겨우 3층짜리였다. 도저히 한 나라의 공작이 머무는 곳이라고는 볼 수 없을 만큼 초라하고 누추한 건물이었다.

　한 나라의 공작이라면 엄청나게 넓은 대지에 왕궁을 방불케 할 만큼 거대한 저택을 짓고 사는 것이 일반적이다. 아르본 공작이 비록 수도인 포안 시에 살긴 하지만 눈에 보이는 건물에 살 만큼 궁핍하지는 않을 텐데 어째서 저런 건물에 산다는 것인지 도저히 이해가 가지 않았다.

　"저도 처음에는 놀랐습니다만 조사를 해보고서야 겨우 이해를 하게 되었습니다. 저 건물은 아르본 공작이 임시로 거주하는 건물이더군요. 아르본 공작의 영지는 포안에서 200엠파렌 정도 떨어진 곳인 베르몬드 지방입니다만 국왕의 부름을 받고 임시로 거주하기 위해 마련한 곳이랍니다."

　"아무리 잠시라고는 하지만 그래도 한 나라의 공작이 머물기에는 너무 허술하고 누추한 곳이군요."

　"하지만 겉으로 보이는 모습과는 달리 경계가 무척이나 삼엄한 곳입니다."

　안드레이의 설명에 잠시 건물 주위를 둘러보던 샤리프는 곧 고개를 끄덕였다.

　비록 모습을 발견할 수는 없었지만 건물을 에워싸듯 주변 곳곳에서 느껴지는 예기가 심상치 않음을 그도 깨달을 수 있었기 때문이다. 물론 샤리프의 실력으로 잠입하는 것이 불가능하지는 않겠지만 조금이라도 방심했다가는 큰 봉변을 당할 듯 보였다.

"아르본 공작이 검은 달 교단과 연관이 있을 것으로 예상되는 이유가 뭡니까?"

"제가 그동안 조사를 하다 보니 알게 된 것인데 시미니언님은 아르본 공작이 어떤 사람인지 알고 계십니까?"

"글쎄요? 전 이름을 제외하곤 거의 아는 것이 없습니다만……."

"시미니언님도 레트로니아 왕국이 자랑하는 기사단의 이름 정도는 알고 계시겠지요?"

"근위 기사단, 로열 기사단, 자르츠 성기사단, 그린 윙 기사단을 말씀하시는 겁니까?"

"잘 알고 계시는군요. 그 가운데에서 로열 기사단의 단장이 누군지 아십니까?"

"대외적으로 알려진 인물은 레비치 토넬리오 후작으로 알고 있습니다만……."

비록 샤리프가 토넬리오 후작의 이름을 거론하기는 했지만 레트로니아 왕국 내에서 그 이름을 알고 있는 사람은 거의 없는 상황이었다. 샤리프가 알고 있었던 이유도 그가 레트로니아 왕국과 국경을 접하고 있는 제라스탄 왕국의 레드 그리핀 기사단의 수석 기사장이었기에 알고 있는 1급 군사 기밀이었다.

"저 역시 그렇게 알고 있었습니다만 이곳에 와 정보를 수집하다 보니 알고 있던 것과는 달리 거의 매일 토넬리오 후작이 이곳을 방문하더군요. 그리고 어떨 때는 같이 외출도 하는데 우연하게 두 사람의 대화를 엿들을 기회가 있었습니다. 뜻밖에도 토넬리오 후작이 아르본 공작에게 단장님이란 호칭을 사용하더군요. 아르본 공작의 저택 주변에서 간간이 발견되는 로열 기사단의 단원들, 토넬리오 후작의 호칭, 명확하게 드러나지 않은 군 수뇌부의 존재 등등 이런 것들을 종합하다 보니 아르본 공작이 로열 기사단의 단장이 아닐까 하는 생각이 들었습니다.”

안드레이의 말을 듣던 샤리프는 곧 고개를 끄덕였다.

아마도 레트로니아 왕국의 국민들은 로열 기사단의 단장이 국왕인 줄로만 알고 있을 것이다.

물론 상징적인 의미에서 국왕이 로열 기사단의 단장인 것은 사실이지만 실제로 로열 기사단을 움직이는 단장은 전혀 외부에 모습을 드러내지 않았다.

샤리프나 안드레이가 토넬리오 후작을 단장으로 알고 있는 것에는 나름대로의 타당성이 있다. 두 사람의 공작을 제외하고 후작들 가운데 가장 영향력이 있는 사람이라면 레비치 토넬리오를 들지 않을 수 없다.

60세의 고령인데다 로열 기사단 소속 기사였고, 또한 검술 솜씨가 날카롭기로 널리 이름이 알려진 인물이기 때문이었다. 하지만 로열 기사단에 그를 제외하고도 여러 명의 후작이 있기에 그를 단장으로 생각하기에는 약간의 무리가 없지 않았다. 하지만 아르본 공작이 로열 기사단의 단장이라면 충분히 이해할 수 있는 일이었다.

“안드레이님의 말씀이 맞을 것 같군요. 게다가 아르본 공작은 레트로니아 왕국의 수도경비사단의 사령관이 아닙니까?”

“예?”

샤리프의 말에 안드레이의 눈이 커졌다.

“모르고 계셨습니까? 아르본 공작과 현 국왕은 어려서부터 절친한 친구 사이였고, 10여 년 전 현재의 국왕인 아리오 국왕이 쿠데타에 성공할 수 있었던 것도 아르본 공작이 귀족들을 규합해 아리오 국왕을 전폭적으로 지지했기 때문이었습니다. 아리오 국왕은 그에 대한 보답으로 수도인 포안 시 외곽의 부대들을 통합해 수도경비사단을 창설했고, 그 초대 사령관으로 아르본 공작을 지목했습니다.”

“흐음~ 시미니언님의 말씀을 듣고 보니 그가 로열 기사단의 단장이라는 제 예상에 더욱 무게가 실리는군요.”

“하지만 단지 그가 로열 기사단의 단장이기 때문에 검은 달 교단과 연관이 있다고 볼 수는 없지 않습니까?”

샤리프의 반문에 안드레이는 고개를 끄덕였다.

“물론입니다. 시미니언님은 얼마 전 레이노스 시에서 있었던 황태자 암살 미수 사건에 대해서 들어본 적이 계십니까?”

“예? 황태자 암살 미수 사건이라니요? 다른 사람도 아닌 황태자를 말씀이십니까?”

“역시 모르고 계셨군요. 제가 잠시 그에 대해서 설명을 드리죠.”

안드레이는 자신들이 샤리프와 헤어져 레이노스 시에 갔던 일, 그곳에서 황태자에 대한 암살이 있을 것이란 소문을 들었던 일, 황태자를 암살하려던 검은 달 교단의 어쎄신들을 가까스로 막았던 일, 황태자의 회복과 그에게서 검은 달 교단과 연관이 있을 것으로 예상되는 귀족들의 명단을 받은 이야기, 그리고 각자 흩어져 귀족들을 감시하게 된 일들을 핵심 사항만 이야기했다. 그리고 무슨 생각에서인지 렉스의 과거에 대해서도 이야기를 해주었다.

“헤어진 이후 많은 일들이 있으셨군요. 만약 제가 그때 같이 있었다면 조금이라도 도울 수 있었을 텐데……."

"물론 시미니언님께서 계셨다면 사이나란 자를 놓치지도 않았을 겁니다. 그게 제 실력이 부족해서……."

"아닙니다. 안드레이님께서 사이나를 놓치셨다면 제가 있었어도 어쩔 수 없었을 겁니다. 하지만 아쉬운 마음이 드는 것은 사실이군요. 그보다 렉스님께서 그런 과거를 가지고 계셨을 줄은 상상도 못했군요."

두 사람의 이야기를 듣던 듀오네는 렉스란 이름을 어디선가 들어본 적이 있다는 생각이 들었다.

"말씀 중에 죄송합니다만 렉스란 분의 인상착의를 알 수 있을까요? 분명히 어디선가 이름을 들어본 것 같은 생각이 들어서……."

듀오네의 말에 안드레이는 렉스의 생김에 대해 자세히 설명해 주었다. 이야기를 듣던 듀오네는 그제야 라그나를 호위하던 비기스 남작이 지키던 여관에서 그와 만났던 기억을 떠올릴 수 있었다.

"설마 그분이 레이시어스 전하이실 줄은 꿈에도 상상 못했습니다."

"그는 자신을 그저 한낱 용병으로 대해주길 바라니 다음에 그를 만나도 절대 전하니 뭐니 하는 말은 하지 말길 바라오."

안드레이의 당부에 듀오네는 고개를 끄덕였다.

"다시 말해서 아르본 공작이 검은 달 교단과 연관이 있다는 직접적인 증거는 없습니다. 다만 아리오 국왕이 검은 달 교단의 지원을 받았고, 아르본 공작이 아리오 국왕을 전폭적으로 지원한 것의 배후에 혹시 검은 달 교단의 지시가 있지는 않을까 의심이 될 뿐입니다."

안드레이의 말에 두 사람은 신중하게 고개를 끄덕였다.

그러는 사이 어디론가로 사라졌던 로자린이 다시 돌아왔다. 하지만 라그나의 모습은 보이지 않았다.

"라그나님은?"

"지금 제가 투숙하고 있는 여관에서 자고 있어요. 그동안 쌓인 피곤이 꽤나 심했던 모양이에요. 목욕을 마치자마자 정신없이 쓰러져 자던데요."

"그럴 겁니다. 태어나 단 한 번도 고생을 해보지 않았던 분이니까요."

대답을 하는 듀오네의 얼굴에는 희미하게 자책감이 어려 있었다. 그런 듀오네를 바라보는 로자린의 얼굴에는 연민이 어려 있었다.

"앞으로 어떻게 하시겠습니까?"

"일단 실례가 되지 않는다면 저도 이곳에서 지내면서 사이나에 대한 정보를 수집할까 합니다."

"그렇게 하시지요. 저도 따로 알아보겠습니다."

"대체 렉스님이나 안드레이님께 은혜를 어떻게 갚아야 할지……."

"은혜라고 할 것도 없습니다. 저 역시 지금까지 렉스에게 너무나 많은 은혜를 입었습니다. 하지만 앞으로 그에게 보답할 날이 꼭 올 거라고 생각합니다."

안드레이의 말에 샤리프는 고개를 끄덕였다.

＊　　　＊　　　＊

"그대들은 누구인가?"

"지금 그 말 우리에게 한 거냐?"

처음 말을 걸었던 사내는 기가 막혀 잠시 동안 아무런 말도 할 수 없었다. 게다가 자신의 말에 대꾸를 할 것이라 생각했던 드워프는 가만히 있었고, 오히려 맞은편에 앉아 있던 엘프가 자신의 말에 시비를 걸자 더욱 기가 막혔다.

자신들에게 시비를 건 사내를 째려보던 메디안은 자신의 말에도 상대가 아무런 대꾸를 하지 않자 더욱 불쾌하다는 표정을 지었다.

당연히 그녀의 입에서는 더욱 험악한 말이 쏟아져 나왔다.

"야, 임마. 방금 내가 물었잖아. 아니, 그보다 넌 뭐야? 대체 뭔데 우리에게 시비를 거는 거야?"

시비를 걸다니?

메디안의 말에 사내는 더욱 기가 막혔다.

한 번이라도 도시에 와본 적이 있는 사람이라면 자신의 복장이 시경비대 경비병들의 복장이라는 것을 알 것이다. 그렇지 않고서야 이렇게 더운 날씨에 하프 플레이트 메일을 걸치고 있을 까닭이 없지 않은가?

"난 이곳 쎈호프 시의 경비대 경비대장이자 맥스웰 드 미르바 백작님의 경호를 담당하고 있는 하이스만 코빌레라고 한다. 그대들이 이도시에 들어온 것이 이틀 전, 계속해서 미르바 백작님의 저택 주위를 서성이는 것이 수상해 그동안 그대들을 감시하는 중이었다. 인간도 아닌 그대들이 무엇 때문에 백작님의 저택 주위를 배회한 것인가?"

자신들을 이틀 동안 감시했다는 하이스만의 말에 메디안은 조금 놀랐다는 표정을 지었다. 하지만 게부레인은 그녀와는 달리 하이스만의 말에 한숨을 쉬며 고개를 끄덕였다.

그것도 그럴 것이 감시라는 단어에 혹시 자신이 모르는 다른 의미가 있는지 모르지만 적어도 자신이 알고 있는 뜻으로는 상대가 눈치 채지 못하도록 은밀한 곳에서 상대의 행동을 예의 주시하는 일련의 행위를 가리키는 말이다. 하지만 메디안의 감시는 일반인들이 알고 있는 감시란 뜻을 무색하게 만들고 있었다.

미르바 백작의 정문에서 겨우 15파렌 정도 떨어진 술집에서 노골적으로 정문을 바라보는가 하면 저택 주위를 몇 바퀴나 돌면서 담을 조사하기도 했다. 그러나 메디안의 행동은 그 정도에서 끝나지 않았다.

만나는 사람마다 '미르바 백작은 어떤 사람이냐', '혹시 미르바 백작이 이상한 사람들을 만나는 것을 보지 못했느냐' 고 물어보니 적어도 정상적인 사고를 가진 사람들이 그런 메디안을 이상한 눈으로 보지 않을 리 만무했다.

미르바 백작의 저택 주위에 사는 사람들 가운데에는 하이스만과 가깝게 지내는 사람도 적지 않았고, 그들은 당연히 메디안의 수상한 행동을 그에게 보고했다.

보고를 받은 하이스만은 곧 메디안과 게부레인에 대한 감시를 시작했고, 그도 그들의 행동이 수상하다는 것을 금세(?) 느낄 수 있었다.

며칠 동안 두 사람(?)의 행동을 감시하다 드디어 그들 앞에 나선 것인데 설마 이렇게 황당한 상황을 접하게 될 줄은 전혀 예상치 못했다.

"다시 한 번 묻겠다. 그대들은 무슨 이유로 백작님의 저택 주위를 서성거린 것인가?"

하이스만의 질문에 게부레인은 어떻게 대답을 해야 좋을지 잠시 고민에 빠졌다.

"이유? 간단하지. 내가 듣기에 미르바 백작의 검술이 무척이나 뛰어나다는 소문을 들었거든. 나도 검술을 수련하는 사람인데 강한 사람이 있다면 겨뤄보고 싶은 생각이 왜 없겠어. 그래서 왔는데 미르바 백작은 외출을 거의 안 한다며? 그래서 어떻게 하면 백작과 만날 수 있을까 하는 생각에서 주택 주변을 둘러보았던 거야. 뭐가 잘못된 거야?"

너무도 당당한 메디안의 태도에 하이스만은 잠시 동안 멍한 표정을 지으며 서 있었다.

방금 그녀가 말한 내용이 사실이라면 그녀의 행동을 이해할 수 있지만 왠지 그대로 믿기엔 찜찜하게 만드는 뭔가가 숨겨져 있는 것처럼 느껴졌다.

"하지만 그대는 엘프가 아닌가? 일반적으로 엘프는 평화를 사랑해 절대로 먼저 싸움을 걸지 않는다고……."

"누가 그 따위 소리를 해! 엘프는 싸울 줄도 모르는 멍청이들인 줄 알아? 사람도 생긴 게 다 다르듯 엘프도 마찬가지란 말이야. 난 검술이 좋아 정령술도 안 익히고 마법도 익히지 않았단 말이야."

"그래도……."

"그래도는 뭐가 그래도야. 참, 미르바 백작의 경호를 담당하고 있다면 그 사람에게 말을 해줄 수 있겠군. 언제 시간이 나 나와 대련을 할 수 있을지 물어봐 주겠어?"

가녀리게 생긴 외모와는 전혀 어울리지 않은 호전적인 말투에 하이스만은 뭐라고 대꾸를 해야 좋을지 몰랐다. 하지만 곧 자신의 임무를 생각하고는 싸늘한 표정을 지었다.

"나는 그대의 말을 도저히 믿을 수 없다. 좀 더 자세한 조사를 위해 그대들 두 사람을 체포하겠다. 어서 일어서라."

"흥!"

하이스만의 말에 메디안은 가소롭다는 표정을 지으며 콧방귀를 꿨다. 그 모습에 하이스만과 그의 부하들은 일제히 분노한 표정을 지었다. 하지만 메디안은 신경도 쓰지 않았다.

"이봐, 허튼짓할 생각은 꿈도 꾸지 마. 괜히 손 놀리기 귀찮으니까."

"감히 이분이 누구인 줄 알고……?"

챙!

곁에 있던 병사들 가운데 청년 하나가 검을 뽑아 들고는 메디안을 향해 휘둘렀다. 하지만 그의 의도는 단순히 메디안을 위협해 그녀가 순순히 체포에 응하게 하려고 했을 뿐이었다. 하지만 그런 그의 의도는 단순히 생각에 그칠 수밖에 없었다.

어느 틈에 그의 목젖을 짓누르는 날카로운 칼날이 있었기 때문이다. 게다가 일반적인 칼날과는 판이하게 다른 물결 모양의 플랑베르주였기에 주위 사람들은 더욱 놀랐다.

"감히 너 따위가 내 상대가 될 거라 생각하고 덤비는 거야? 누구 앞에서 감히……."

챙~ 챙~ 챙~

그녀의 말이 끝나기도 전 하이스만과 부하들의 검이 거의 동시에 뽑히며 날카로운 소리가 식당 안을 울렸다.

"내참, 기가 막혀서…… 감히 누구에게 시비를 거는 거야?"

메디안의 말에 사태를 지켜보던 게부레인은 저절로 한숨이 흘러나왔다. 대체 시비는 누가 걸고 있단 말인가?

느긋하게 상대들이 검을 뽑는 모습을 보던 메디안은 순식간에 자세를 낮추고는 성난 맹수처럼 그들 안으로 뛰어들었다. 그와 동시에 그들의 검을 향해 맹렬하게 빠른 속도로 플랑베르주를 휘둘렀다.

채채채—챙!

귓전을 자극하는 날카로운 금속음이 들림과 동시에 그들은 손목에 참을 수 없는 격렬한 통증을 느껴 더 이상 검을 들고 있을 수 없었다.

그들이 들고 있던 검은 사방으로 날아갔고, 그들은 누가 먼저라고 할 것도 없이 신음을 토하며 자신의 손목을 움켜쥐었다.

"크윽!"

그리고 메디안은 어느 틈엔가 하이스만의 뒤로 돌아서 그의 목에 플랑베르주를 겨누고 있었다.

그때였다, 게부레인의 비명이 들린 것은.

"으아악~"

갑작스런 비명에 깜짝 놀라 고개를 돌린 메디안은 자신의 눈앞에서 벌어진 광경을 보고 어떤 표정을 지어야 좋을지 몰랐다. 조금 전 자신이 날려 버린 경비병의 검이 묘하게도 앉아 있던 게부레인의 몸 주위에 꽂혀 있었는데, 그의 자세가 너무나 기묘해 웃을 수도 울 수도 없는 상황이었다.

한 자루의 롱 소드가 엉거주춤하게 일어선 사타구니 사이로 날아들어 의자 깊숙이 박혀 있었고, 또 한 자루의 검은 왼쪽 겨드랑이 밑의 등받이를 꿰뚫고 있었다. 그리고 마지막 한 자루는 잔뜩 뽑아 한쪽으로 기운 목과 어깨 사이에 박혀 있었다.

게부레인의 그 선천적으로 짧은 몸매로 취한 자세라고는 도저히 믿을 수 없는 불가능한 포즈에 사람들은 멍한 표정을 짓다가 곧 웃음을 터뜨렸다.

"정말 엄청 유연한 드워프야. 푸하하하."

"그러게나 말이야. 으하하하."

"꼭 모가지를 뽑아놓은 거북이 같군 그래. 헤헤헤."

그러나 혼비백산한 게부레인의 귀에는 사람들의 웃음소리가 들리지도 않았다. 오직 자신의 목이 아직 몸에 그대로 붙어 있다는 것에 드워프의 신 콜루 게브네에게 진심으로 감사를 올릴 뿐이었다.

메디안의 행동에 한숨을 짓고 있을 때 갑자기 날카로운 소리와 함께 번쩍이는 뭔가가 자신에게 날아온 것이었다. 본능적으로 위기를 느낀 게부레인은 식탁에 기대어놓은 배틀 엑스를 잡으려 했지만 그때는 이미 방어할 시기를 놓치고 말았다.

오랫동안 장인으로 지내오며 익힌 날카로운 눈매로 확인한 날아오는 물체는 셋, 그 속도의 미약한 차이를 겨우 느낄 수 있었다.

사타구니 쪽으로 날아오는 공세를 엉거주춤하게 일어선 자세로 피한 게부레인은 연이어서 날아온 공세를 왼쪽 팔을 들어서, 또 고개를 한쪽으로 잔뜩 기울인 자세로 겨우 피할 수 있었다.

이건 한마디로 기적이라고 말할 수밖에 없었다.

진땀을 흘리고 있는 게부레인의 눈에 웃음을 억지로 참는 듯한 메디안의 모습이 들어오는 순간 마침내 그동안 눌러왔던 그의 분노가 폭발하고야 말았다.

"야~ 이 빌어먹을 엘프야! 대체 나한테 무슨 원한이 있다고 사고만 쳤다 하면 날 끌고 들어가는 거냐? 그렇게도 날 피 말려 죽이고 싶냐? 그럼 죽여라. 당장 죽여!"

게부레인의 억울함이 가득한 고함 소리에 사람들의 웃음소리도, 또한 메디안의 웃음도 사라졌다. 그리고 조금은 미안한 표정을 지은 메디안이 황급히 입을 열었다.

"이봐, 게부레인. 이건 실수야. 정말이라고. 내가 네 목숨을 노릴 이유가 없잖아. 정말 미안해. 제발 이해하라고. 너희들이 보기에도 그렇지?"

메디안은 나름대로 절박한 상황에서 하이스만과 그의 부하들에게 물었지만 돌아온 것은 묵묵부답이었다.

"실수? 정확하게 세 곳의 급소(?)를 노리고 검이 날아왔는데도 실수라고? 난 도저히 믿을 수 없어. 만약 내가 조금만 늦게 피했거나 피하는 순서가 틀렸다면 난 지금쯤……."

게부레인은 미처 말을 끝내지도 못하고 끔찍한 광경이 생각났는지 몸을 부르르 떨었다.

"일부러 한 게 아니라고 했잖아. 그러니까 화를 풀란 말이야. 내 말을 못 믿는 거야 뭐야?"

짜증 섞인 메디안의 말에 게부레인은 너무나 화가 치밀어 순간 머리가 어떻게 돼버릴 것 같았다. 태풍의 눈이 고요한 것처럼 게부레인은 오히려 차분함이 느껴졌다.

천천히 의자에 박혀 있던 검들을 뽑아낸 게부레인은 식탁에 기대어 놓은 배틀 엑스를 들고는 어깨에 둘러멨다. 그리고는 식당 문을 향해 걸음을 옮겨놓았다.

그 모습이 어찌나 조용하고 차분하던지 주위에 몰려 있던 사람들은 자신도 모르게 길을 열어주었다. 조금씩 멀어져 가는 게부레인의 모습을 보며 이번만큼은 그가 진짜로 화가 났다는 것을 눈치 챈 메디안이 큰 소리로 외쳤다.

"여기서 그냥 가버리면 아마도 도네님이 그냥 계시진 않겠지? 아마 세상 사람들은 오늘을 드워프들의 재앙이 시작된 날로 기억하게 될 거야. 게부레인, 어때? 그렇게 생각하지 않아?"

메디안의 말에 게부레인의 발걸음은 당연히 멈춰졌다. 그리고 잠시 후 천천히 고개를 돌리는 게부레인의 눈에는 뜻밖에도 눈물이 글썽글썽하게 고여 있었다.

"메디안, 대체 넌 왜 그렇게 날 괴롭히는 거야? 날 괴롭히는 게 그렇게 재밌어? 정말 콜루 게브네께서는 무슨 생각으로 너와 만나게 하신 것인지 정말 원망스러워."

그리고는 잔뜩 풀이 죽은 모습으로 다시 자리에 돌아와 앉았다. 그런 게부레인의 모습에서 화인워커로서의 위엄이나, 드워프로서의 패기 같은 것은 눈곱만큼도 느낄 수 없었다.

여태껏 그와 지내오면서 이렇게 풀이 죽은 모습은 처음 보았다. 속으로 미안함을 느끼면서도 그 마음을 표현하는 데 서투른 메디안은 괜히 엉뚱한 하이스만을 구박했다.

"제기랄, 니가 반항만 하지 않았어도 내 친구가 화내는 일은 없었을 것 아니야? 이건 몽땅 네놈 탓이야. 이제 어떻게 할 거야? 저 친군 한 번 화나면 성격이 쪼잔해서 그런지는 모르지만 정말 오래간단 말이야. 이제 어떻게 할 거야? 어떻게 할 거냔 말이야?"

고개를 숙이고 있던 게부레인은 메디안의 입에서 친구라는 단어가 튀어나오자 전기에 감전된 것처럼 몸을 부르르 떨었다. 게다가 뒤에 나온 말은 대체 자신의 약을 올리려고 한 말인지 아니면 정말 아무것도 몰라서 한 말인지 그 저의가 정말로, 정말로 의심스러웠다.

다시 한 번 콜루 게브네가 원망스러운 순간이었다.

"내 부하를 놓아주게, 레이디."

뒤에서 들린 굵은 음성에 메디안은 재빨리 고개를 돌려 상대를 확인하면서도 손은 꼼짝도 하지 않았다.

상대는 30대 후반쯤으로 보이는 검붉게 탄 얼굴을 한 건장한 체구의 사내였다.

하드 레더를 걸치고 있는 데다가 머리마저 헝클어져 있었고, 복장도

군데군데 지저분한 것이 누가 보아도 별 볼일 없는 용병처럼 보였다. 하지만 흐트러진 머리카락 사이에서 보이는 눈빛만은 정말 날카롭기 이를 데 없었다.

메디안도 소드 마스터 초급의 실력을 가지고 있는 만큼 상대의 실력이 어느 정도인지 알아볼 수 있는 능력은 가지고 있었다. 상대의 눈빛만 봐도 그가 가진 능력을 충분히 짐작할 수 있었다.

렉스가 자신에게 해준 말이 틀리지 않았다는 것을 확인한 메디안은 느슨했던 신경과 근육을 팽팽하게 조였다.

"그대가 맥스웰 드 미르바 백작이야?"

비록 상대가 인간이 아니라는 것을 알고 있던 맥스웰이지만 면전에 대놓고 하대를 듣고 보니 그리 유쾌한 기분이 들지는 않았다.

"그렇다. 내가 맥스웰 미르바 백작이다. 그렇게 묻는 그대는 누구인가?"

"난 레스톤 산맥의 하이 엘프 마을에서 온 메디아니야. 그냥 편하게 메디안이라고 불러."

"하이 엘프?"

메디안의 대답에 맥스웰은 다시 한 번 메디안의 얼굴과 몸을 훑어보았다.

자신도 몇 번인가 엘프들을 본 적이 있지만 일반 엘프와 하이 엘프가 대체 뭐가 다르다는 것인지 그 차이점을 전혀 알아볼 수 없었다. 다만 그녀가 플랑베르주를 잡고 있는 자세나 눈빛을 보면 그녀의 검술 실력이 보통은 넘는다는 것만은 쉽게 짐작할 수 있었다.

"하이 엘프가 왜 내 부하를 붙잡고 있는 것인가?"

"어? 애?"

하이스만은 메디안이 맥스웰의 말에 대꾸하며 자신을 가리키자 치미는 수치를 참지 못해 얼굴을 붉혔다.

"자신의 실력도 모르는 게 건방지게 날 체포한다느니 수상하다느니 성질을 건드리잖아. 그래서 잠시 교육 차원에서 한 수 가르쳐 주고 있던 중이지."

너무나도 태연한 메디안의 대꾸에 정신 수양에 자신이 있던 맥스웰조차 너무나 어이가 없어 순간적으로 마음이 흐트러지는 것을 느껴야만 했다. 맥스웰은 마음의 평정을 되찾는 데 잠시의 시간을 필요로 했다.

"이제 그만 내 부하를 놓아주겠는가?"

"그러지 뭐."

메디안이 플랑베르주를 치우자 하이스만은 즉시 맥스웰의 뒤로 피했다. 검집에 검을 집어넣으며 메디안이 입을 열었다.

"난 지금까지 검술만 익혔거든. 그래서 그런지는 모르지만 뛰어난 검술을 익힌 자들만 보면 몸이 근질거려서 도저히 참을 수 없어. 어때? 나한테 한 수 가르쳐 주지 않겠어?"

물끄러미 자신을 바라보는 메디안의 눈길에 담겨 있는 것은 검술을 익힌 사람으로서의 순수한 호승심뿐이었다. 그리고 그녀의 눈길은 어린아이처럼 맑고 맹목적인 열의뿐이었다.

그런 메디안의 눈을 한동안 바라보던 맥스웰은 곧 고개를 끄덕였다.

"좋아, 당신의 뜻이 그렇다면 당신과 당신 친구를 내 집으로 초대하지. 내 초대에 응하겠는가?"

뜻밖에도 맥스웰이 자신의 말에 순순히 응하자 메디안은 크게 기뻐하며 미처 게부레인이 뭐라고 할 사이도 없이 고개를 끄덕였다.

“좋아, 렉스완 달리 정말 화끈한 인간이군.”

“렉스?”

“응, 그런 인간이 하나 있어. 실력이 좀 있는 것 같아서 한번 겨뤄보자니까 돈이 안 된다고 싫다 하잖아. 뭐, 돈도 안 되면서 땀 흘리는 것은 멍청이들이나 하는 일이라나 뭐라나. 정말 밥맛없는 인간이야.”

“검을 쓰는 사람이 그렇게 돈을 밝힌다니…… 정말 재수없는 인간이군.”

“그렇지? 정말 재수없는 자식이지? 실제로 보면 더 밥맛없는 인간이야.”

둘은 오늘 처음 만났음에도 불구하고 죽이 척척 맞았다. 옆에서 듣고 있던 게부레인은 하도 기가 막혀 아무런 말도 할 수 없었다.

결국 메디안과 게부레인은 맥스웰의 저택으로 향했고, 시간이 늦은 탓에 그날 밤은 그곳에서 하룻밤을 보내야 했다.

다음날 아침 메디안이 상쾌한 기분으로 자리에서 일어나자마자 누군가 그녀의 방문을 두들기는 소리가 들렸다.

쾅! 쾅!

“메디안, 일어났어? 아직도 안 일어난 거야?”

“아침부터…… 아함~ 무슨 일이야?”

“어서 정신 차려. 할 이야기가 있어 왔어.”

“할 이야기? 아함~ 잠깐만 기다려.”

자리에서 일어난 메디안은 간단하게 세면을 마치고 옷을 갈아입은 후 문을 열어주었다. 굳은 표정으로 서 있던 게부레인은 방문이 열리자마자 곧바로 들어와서는 자신의 손으로 방문을 닫았다.

영문을 몰라 어리둥절한 표정을 짓는 메디안에게 우선 자리를 권했다.

"일단 앉아봐."

"무슨 일인데 아침부터 이러는 거야?"

"이제 앞으로 어떻게 할 거야?"

"뭘?"

메디안의 반문에 게부레인은 기가 막혀 일순간 아무런 말도 할 수 없었다. 흥분된 가슴을 진정시키려고 몇 번이나 심호흡을 한 게부레인은 멍청한 표정을 짓고 있는 메디안을 향해 다시 입을 열었다.

"여긴 뭐 하러 왔어?"

"여기? 그거야 당연히 미르반가 뭔가 하는 인간하고 한판하려고 왔지 왜 왔겠어?"

끓어오르는 분노를 억누르며 다시 물었다.

"그것밖에 없어?"

"그럼 또 뭐가 있는데?"

"다른 중요한 일 때문에 여기에 온 것 아니야? 자알~ 한번 생각해 봐. 틀림없이 중요한 일이 생각날 거야."

게부레인의 상기된 표정을 보니 자신이 뭔가 중요한 것을 잊고 있는 것은 아닌가 생각된 메디안은 골똘히 생각에 생각을 거듭했다. 하지만 생각나는 것이 아무것도 없었다.

"아무리 생각해 봐도 모르겠는걸. 이봐, 게부레인. 정말 그런 일이 있기는 있는 거야? 난 전혀 기억이 나지 않아. 그리고 나에게 강한 사람하고 결투를 벌이는 것 말고는 아무것도 중요한 것이 없단 말이야."

게부레인은 너무 기가 막혀 한 십 년은 그냥 늙어버린 기분이 들었다.

"렉스란 인간이 한 말이 기억 안 나?"

"렉스? 그 재수없는 인간이 뭐라고 했는데 아침부터 날 못살게 구는 거야?"

퉁명스런 메디안의 반응에 게부레인은 더 이상 그녀와 대화를 하고 싶은 생각이 없었다.

"렉스가 우리에게 미르바 백작이 검은 달 교단과 연관이 있을지 모르니까 잘 조사해 보라고 말했던 것은 기억나?"

"어? 가만… 그리고 보니 뭐라고 한 것 같기는 한데…… 맞아, 감시를 잘 하라고 했지. 맞아, 그리고 보니까 그런 말을 들은 적도 있는 것 같아."

자신의 말에 고개를 끄덕이는 메디안의 모습을 보며 게부레인은 정말 자신이 왜 이런 고생을 사서 해야 되는지 하늘이 원망스러웠다.

'이 사상 최강의 돌대가리 엘프야! 제발 기억 좀 하고 살아라. 아직 200살도 되지 않은 녀석이 어쩌면 그렇게 아무 생각도 없이 사냐. 정말 렉스의 말처럼 네 머리는 액세서리에 불과하냐? 휴우~ 콜루 게브네시여, 이 불쌍한 드워프를 제발 굽어 살피소서.'

하지만 드워프의 신 콜루 게브네는 늦잠을 자고 있는지 아무런 대답도 없었다.

"그런데 아침부터 그 이야기는 왜 꺼내는 거야?"

"운 좋게도 이곳에 들어오는 데 성공했으니 당연히 미르바 백작을 감시해야 할 것 아냐. 난 어제 이 저택에 들어와서부터 밤새 미르바 백작을 감시했단 말이야."

"그랬어? 하지만 내가 보기에 맥스웰인가 미르바 백작인가 하는 인간은 음모를 꾸미거나 남을 해칠 사람은 아닌 것 같은데…… 게부레인, 나는 그렇게 보이지 않아?"

"물론 그렇게 보이지는 않았지만… 겉만 봐서는 모르는 일이잖아. 함부로 단정할 수 없는 일이야."

"글쎄, 난 아닌 것 같은데……."

똑똑똑.

그때 누군가가 방문을 두드렸다.

"들어와."

메디안의 대꾸에 문을 열고 들어온 사람은 어제 보았던 하이스만이었다.

"아침 식사가 준비됐소이다. 백작님께서 기다리고 계시니 어서 내려오시오."

어제의 분이 아직 풀리지 않은 탓일까? 메디안을 쳐다보는 그의 눈길은 매섭기만 했다.

"알았으니까 그만 가봐."

마치 하인을 다루듯이 손짓하는 메디안의 행동에 하이스만의 얼굴은 다시 붉게 상기되었다.

아침 식사를 마친 맥스웰과 메디안은 정원에서 한 잔의 차를 마시며 휴식을 취하고 있었다. 그리고 그들 곁에는 게부레인이 내키지 않는 표정으로 함께 앉아 있었다.

"레스톤 산이 그렇게 아름다운 곳인가? 언제 기회가 닿는다면 꼭 한 번 가고 싶군."

"정말이라니까. 아름다운 걸 별로 못 느끼는 내가 봐도 정말 아름답다니까. 특히 안개가 살짝 걸린 산에 아침 해가 떠오르는 광경이나 하

늘을 물들이며 산 사이로 지는 해의 모습은 정말 잊을 수 없는 광경이
야. 레트로니아 왕국은 평야가 많기 때문에 그런 멋진 광경을 볼 수 없
겠지만 말이야."

"쉴 만큼 쉬었으면 슬슬 움직여 볼까?"

"좋지."

맥스웰의 말에 메디안의 눈빛이 당장 변했다. 동시에 자리에서 일어
난 두 사람의 신경은 팽팽하게 당겨진 실처럼 조여졌다.

정원에서 10파렌쯤 떨어진 곳에 대치를 하고 있는 두 사람. 비록 검
을 뽑아 들지는 않았지만 두 사람에게서는 스치기만 해도 무엇이든 잘
려 나갈 것 같은 살벌한 예기를 뿜어내고 있었다.

게부레인과 맥스웰의 부하들은 잔뜩 긴장한 눈으로 두 사람을 지켜
보고 있었다. 게부레인은 메디안의 승리를, 맥스웰의 부하들은 맥스웰
의 승리를 믿어 의심치 않았다.

잠시 서로를 노려보던 두 사람은 서서히 검을 뽑아 들었다.

자신의 롱 소드를 가슴 앞에 세운 맥스웰과 검을 옆구리에 대고 있
는 메디안은 서로의 눈을 노려보며 전신의 마나를 끌어올렸다.

메디안이 천천히 맥스웰의 주위를 돌기 시작하자 맥스웰은 조금씩
방향을 옮겨 메디안의 정면을 향했다. 맥스웰의 빈틈을 찾던 메디안은
자신이 예상대로 상대의 자세에 빈틈이 없고, 수비가 견고하다는 것을
깨달았다. 게다가 자신이 몇 번 공격할 것 같은 페인트 모션을 취해봤
지만 맥스웰은 꿈쩍도 하지 않았다.

그런 대치 상황을 참지 못한 것은 역시 메디안이었다.

짧은 기합과 함께 달려든 메디안은 맥스웰의 어깨를 향해 힘껏 플랑
베르주를 휘둘렀다. 어깨를 향해 날아드는 메디안의 공세를 신중하게

바라보던 맥스웰은 짧고 간결한 동작으로 메디안의 공격을 막았다.

챙~

검을 사이에 두고 잠시 힘 겨루기를 하던 메디안은 시간이 지날수록 조금씩 뒤로 밀리기 시작했다. 어떻게든 버텨보려고 안간힘을 써봤지만 시간이 지날수록 맥스웰이 밀어붙이는 힘에는 견딜 수 없었다.

어쩔 수 없이 옆으로 물러난 메디안은 금방이라도 쓰러질 듯 몸을 옆으로 누이며 맥스웰을 향해 플랑베르주를 휘둘렀다. 메디안의 공세가 뒤에서 날아오자 재빨리 몸을 돌린 맥스웰은 롱 소드를 들어 공격을 막아냈다.

검끼리 부딪쳤을 때의 충격을 반동 삼아 뒤로 물러선 메디안은 다시 숨을 고르고는 자세를 바로했다. 확실히 접근전은 상대에 비해 체력이 달리는 자신에게 불리했다.

성격에 맞지는 않지만 어쩔 수 없이 거리를 두고 상대해야만 했다.

한차례의 접전 후 메디안은 거리를 두고 맥스웰을 공격했지만 맥스웰은 우직하다고 할 정도로 제자리에서 메디안의 공세를 막아내고 있었다.

주로 메디안은 공격을, 그리고 맥스웰은 방어를 했지만 두 사람의 실력이 비슷했기 때문인지, 아니면 그들이 익힌 검술의 성격이 달라서인지 치열한 접전은 좀처럼 이루어지지 않았다.

"이만하면 될 것 같은데…… 어때?"

"그러지 뭐."

맥스웰의 말에 메디안도 별다른 흥미를 느끼지 못했는지 곧 고개를 끄덕였다.

곧 검을 회수한 두 사람은 조금 전 자신들이 앉았던 자리로 돌아왔다.

두 사람이 자리에 앉자 조금은 초조하게 그들의 대결을 지켜보던 게부레인이 입을 열었다.

"별다른 불상사 없이 무사히 끝나 다행이외다."

"아니오. 레이디 메디안의 몸놀림이 너무 빨라 제대로 상대할 수 없었소. 예전부터 내 동작이 너무 느린 것은 아닌가 생각을 했지만 이번 대결을 통해 확실히 깨닫게 되었소."

"아니야, 아니라고. 이번 대결은 내 패배야. 힘 차이가 어느 정도라야 접근전을 벌이지. 차이가 나도 너무 나니까 떨어져서 공격을 할 수밖에 없었고, 익숙하지 않은 스타일 때문에 제대로 된 공격은…… 젠장, 하나도 없었어."

"그렇게 금세 공격 스타일을 바꾼다는 것이 쉬운 일이 아니라는 것을 설마 내가 모르겠나? 상대는 상황에 따라 스타일을 바꾸는데 난 행동이 느려 따라갈 수 없으니 이번 대결은 내 패배라고 생각하네."

"거참, 고집 센 인간일세. 상대가 아무리 수비 중심이라고 할지라도 내가 접근전에 자신이 있다면 과감하게 파고들어 공격을 퍼부었을 거란 말이야. 하지만 아직까지는 자신이 없어서 함부로 들어가지 못한 거란 말이야. 난 아직도 한참 멀었어."

두 사람이 서로 자신의 패배라고 하는 말을 듣고 있던 게부레인은 메디안이 스스로 자신의 패배를 인정하는 말에 조금은 놀랐다. 그렇다고 메디안이 자신의 패배도 인정하지 않는다는 것은 아니지만 지금까지 곁에서 본 메디안은 도전 의식이 너무 강해 쉽게 패배를 인정하지 않는 성격이라고 생각해 왔기 때문이다.

메디안은 가냘픈 자신의 팔을 들어 보이며 한숨을 내쉬었다.

"휴우~ 팔이라곤 이렇게 가느니 무슨 힘이 나오겠어."

"하지만 나에게는 없는 스피드가 있지 않은가?"

"맥스웰이라고 했던가? 맥스웰은 정말 강한 인간들을 만나보지 못한 모양이구나. 우선 안드레이란 이름은 들어봤어?"

"안드레이?"

"그래, 하이네브르크 시에 있는 카로프 용병 길드의 이글 조 조장 안드레이."

메디안의 긴 대답에 맥스웰은 그제야 고개를 끄덕였다.

"그러고 보니 소문으로 몇 번인가 들었던 기억이 나는군. 하지만 내가 들은 것은 그가 잔인한 성품의 소유자란 말뿐 검술이 강한 사람이란 소문은 듣지 못했는데……."

"그건 잘못된 소문이야. 내가 만나본 안드레이는 최소 소드 마스터 상급 이상이야."

"소드 마스터 상급… 이상?"

메디안의 말에 안드레이는 놀라움을 감추지 못했다.

소드 마스터 상급이라니?

너무나 아득한 경지라 상상조차 되지 않았다.

"놀라기는…… 이건 들은 이야기라 나도 직접 만나본 적이 없지만 샤리프란 작자가 있는데 그 작자도 최소 소드 마스터 상급 이상이란 거야."

"소드 마스터 상급 이상의 실력을 가진 자가 또 있다고?"

한 나라에 한두 명 있을까 말까 한 소드 마스터 상급의 실력을 가진 자가 또 존재한다니…… 맥스웰은 메디안의 말을 믿을 수 없어 그녀의 얼굴을 바라보았다. 하지만 메디안은 그런 맥스웰의 반응이 재미있는지 짓궂은 웃음을 지으며 계속해서 말을 이었다.

"하지만 더 놀라운 것은 그랜드 소드 마스터일지 모르는 인간도 있다는 사실이야. 물론 내가 보기엔 어느 정도 뻥이 섞여 있는 것 같지만 말이야."

"그랜드 소드 마스터? 정말 그런 경지에 도달한 인간이 있긴 있단 말이야?"

"그래. 렉스라고, 안드레이하고 같은 길드에 있는 용병인데 스물한 두 살 정도 됐을걸?"

"20대 초반인데 그랜드 소드 마스터라고?"

멍한 표정을 짓는 맥스웰의 표정이 우스운지 메디안은 잠시 웃음을 터뜨렸다.

"그래서 내가 뻥일지 모른다고 했잖아. 하지만 강한 것만큼은 사실일 것 같아. 안드레이가 지금까지 자신이 만나본 사람들 가운데 세 손가락 안에 드는 실력을 가지고 있다 했거든. 내가 보기에도 그렇고 말이야. 문제는 이 인간이 나하고는 절대 대결을 하려고 하지 않는다는 거야."

"기습이라도 해보지 그랬나."

"기습? 그게 좀 문제가 있어."

"문제?"

"그 인간 곁에는 어마어마한 존재가 버티고 있거든. 그래서 함부로 기습을 했다가는 아마 이 뮤즈 반도 전체가 들썩들썩할 거야."

"메디안!"

맥스웰이 적인지 아군인지 밝혀지지 않은 상태에서 메디안은 무슨 생각으로 이런 이야기를 꺼낸 것인지, 그녀의 무신경에 다시 한 번 몸서리를 치는 게부레인이었다. 게다가 도네의 존재까지 함부로 발설했

다가는 무슨 일이 벌어질지 모르는 일이기에 게부레인은 저절로 몸이
떨려왔다.

"깜짝이야! 왜 소리는 지르고 난리야?"

"네 임무가 뭔지 몰라?"

"내 임무? 아하~ 그거. 이제부터 알아보면 되잖아. 이봐; 맥스웰."

"왜 그러지?"

"너, 검은 달 교단의 신도야?"

난데없는 메디안의 질문에 게부레인은 정말 기절하고 싶었다.

"검은 달 교단?"

"그래, 검은 달 교단. 들어본 적 없어?"

"난생처음 듣는군. 너희들 가운데 검은 달 교단이란 이름을 들어본
적이 있느냐?"

"저희도 오늘 저 레이디에게 처음 들었습니다."

"나나 내 부하들은 그런 이름은 들어본 적이 없네."

"거봐, 맥스웰은 아니라잖아. 이 친구는 그럴 사람이 아니라니까 그
러네."

마치 수십 년 동안 사귀어온 사람처럼 게부레인에게 설명을 하는 메
디안의 태연한 태도에 사람들은 기가 막히다는 표정을 지었다.

게부레인은 메디안의 말을 들으면 들을수록 기가 막힐 뿐이었다. 그
리고 장담할 수는 없지만 자신이 보기에도 미르바 백작이나 그의 부하
들 가운데 검은 달 교단의 신도들은 없는 것 같다는 느낌이 들었다.

"그 검은 달 교단이 어떤 단체인지 말해 주겠나?"

맥스웰이 자신의 말에 관심을 보이자 메디안은 자신이 아는 한도 내
에서 자세하게 설명해 주었다. 물론 그녀가 빠뜨린 사항은 게부레인이

설명을 곁들였다.

길게 이어진 두 사람의 말을 모두 들은 맥스웰이나 그의 부하들은 벌린 입을 다물지 못했다.

그렇게 방대한 세력이 있다는 말을 들어본 적도 없지만 그들 역시 레트로니아 왕국 국민의 한 사람이 아닌가? 그럼에도 불구하고 감히 황태자의 목숨을 노리는 천인공노할 짓을 저지르다니! 도저히 묵과하고 지나갈 문제가 아니었다.

"이번 성기사 대회에서 석상이 무너지는 바람에 황태자 전하께서 약간의 부상을 입었다는 소문을 듣긴 했지만 설마 그런 내막이 있을 줄은 상상도 못했군. 그보다 렉스란 청년은 대체 누구이기에 검은 달 교단과 싸우는 거지?"

"렉스는 말이야, 원래⋯⋯."

"메디안!"

"깜짝이야. 왜 자꾸 소리를 지르고 난리야?"

"아무에게나 렉스의 정체를 가리켜 줘서는 안 된다는 걸 몰라? 미르바 백작, 우리에게도 그의 정체를 함부로 밝힐 수 없는 입장이 있소. 그렇게 그의 정체가 궁금하다면 후일 우리와 함께 직접 그를 만나보도록 하시오."

"으음~ 알겠소이다. 그 렉스란 청년은 여러 가지로 사람의 호기심을 유발시키는군. 놀라운 검술 솜씨에, 아무도 모르고 있는 악의 세력과 싸우는 고독한 전사라⋯⋯ 꼭 한번 보고 싶군."

"봐봐야 별 볼일 없다니까. 상대 핏대 올리게 만드는 데 명수에다가 뺀들뺀들하게 말은 얼마나 잘하는데. 100여 년 동안 인간 세상을 돌아다녔지만 그 인간만큼 성미를 건드리는 인간은 한 번도 만나본 적이 없어."

"후후후."

얼굴을 발갛게 상기한 채 열심히 렉스의 욕을 하는 메디안의 모습이
우스운지 맥스웰은 나직하게 웃음을 터뜨렸다.

변태가 된 렉스

변태가 된 렉스

"나참, 도네는 대체 뭘 하는데 아직까지 안 나오는 거야?"

건물 후원에 마련된 연무장에서 검술 훈련을 하던 렉스는 며칠째 보이지 않는 도네가 신경 쓰여 훈련도 제대로 할 수 없었다. 아마도 7살 이후로 단 하루도 떨어져 본 적이 없기에 더욱 안정을 찾지 못하는 것 같았다.

"여기 계셨군요, 전하."

"할아버지, 할머니."

고개를 돌리고 보니 노부부가 손을 꼭 잡은 채 렉스를 바라보고 있었다.

클레이모어를 검집에 집어넣은 후 그들에게 다가간 렉스는 먼저 셀리나의 안색부터 살폈다. 그러나 그녀의 안색 어디에도 병자 같은 초췌함은 찾아볼 수 없었다.

　그도 그럴 것이 그녀의 가슴을 짓누르고 있던 걱정거리 가운데 큰 비중을 차지하고 있던 렉스가 멀쩡히 생존해 자신을 찾아왔으니, 그녀에게 그보다 더 기쁜 일은 있을 수 없었다. 그녀는 렉스가 찾아온 다음 날 기적처럼 일어났고, 하루가 다르게 건강해졌다.

　10여 일이 지난 지금은 오히려 남편인 센더슨보다도 건강해 보일 정도였다. 그리고 센더슨의 딱딱하게 굳어 있던 얼굴도 보는 사람의 눈을 의심하게 할 정도로 환하게 변했다.

　"여기 수건이 있습니다, 전하."

　"고마워요, 할머니."

　셀리나에게서 수건을 건네받은 렉스는 이마에 맺힌 땀을 닦았다. 그런 렉스를 바라보는 셀리나의 눈에는 대견해하는 기색이 완연했다.

　"도네님께서는 아직 나오지 않으신 모양이군요."

　"그러게 말입니다. 며칠 전에는 산드라까지 끌고 들어갔는데 뭘 하느라 아직까지 나오지 않는 것인지 모르겠어요."

　"별일이야 있겠습니까."

　센더슨의 말에도 렉스의 얼굴은 퍼질 줄 몰랐다.

　그때였다.

　"마침 나와 있었네?"

　뒤에서 들린 도네의 음성에 렉스는 몸을 돌렸다.

　"대체 그동안 뭘 하느라고……."

　렉스의 말은 자연스럽게 그쳤다. 하지만 그의 눈은 도네와 산드라 사이에 있는 오토를 향하고 있었다.

　풀 플레이트 메일을 걸치고 있는 오토의 겉모습은 예전과 달라진 것이 하나도 없었지만 뭔가 달라졌다는 느낌이 강하게 전해졌다.

렉스 곁으로 다가온 도네는 그런 렉스의 반응에 고개를 끄덕였다.

"역시 눈치 챘구나."

"눈치를 채다니…… 뭘?"

"그럼 오토를 보고 뭔가 달라진 점을 느끼지 못하겠어?"

"아닌 게 아니라 뭔가 이전과는 달라진 것 같은데 뭐가 달라진 것인지는 모르겠어. 그보다 지금까지 지하실에서 뭘 하고 있었어?"

"그건 오토와 겨루어보면 알게 될 거야. 어때? 오토와 한번 겨뤄볼래?"

자신만만한 얼굴을 하고 있는 도네의 태도에 렉스는 그녀 곁에 서 있던 산드라의 얼굴을 바라봤다. 렉스와 눈이 마주친 산드라는 얼굴을 붉히며 곧 고개를 숙였다.

"산드라를 볼 필요 없어. 괜히 마음 약한 애 괴롭히지 말고 한번 오토와 겨뤄보라니까."

"알았어, 알았다고. 어디 얼마나 변했는지 볼까?"

렉스는 가볍게 몸을 풀고는 클레이모어를 뽑아 들고 오토 앞에 섰다. 그러자 도네가 오토에게 명령을 내렸다.

"오토, 네 앞에 있는 사람은 저번에 널 괴롭혔던 사람이다. 어디 복수를 해봐라."

도네의 말이 끝나자 투구의 어퍼 비버(투구의 전방 주시 창)를 통해 빛나던 오토의 눈빛이 강렬하게 변했다. 보라색이던 오토의 눈이 붉은색으로 변해 있었는데 그 빛에는 왠지 상대를 압박하는 기이한 힘이 실려 있었다.

그 눈빛을 발견한 렉스는 한층 더 긴장했다.

천천히 들어 올리는 오토의 양손에는 예의 그 모닝스타와 워 해머가 들려 있었다.

위이이잉~

오른손에 들린 모닝스타가 바람을 가르며 빙글빙글 돌아가기 시작했고, 얼마 지나지 않아 소리만 들릴 뿐 모닝스타의 모습은 사람들의 시야에서 완전히 사라졌다.

그 모습에 셀리나의 눈에는 당장 걱정스러움이 어렸다.

"전하, 조심하세요."

"걱정하지 마세요, 할머니. 오늘 이 녀석을 다시 한 번 찌그러진 깡통으로 만들어 버릴 테니까요."

렉스의 자신만만한 소리에 사람들은 뒤로 물러나 둘의 대결을 지켜봤다.

도네는 고개도 돌리지 않은 채 입을 열었다.

"걱정하지 마. 너희 인간들이 느끼고 말하는 사랑과 같은 감정인지는 모르지만 나 역시 렉스에게 사랑을 느끼고 있으니까. 절대 그를 다치게 하거나 고통을 주지는 않아."

도네의 말에도 셀리나의 얼굴에 어려 있는 걱정스러움은 사라지지 않았다.

한편 오토와 대치하고 있던 렉스는 오토에게서 전해지는 느낌이 이전과는 사뭇 다르다는 것을 느끼고 있었다.

인간다운 온기가 느껴지지 않는 것은 예전과 같았지만 그 차가움 속에 도사리고 있는 힘이 상상할 수 없을 만큼 엄청난 위압감과 함께 증폭된 것이 확실히 느껴졌다.

대치 상황을 먼저 깬 사람(?)은 오토였다.

상당한 길이를 가진 워 해머가 렉스의 머리를 노리고 빠른 속도로 날아들었다. 오토의 공격을 막을까, 아니면 그의 품으로 뛰어들어 근접전을 벌일까 잠시 망설이던 렉스는 우선 그의 공세를 막아보기로 했다. 그래야 오토가 어떻게 변한 것인지 알 수 있을 것 같다는 생각 때문이었다.

쾅~

워 해머와 클레이모어가 부딪치는 순간 강력한 충격파로 인해 바닥에 있던 흙먼지가 일제히 치솟아올랐다.

"지, 지독하게 세잖아?"

충격을 견디지 못하고 거의 일고여덟 걸음 정도 뒤로 물러선 렉스는 시큰거리는 손목을 어루만지며 입을 삐죽이 내밀었다. 저번과는 비교도 안 될 정도로 파워가 증폭되어 있었다. 하지만 단순히 파워만 늘어난 것이라면 모르지만 언뜻 보기에 팔이나 몸놀림이 빨라진 것 같았다.

렉스가 그런 생각을 하고 있는 사이 주위의 흙먼지가 마구 요동 치며 뭔가가 복부를 향해 날아오는 것을 느꼈다. 더 이상 생각할 겨를도 없이 뒤로 물러난 렉스는 흙먼지 속에 있을 오토의 위치를 찾았다.

쿵~

뭔가 무거운 물체가 떨어지는 소리가 가까운 곳에서 들렸다. 자신도 모르게 렉스의 몸이 그곳으로 향하는 순간 렉스의 머리를 향해 다시 한 번 워 해머가 떨어졌다.

이때만큼은 렉스도 엄청 놀랐다.

쾅~

황급히 클레이모어를 들어 오토의 공격을 막아낸 렉스는 팔과 다리로 전해지는 극심한 충격에 이를 부드득 갈아야 했다. 이건 저번과 달라진 정도가 아니었다.

세상에 기계가 속임수까지 쓰다니……. 게다가 전해진 충격도 장난이 아니었다. 무릎은 반쯤 꺾여진 상태였고, 연속해서 충격을 받은 손목도 시큰거려 겨우 클레이모어의 손잡이를 잡고 있을 정도였다.

마나를 끌어올려 온몸을 보호한 렉스는 오히려 오토의 품 안으로 뛰어들며 워 해머를 쳐 올렸다. 하지만 클레이모어는 빈 공간만 갈랐을 뿐 워 해머의 존재는 어디론가로 사라지고 말았다.

그러는 사이 사람들의 시야를 차단했던 흙먼지가 가라앉자 두 사람의 모습이 보였다.

약 7, 8파렌 정도 떨어져 있었는데 렉스의 얼굴이 조금 이상하게 변해 있는 것을 확실하게 확인할 수 있었다.

"어때, 렉스? 많이 변했지?"

"파워가 지난번보다 배는 강해진 것 같아. 게다가 스피드도 장난이 아니고 말이야. 정말 싸워볼 만하겠는데……."

가볍게 목을 두어 번 움직인 렉스는 마나를 끌어올려 클레이모어에 주입했다. 그러자 클레이모어는 당장 푸른빛을 띠기 시작했고, 그 모습을 지켜보고 있던 오토의 워 해머도 붉은 빛을 뿌리기 시작했다.

"좋아, 좋아. 그랬단 말이지. 차앗~ 발칸 샷!"

허공에서 크게 휘둘러진 클레이모어.

하지만 도네의 눈에는 클레이모어가 허공에서 수도 없이 멈칫거리며 푸른 빛을 뿜어내는 것을 분명히 보았다.

본능적인 위기를 느껴 몸을 잔뜩 웅크린 오토를 향해 날아간 수십 줄기의 푸른빛은 오토의 철갑에 그대로 작렬하며 엄청난 폭발을 일으켰다.

쾅쾅쾅—쾅!

　조금 전과는 비교도 할 수 없을 만큼 강력한 바람과 지독한 흙먼지가 주위를 휩쓸었다. 무의식 중에 셀리나를 보호하려던 센더슨은 이상하게도 자신들 주위에는 아무런 이상도 없음을 깨닫고 주위를 두리번거렸다.

　그런 센더슨의 눈이 자신들을 보호하듯 쳐 있는 붉은색의 거대한 반원형의 실드를 발견했다. 그리고 자신들 앞에 서 있는 도네를 발견하고는 그것이 누구의 작품인지 쉽게 짐작할 수 있었다.

　그녀에게 감사의 인사를 하려고 할 때 도네의 입이 먼저 열렸다.

　"와~ 렉스, 너 정말 강하구나?"

　"그럼 내가 오토에게 질 줄 알았단 말이야?"

　"아니, 그럴 거라고는 생각하지 않았지만 이렇게 쉽게 이길 거라고는 미처 예상하지 못했거든."

　도네의 말에 렉스가 막 어깨를 으쓱거리려 할 때 날카로운 금속음이 들렸다.

　창~

　렉스가 못마땅한 눈으로 돌아다봤을 때 온몸에 고슴도치처럼 칼날이 솟아난 오토가 한 걸음 발을 내딛고 있었다.

　"멈춰!"

　렉스의 말에 오토의 발걸음이 멈춰졌다. 그런 오토를 바라보는 렉스의 눈초리는 싸늘하게 굳어 있었다. 그리고는 마치 사람을 대하듯 천천히 입을 열었다.

　"저번에 겨루어봤을 때와는 비교도 할 수 없이 강해졌어. 파워나 스피드가 몰라보게 달라진 것은 인정해. 하지만 더 이상 내게 덤빈다면 나도 최선을 다하지 않을 수 없고, 그렇게 되면 넌 완전히 파괴되고 말아. 전력을 다한 소드 발칸 샷이라면 넌 고철이 되고 말 거야. 그래도 덤비고 싶다면 덤벼. 아주 뜨거운 맛을 보여주지.”

말과 함께 클레이모어를 지면으로 비스듬히 내린 렉스의 모습에서는 감히 쳐다보기도 두려울 만큼 위압감이 풍겨져 나오고 있었다.

그 모습을 본 센더슨은 자신도 모르게 감탄사를 터뜨렸고, 셀리나와 산드라는 렉스가 무사하다는 것에 안도의 한숨을 내쉬었다. 도네도 그런 렉스의 모습에 놀라기는 마찬가지였다.

함께 지내온 세월이 10여 년이나 되었음에 불구하고 이렇게 당당하고 위엄에 찬 모습은 처음 보았던 것이다. 하지만 그 모습이 너무나 보기 좋았다. 이렇게 어떤 대상에 정신없이 빠져보기는 난생처음이었다.

렉스를 지켜보는 동안 도네의 가슴은 사정없이 쿵쾅거렸다.

그런 렉스의 위엄을 기계인 오토도 느낀 것일까?

한 번 멈춰진 발걸음은 좀처럼 움직일 줄 몰랐다.

“오토, 됐어. 물러서.”

마치 도네의 명령을 기다리기라도 한 듯 그녀의 명령을 듣는 순간 오토는 뒤로 물러섰다. 동시에 그의 몸에 솟았던 칼날들도 일제히 몸속으로 사라졌다.

오토가 물러서자 사람들은 그제야 안도의 한숨을 내쉬었고, 렉스도 클레이모어를 검집에 집어넣었다.

“실프, 운디네.”

도네의 호출에 두 정령이 모습을 드러냈고, 두 정령은 도네의 명령에 따라 렉스의 몸을 깨끗이 씻어주고 말려주었다. 그 모습 역시 난생처음 보는 광경이기에 센더슨 부부나 산드라는 호기심 가득한 눈으로 그 광경을 지켜봤다.

"도네, 대체 어떻게 했기에 오토의 파워나 스피드가 그렇게 급격하게 상승한 거야?"

"렉스가 보기에도 빨라졌지? 힘도 강해졌고 말이야."

득의만면해하는 도네를 향해 렉스가 투정을 부리듯이 다시 물었다.

"어떻게 한 거냐니까? 게다가 내가 알기로 도네는 기계 같은 것은 별로 좋아하지 않는 것 같은데, 오토같이 복잡한 기계를 어떻게 알고 손을 댄 거냐니까?"

"예전에, 그러니까 아주 오래전 인간 세상을 돌아다닐 때의 일이지."

도네의 눈이 머나먼 과거의 기억을 향하자 주위의 사람들도 그녀의 말에 귀를 기울였다.

"그때는 내 나이도 어렸고, 인간에 대한 호기심도 강했을 때였어. 인간들 세상을 돌아다니다가 우연히 연금술을 익히고 있던 조나단이라는 녀석을 알게 되었지. 그 녀석이 연구하던 것은 불로불사(不老不死)의 약이었는데 그것이 계속 실패로 돌아가자 엉뚱하게도 이번엔 영구 기관이라는 것을 연구하기 시작했어."

"영구 기관? 그게 뭐야?"

"영구 기관이란 처음에 어떤 자극을 받게 되면 그 자극에 대한 반발력으로 기관이 움직이게 되는데, 에너지가 공급되지 않아도 영원히 같은 운동을 하는 거야. 쉽게 말하자면 오토의 심장과 같은 거야. 파괴되지 않는다면 영원히 움직일 수 있는 그야말로 환상의 기계지."

"그렇구나."

도네의 말에 렉스는 오토를 바라보며 감탄했다는 표정을 지었다.

“내가 그 조나단이란 녀석과 함께 보낸 시간이 약 30년 정도 되었을 때, 마침내 영구 기관을 내장한 오토마타 하나를 탄생시키게 되었지. 물론 지금의 오토와는 비교도 할 수 없이 허술하고 약하긴 했지만 주인의 명령에 따라 움직이는 그 오토마타를 발명했을 때의 그 감격이란 정말 대단한 것이었지. 하지만 문제는 그 자식이 그 오토마타를 이용해 나를 죽이려 한 것이었어.”

“뭐? 왜?”

“나중에 알고 보니까 그 자식은 결코 불로불사의 약을 만드는 것을 포기한 것이 아니더라고. 게다가 늙지 않는 내 모습을 보고 마법으로 모습을 바꾼 엘프라고 생각했다는 거야. 그래서 내 피를 뽑아 약을 만드는 데 사용하려 그랬다고 나중엔 말하더군.”

“그래서 어떻게 했어?”

“어떻게 하긴 뭘 어떻게 해? 인간에 대한 배신감과 허무함 때문에 극도의 분노를 느껴 본체로 돌아가서는 왕국 전체를 박살 냈지.”

아무것도 아니라는 듯 이야기하는 도네의 태도에 사람들은 몸서리를 쳤다.

“그럼 그때 배운 것으로 오토를 고쳤단 말이야?”

“옛날 솜씨도 있기는 하지만 산드란가 하는 저 아이 도움이 컸지. 생각보다 상당히 많이 알고 있더라고. 그리고 오토를 꼼꼼히 살펴보니까 연금술과 마법의 완벽한 결합이었어. 내 나름대로 부족하다고 생각되는 것을 체크해서 한번 채워봤어. 먼저 오토의 외피에 프로텍터 마법을 걸어놨고, 오토의 무기에 약간의 드래곤 본을 섞어서 다시 만들었어. 그리고 가장 문제가 되는 것이 오토의 심장이었는데 원래는 총 아홉 개의 마법진이 있어야 하는데 설치되어 있는 것은 겨우 여섯 개, 그나마도 그중에 하나는 어설프게 설치가 되어 있었어. 마법진을 모두 완성시키고 오토의 심장에 내 드래곤 하트를 조금 나누어 주었더니 저렇게 강력해진 거야. 설마 나도 저렇게 강하고 빨라질 줄은 예상치 못했어."

"그랬구나. 정말 고생 많았어, 도네, 그리고 산드라."

"아닙니다, 전하. 당연히 해야 할……."

쿵쿵~

산드라가 대꾸를 하는 사이 갑자기 오토의 눈에서 붉은 빛이 쏘아지더니 사람들 앞을 가로막고는 워 해머를 든 손을 높이 쳐들었다.

사람들이 영문을 몰라 어리둥절해할 때 그들 앞의 공간이 심하게 일그러지더니 곧 원상태로 돌아왔다. 그리고 모습을 보인 사람은 뜻밖에도 이제 나이가 12, 3세 정도로 보이는 귀엽게 생긴 소년이었다.

엷은 녹색의 머릿결을 찰랑거리며 나타난 소년은 먼저 도네에게 인사를 했다.

"도르미네스님, 그동안 안녕하셨습니까?"

"흥! 꼴 좋다."

도네의 냉랭한 대꾸에도 소년은 아무런 말도 하지 못했다.

문제는 다음이었다.

"치료에 성공하지 못한 모양이구려."

"그, 그렇다. 빌어먹을……."

"약속을 아직 기억하는지 모르겠소?"

"당연히…… 기억… 하고… 있다."

지메로스는 너무나 수치스러운 나머지 어딘가로 숨고 싶었지만 렉스는 그럴 틈을 전혀 주지 않았다.

"그럼, 약속을 이행해야 하지 않을까 생각하는데……."

"……."

"처음이 어려워서 그렇지 한 번만 불러보면 다음부터는 쉬울 거야, 제로스."

"제로스?"

"그럼. 귀여운 동생이 생기는데 듣기 좋고 부르기 좋은 이름을 미리 내가 생각해 두지 않았을 것 같아? 제로스, 어서 이 형의 이름을 불러 보렴."

존대에서 평대로, 그리고는 급격하게 하대로 변하는 렉스의 말투에 주위에 있는 사람들은 영문을 몰라 그의 얼굴만 쳐다보고 있었다.

엄청난 마법을 사용해 나타난 소년이 절대 평범할 리 없다는 것을 모를 리 없음에도 불구하고 마치 어린아이를 다독거리듯 하는 렉스의 행동에 사람들은 아슬아슬한 기분이 되었다.

반면 지메로스의 얼굴은 새빨갛게 변한 것이 치미는 분노를 억지로 참는 듯 보였지만 렉스는 신경도 쓰지 않았다.

"어서 불러보라니까, 제로스."

"레, 렉… 스…… 혀엉."

"다시 한 번 불러볼래, 제로스?"

"방금 불렀잖아."

"허어~ 형이 시키면 '네, 알겠습니다' 하고 해야지 어른에게 말대꾸를 하는 어린이는 나쁜 아이란 말이야. 어서 해봐."

렉스의 말에 지메로스는 화가 머리끝까지 치밀었지만 다른 방법이 없었다.

스스로 한 맹세를 부정한다는 것은 스스로의 존재를 부정한다는 말과 같고, 그럼 지상에 존재할 수 있는 조건 역시 사라진다는 것을 지메로스도 잘 알고 있었다. 게다가 자신을 바라보는 사람들의 눈길이 그가 느끼기엔 '어서 해봐', '네가 맹세를 한 것이잖아. 어서 이 인간을 형이라고 불러봐' 하고 재촉하는 것 같았다.

"렉스 형."

"그래, 그래. 이 이쁜 것."

지메로스를 번쩍 들어 올린 렉스는 지메로스의 귀여운 볼과 이마, 입술 등 온 얼굴에 마구 입맞춤을 했다.

"에이, 퉤! 퉤! 그만! 그만 하란 말이야, 이 변태야!"

"뭐? 변태? 애정 어린 키스를 해주시는 이 형님께 뭐, 변태? 에잇! 사랑이 듬뿍 담긴 키스를 받아라!"

"그만, 그만! 제발 그만 하란 말이야!"

애처로운 비명을 지르며 발버둥 치는 지메로스의 앙증맞은(?)의 모습을 사람들은 그저 멍하니 바라보고만 있었다.

잠시 후 서재에서 센더슨은 누군가를 맞이하고 있었다.

40대 중반 정도로 보이는 사내였는데 중후한 모습이나 꼿꼿한 자세가 상당한 훈련을 받은 듯 보였다. 사내의 방문이 조금은 의외였는지 센더슨의 얼굴에는 의아하다는 표정이 역력했다. 또 그런 모습을 렉스나 도네, 제로스로 이름을 잠시 바꾼 지메로스는 말없이 바라보고 있었다.

사내는 감히 백작 앞에서 태연하게 앉아 있는 세 사람의 정체가 상당히 궁금했다. 하지만 자신은 센더슨에게 볼일이 있어서 온 몸, 자신의 임무를 잊지 않았다.

“이곳엔 어쩐 일이오?, 워러스 경.”

“공작 각하의 명을 받고 왔습니다, 블럼스 경.”

“예? 공작 각하의 명이라니요?”

센더슨의 얼굴에 긴장감이 흐르자 워러스란 불렸던 사내는 재빨리 입을 열었다.

“아니, 그렇게 긴장할 필요는 없습니다. 본인이 온 이유는, 다름이 아니라 며칠 후에 있을 레이디 베노아의 생일 파티에 백작님 내외 분을 초청한다는 초청장을 드리기 위해섭니다.”

말과 함께 워러스는 품에서 한 통의 편지를 꺼내 센더슨에게 내밀었다. 편지를 받아 든 센더슨은 잠시 그 내용을 확인하고는 테이블 위에 내려놓았다.

“레이디 베노아께서 벌써 열여섯 번째 생일을 맞이하신다니…… 정말 축하드립니다. 그분의 생일날 틀림없이 찾아뵙겠다고 베노아 공작 각하께 말씀을 드려주시오.”

“예, 틀림없이 그렇게 전해 드리겠습니다. 그리고 초청장을 많이 발송했으니 많은 분들이 참석해 생일을 맞이한 레이디 베노아를 축하할 겁니다.”

“알겠소이다. 꼭 참석하겠소이다.”

“그럼 전 이만…….”

말을 마친 워러스는 센더슨에게 잠시 고개를 숙여 인사를 한 후 여전히 앉아서 자신을 빤히 쳐다보고 있는 렉스들을 날카로운 시선으로 바라본 후 서재를 빠져나갔다.

다시 한 번 편지의 내용을 살펴보는 센더슨에게 렉스가 궁금하게 생각했던 것을 물었다.

“할아버지, 레이디 베노아가 누굽니까?”

“레이디 베노아는 베노아 공작의 손녀입니다. 베노아 공작에게는 원래 딸밖에 없었는데 전하께서는 그 딸이 누군지 아시겠습니까?”

“실비아 듸아 레트로니아를 말씀하시는 겁니까?”

“예, 그렇습니다만 베노아 공작은 가문이 단절되는 것을 막기 위해 30여 년 전에 한 고아 아이를 자신의 양자로 맞이했습니다.”

“고아를 말입니까?”

“그렇습니다. 보통 사람으로는 상상도 못할 결단이지요. 알프레드 베노아는 레트로니아 왕국에서 정한 법률 때문에 작위를 가질 수는 없지만 현재 베노아 공작의 경호대장으로 지내고 있습니다. 레이디 베노아는 그 알프레드 베노아의 딸로 킴벌리 듸 베노아라는 이름을 가지고 있습니다. 올해 열여섯 살이 되어 베노아 공작이 큰 파티를 열 모양입니다.”

고개를 끄덕이던 렉스는 이것이 베노아 공작에게 접근할 수 있는 좋은 기회라 생각하고는 자신의 생각을 센더슨에게 이야기했다.

“그럴 수도 있겠군요. 초청장에는 레이디 베노아의 생일 파티를 나흘 동안 할 예정이라고 적혀 있으니 베노아 공작을 감시하거나 그에게 접근하는 것이 그리 어려운 일은 아닐 겁니다.”

“저도 참석해야겠습니다.”

“하지만 초청장이 없으면 참석하기 어려우실 텐데…….”

“그건 해결할 방법이 있습니다. 여행을 하고 있는 투르멘시아 제국의 귀족이라고 하면 안 되겠습니까?”

“제 생각에는 투르멘시아 제국보다 비교적 우호적인 아이루스 왕국에서 왔다고 하는 것이 좋을 듯합니다. 제가 인연을 맺은 후작가의 자제 분들이라고 하면 별 무리가 없을 듯합니다만…… 어찌 생각하십니까, 전하?"

"할아버지의 말대로 하는 것이 좋을 것 같군요. 그럼 그렇게 하겠습니다. 그런데 생일 파티는 언제고, 또 베노아 공작이 거주하는 곳까지 이동하는 데는 얼마나 걸립니까?"

"생일 파티는 앞으로 열흘 후고, 베노아 공작의 성까지는 6, 7일 정도 걸리니 시간은 충분합니다. 생일 선물을 준비해 출발하면 늦지 않게 도착할 수 있습니다."

"그럼 나흘 후에 출발하는 것으로 하고 저희는 저희대로 준비를 하겠습니다."

"아닙니다, 전하. 필요한 것이 있으면 저에게 말씀을 하십시오. 제가 준비를 해드리겠습니다."

"일단 준비를 해보고 달리 필요한 것이 있으면 부탁을 드릴게요, 할아버지."

센더슨의 얼굴에는 무엇 하나라도 더 챙겨주고 싶은 할아버지로서의 마음이 그대로 실려 있었다. 그리고 미소로 대답하는 손자의 태도에 너무나 흐뭇해하는 할아버지의 심정도 드러나 있었다.

잠시 후 서재를 빠져나온 렉스가 가장 먼저 한 일은 제로스를 부둥켜안고 침대를 뒹구는 일이었다.

"아야! 그만 꼬집어. 대체 뭐 하는 짓이야? 그만 하라니까! 정말 이러면 나 화낼 거야?!"

"어디 화내 봐, 귀여운 동생 제로스야."

껴안고, 애정 어린 키스를 퍼붓고, 통통한 볼을 꼬집는 렉스의 행동에 제로스는 연신 비명을 지르고 있었다. 도망을 치려고 해도 그로서는 렉스의 빠른 동작을 막을 능력이 없었다. 설사 그럴 능력이 있다고 하더라도 조금 떨어진 곳에서 시퍼런 눈길로 쏘아보는 도네라는 존재 때문에 감히 그런 행동을 할 수도 없었다.

잠시 렉스의 행동을 지켜보던 도네가 입을 열었다.

"어떻게 할 생각이야?"

자신이 잘못 들은 것일까? 도네의 음성에 가시가 돋아 있는 것처럼 들렸다. 천천히 고개를 돌려 도네의 얼굴을 살피니 눈이 가늘어진 것이 단단히 심통이 난 얼굴이었다.

"왜 그래, 도네?"

"어떻게 할 생각이냐고 물었어."

"아니, 그보다 왜 화가 난 거야?"

도네는 아무런 말도 하지 않은 채 제로스만을 쏘아보고 있었다. 그녀의 눈길을 따라가던 렉스는 머리를 긁적이다가 곧 도네가 왜 화를 낸 것인지 짐작이 갔다. 하지만 도네가 겨우 그런 것 때문에 화를 낸 것인지 정말 의문스러웠다.

"도네, 설마 제로스 때문이야? 정말 그런 거야?"

하지만 본의 아니게 화제의 주인공이 된 제로스는 등에서 식은땀을 흘리며 꼼짝도 못하고 있었다.

'세상에, 도네가 질투를 하다니? 정말 내 눈으로 보고도 못 믿겠군. 하지만 내가 제로스에게 한 행동은 그냥 귀여운 동생이 생겨 기쁜 마음에 했을 뿐인데 그것도 질투의 대상이 되는 걸까? 드래곤의 마음이야? 아니면 여자의 마음이야? 갑자기 골치가 지끈거리네.'

렉스는 참으로 편리한 구조를 가졌는지 머리론 고민을 하면서 몸은 도네에게로 다가서고 있었다. 그리고는 다짜고짜 그녀에게 키스를 퍼부었다. 도네가 미처 피하고 말고 할 시간적 여유도 없었다.

도네는 깜짝 놀란 듯 눈을 크게 떴다.

그 모습을 본 제로스는 자신도 모르게 눈을 질끈 감았다. 보나마나 본체로 돌아가 성을 때려부수고 있을 도네의 모습이 떠올랐기 때문이었다. 하지만 제로스가 우려했던 일은 일어날 낌새도 보이지 않았다.

슬그머니 눈을 뜬 제로스의 눈에 보인 것은 열렬히 키스를 나누고 있는 두 사람뿐이었다. 제로스는 지금 자신의 눈앞에서 벌어지는 광경을 도저히 믿을 수 없었다.

당연히 광분해서 날뛸 줄 알았던 도네가 한낱 인간에게 자신의 몸을 맡긴 채 지그시 눈을 감고 있을 줄 그 누가 알았단 말인가? 그런 그녀의 모습에서 드래곤들 사이에 전설로 전해져 내려오는 블러디 드래곤의 모습은 전혀 찾아볼 수 없었다.

안도의 한숨을 내쉬면서도 뭔가 기대에 어긋난 현재의 상황에 아쉬운 마음이 드는 제로스였다.

"내 사랑을 의심하지 마. 돌아가신 부모님의 명예를 걸고 맹세하건대, 내가 가장 사랑하는 사람은 도네뿐이야."

"하지만, 하지만 조금 전에는 제로스만 좋아했잖아?"

투정을 부리듯 입을 여는 도네의 행동에 제로스는 온몸에 소름이 오싹 끼쳤다. 이건 도저히 있을 수 없는 일이고, 설사 이 광경을 다른 드래곤에게 말했다가는 정신 나간 드래곤 취급받을 것이 분명했다.

"도네가 그렇게 보았다면 그건 오해야. 어떻게 내가 도네를 곁에 두고 다른 사람을 더 좋아할 수 있겠어? 다만 나에게 이전까지는 없던 동생이 생겨서 그런 행동을 했을 뿐이야. 지금도 난 도네를 사랑하고 있는데 그걸 모르겠어?"

입에다 꿀이라도 발랐는지 달콤한 소리만 늘어놓는 렉스의 행동에 제로스는 속이 다 울렁거렸다. 그런데 도네는 그런 렉스의 말을 사실로 알아들었는지 행복한 미소를 짓고 있었다.

어떻게 에인션트 급에 든 도네가 저렇게 아둔한 행동을 보일 수 있는 것인지 제로스는 전혀 이해할 수 없었다.

"알았어. 나도 렉스의 사랑을 의심하지는 않아. 다만 조금 전에는 렉스가 제로스를 더 좋아하는 것이 아닐까 불안한 생각이 들어서 그랬을 뿐이야. 신경 쓰지 마."

"아니지, 내가 어떻게 도네의 일에 신경 쓰지 않을 수 있어? 그건 말도 안 되는 소리란 걸 몰라?"

렉스의 목에 팔을 두른 도네는 가슴이 심하게 콩닥거리는 것을 느끼고 있었다.

"렉스에게 사랑을 느끼고 난 후부터 혹시 렉스가 다른 사람을 더 사랑하게 되는 것은 아닐까 하는 불안한 마음이 들었고, 또 그런 마음이 들면 참을 수 없을 만큼 분노와 슬픔이 느껴져. 나도 왜 이런 감정을 느끼는 것인지는 모르지만 렉스가 보일 때는 행복하다가 잠시라도 모습이 보이지 않으면 불안해서 견디지 못하겠어."

도네가 설마 자신에 대해 이런 감정을 가지고 있을 줄은 짐작도 못한 일이었다. 하지만 도네의 말이 렉스에게 무한한 행복감을 느끼게 하고 있다는 것은 도네도 모르는 일이었다.

"도네, 걱정하지 마. 난 절대 도네의 곁을 떠나지 않아."

"렉스, 키스해 줘."

다시 한 번 두 사람이 뜨거운 키스를 나누고 있을 때 침대 위에 앉아 있던 제로스는 자신의 황당한 처지에 어이가 없어 기가 막힐 뿐이었다.

‘지금 뭘 하고 있는 거야? 설마 내가 키스도 할 줄 모르는 멍청한 녀석이라 시청각 교육을 시키는 것은 아니겠지? 이젠 제발 떨어지란 말이야!’

제로스의 가슴속 울부짖음이 두 사람에게 들렸기 때문일까? 두 사람은 곧 얼굴을 떼었다. 그러나 여전히 서로를 부둥켜안은 채였다.

“파티에 참석하려면 드레스를 준비해야겠지? 내일 제단사를 불러서 드레스를 몇 벌 맞추자고. 그러는 김에 나도 파티복을 맞춰야겠어.”

“나한테도 드레스가 몇 벌 있는데…… 난 그걸 입었으면 좋겠어.”

“드레스? 도네에게 드레스가 있었단 말이야? 그런데 난 왜 한 번도 그걸 본 적이 없었지?”

렉스가 고개를 갸우뚱거리자 도네는 입술을 삐죽 내밀었다.

“레어의 지하에 가면 보물 창고와 함께 옷이 있다고 몇 번이나 말했잖아. 하지만 렉스는 검술 수련에만 정신이 팔려 한 번도 내려간 적이 없으니 어떤 옷이 있는지 알 턱이 있어?”

“내가… 그랬나?”

딴전을 부리는 렉스의 모습에 피식 웃음을 터뜨린 도네가 뭔가 생각이 난 듯 입을 열었다.

“오래전에 입었던 옷이라 요즘 유행에 맞을지 모르겠어. 그 옷을 입어볼 테니까 렉스가 한번 봐줘.”

“내가 뭘 알아야지.”

“렉스의 마음에 들면 그냥 입을 거야. 나도 마음에 들어하는 옷이거든.”

작은 방으로 사라졌던 도네가 모습을 다시 드러낸 것은 잠시 후의

일이었다. 하지만 다시 나타난 도네의 모습은 이전과는 완전 딴판으로
바뀌 있었다.

살짝 틀어 올린 머리를 장식하고 있는 것은 짙은 보라색의 보석과
황금으로 장식된 머리띠 필렛이었다. 크고 아름다운 눈 아래를 가리고
있는 것은 화려한 수가 놓여진 비단 부채였고, 얼굴은 얇은 망사에 가
려져 있었다.

어깨를 살짝 드러낸 드레스는 밝은 선홍색을 띠고 있었고, 상당히
많은 프릴이 붙은 드레스는 곳곳에 금색 줄과 보석으로 치장이 되어
있었다. 가슴을 강조하듯 안쓰러울 정도로 조인 허리 밑으로는 드레스
가 활짝 펼쳐져 있었다.

검붉은 실크로 짜여진 장갑을 한 손에 든 채 부채를 살랑거리고 있
는 도네에게서는 이전엔 찾아볼 수 없는 차분함과 우아함, 그리고 환상
적인 아름다움이 뿜어져 나오고 있었다.

한마디로 완벽한 조화요 아름다움이었다.

"어때, 렉스? 어색하거나 하지는 않아?"

하지만 렉스는 도네의 말을 듣지 못했는지 멍하니 있다가 곧 그녀에
게 다가갔는데 발걸음이 불안정한 것이 평소의 그가 아니었다. 그녀
앞에 도착한 렉스는 그 자리에 한쪽 무릎을 꿇고는 그녀의 한쪽 손을
살며시, 아주 조심스럽게 잡아 사뿐히 입을 맞추었다.

"레이디 도네, 날 그대의 영원한 기사로 삼아주지 않으시겠습니까?"

"영광이에요. 기꺼이 그대의 호의를 받아들이겠어요."

"무한한 영광입니다. 레이디에게 이 세상 누구보다 깊은 사랑을, 그
리고 세상에 하나뿐인 제 생명을 바칠 것을 만물의 아버지이신 포르세
티의 이름을 걸고 맹세합니다."

정말 기가 막히게 손발이 잘 맞는 한 쌍이라 하지 않을 수 없다. 말을 마친 렉스는 그녀의 손에 다시 한 번 키스를 했고, 도네는 그런 렉스의 눈을 바라보며 입을 열었다.

"저 역시 이 세상 만물의 어머니이신 프라그마의 이름을 걸고 그대를 사랑하며, 그대와 영원히 함께할 것을 맹세해요."

서로를 한참 동안 바라보던 두 사람은 다시 한 번 열렬히 키스를 했고, 그런 두 사람을 제로스는 침대에서 온몸을 비비 꼬다 경련을 일으키며 바라보고 있었다.

'정말 닭살스런 커플이야. 틈만 나면 입술 박치기네. 정말 너무한다, 너무해.'

다각~ 다각~

말발굽 소리가 한가롭게 들리는 관도 위.

거대한 마차를 20여 명의 기사들이 호위한 채 천천히 나가고 있었다. 하지만 평화스러운 밖의 광경과는 달리 마차 안의 풍경은 조금 이상하게 보였다.

먼저 한쪽 편에는 센더슨 부부가 앉아 있었고, 다른 쪽에는 중앙에 렉스가, 그 좌우로 도네와 제로스가 앉아 있었는데 다섯 사람의 표정이 모두 제각각이었다.

센더슨은 당최 눈을 어디에 두어야 좋을지 모르겠다는 표정을 짓고 있었고, 레이첼은 흐뭇하다는 표정을 짓고 있었다. 렉스는 지그시 눈을 감고 있었고, 도네는 렉스의 어깨에 머리를 기댄 채 행복하다는 표정을 짓고 있었다. 유일하게 인상을 쓰고 있는 사람이 있으니 바로 제로스였다.

　귀엽다는 듯 머리를 쓰다듬는 렉스의 손을 거부하지 못하고 잔뜩 인상을 쓰고 있었다. 하지만 그 모습이 얼마나 귀엽게 보이는 것인지 제로스는 미처 깨닫지 못하고 있었다.

　제로스는 한시라도 빨리 베노아 공작의 성에 도착하기를 진심으로 바랐다.

　"제길, 대체 얼마나 가야지 베노아란 녀석의 성에 도착하는 거지? 그냥 워프로 가면 될 텐데."

　"앞으로 한두 시간쯤 후면 도착할 겁니다, 제로스님."

　"한두 시간? 정말이야?"

　"그렇습니다. 제가 제로스님께 거짓말해야 할 이유가 없지 않습니까?"

　"정말 빨리 도착했으면…… 아야! 대체 무슨 짓이야?"

　"제로스, 감히 할아버지의 말을 의심하는 거야?"

　"누가 의심한다고 했어? 그냥 빨리 도착했으면 좋겠다는 거지. 어떻게 렉스, 넌 내가 하는 일마다……."

　"잠깐, 잠깐만 가만히 있어봐. 방금 날 뭐라고 불렀지?"

　"렉스라고…… 아야, 아파. 아프단 말이야."

　"뭔가 잊어버린 것 없어?"

　"내가 뭘 잊었다고…… 아야! 알았어, 알았다고. 렉스 형!"

　제로스는 렉스에게 두 볼을 꼬집힌 채 연신 비명을 지르고 있었다. 제로스의 볼을 사정없이 흔들던 렉스는 한참이 지나서야 겨우 그의 볼을 놓아주었다.

　제로스의 두 볼은 발갛게 상기되어 있었고, 아픔이 가시지 않는지 제로스는 입술을 삐죽거리며 계속해서 두 볼을 어루만지고 있었다.

그러는 사이 렉스 일행들은 베노아 공작의 성이 있는 비쇼츠 시에 도착했다.

비쇼츠 시는 아이루스 왕국과 국경을 접하고 있는 스크레인 지방과 얼마 떨어지지 않은 곳에 위치하고 있었다.

국경에서 불과 50엠파렌도 떨어지지 않은 곳에 위치한 중간 크기의 도시였지만 국경 도시와는 어울리지 않을 정도로 평화스러운 곳이었다.

시(市)라고 불리기는 했지만 일반적인 도시에 사는 사람들과는 달리 거리를 오가는 사람들의 옷차림은 수수했고, 그들의 표정은 순박하기 이를 데 없었다.

도로를 따라 얼마간 전진하자 곧 거대한 성이 모습을 드러냈다. 성의 규모도 규모지만 성의 곳곳을 장식하고 있는 첨탑이나 성의 망루들은 특이하게도 대리석으로 만들어져 내리쬐는 태양에 눈이 부실 정도로 빛을 뿌리고 있었다.

아름다움보다는 웅장함으로 다가온 성의 모습에 마차에 타고 있던 제로스나 도네는 나직하게 감탄을 터뜨렸다. 몇 번이나 이곳에 와봤기에 센더슨의 감흥은 그저 그랬지만 처음 와보는 렉스는 국왕의 장인으로서 베노아 공작이 가지고 있는 힘과 권력이 가히 짐작이 갔다.

성의 정문에 늘어서 있던 병사들은 일단 마차의 전진을 저지했다. 하프 플레이트 메일을 걸친 중년 기사 한 명이 마차 곁으로 다가왔다.

마차의 창에 드리워진 커튼이 열리며 센더슨이 얼굴을 내밀었다.

"초청장을 주시겠습니까? 오~ 블럼스 경이시군요. 어서 오십시오."

"워러스 경? 손님들의 영접을 맞이하는 임무를 맡은 모양이구려."

"그렇습니다. 그런데 다른 일행이 계신 모양이군요."

“아! 워러스 경도 내 성에서 본 적이 있을 거요. 아이루스 왕국에서 온 레티나 후작 가문의 장자인 렉스님과 둘째 아드님이신 제로스님, 그리고 렉스님의 피앙세인 도네님이시오.”

“아이루스 왕국에서 오신 분들이시라고요?”

“그렇소, 이분들의 신분은 내가 보증할 테니 파티에 참석하실 수 있도록 조치를 취해주셨으면 고맙겠소이다.”

워러스는 열려진 커튼 사이로 보이는 세 남녀의 모습을 유심히 살피고는 고민에 빠졌다. 아무리 센더슨이 이들의 신분을 보증한다고 하더라도 만약 불미스러운 일이 발생한다면 모두 자신의 책임이 되기에 함부로 결정을 내릴 수 없었다.

“이 일은 내 독단으로 결정지을 수 있는 일이 아니니 잠시만 기다려 주십시오. 공작 각하께 여쭈어보고 오겠습니다.”

“그럼 그렇게 하시오, 워러스 경.”

워러스가 막 내성으로 향하려는 순간이었다.

“무슨 일이오, 워러스 경?”

180파렌 정도 되는 키에 전신 근육이 골고루 발달되어 당당한 체구를 가지고 있는 중년의 사내였다. 복장만 보면 일반 기사들의 복장과 다를 바 없었지만 그의 전신에 위압감이 어려 있는 것이 결코 평범한 사람으로는 보이지 않았다.

워러스에게서 이야기를 전해 들은 사내는 곧 고개를 끄덕이고는 마차 앞을 가로막고 있던 병사들에게 지시를 내렸다.

“어서 길을 내드려라. 그리고 넌 이분들을 백합실로 안내해 드리도록 해라.”

사내의 지시를 받은 병사들은 즉시 길을 터주었고, 마차와 기사들은 병사들의 안내를 받아 내성으로 향했다.

"할아버지, 나중에 나타난 중년 사내는 누굽니까?"

"그자가 바로 베노아 공작의 양자인 알프레드 디 베노아입니다."

"그랬군요."

센더슨의 설명에 렉스가 고개를 끄덕이는 동안 마차는 내성으로 들어서고 있었다.

A Birthday Party

A Birthday Party

각자의 방에서 휴식을 취하고 있던 사람들은 파티가 곧 시작된다는 시종들의 통보를 받고 파티에 참석할 준비를 했다.

렉스 일행들도 각자 준비해 온 파티복으로 갈아입었다.

도네는 예의 그 강렬하기 이를 데 없는 선홍색의 드레스를 입었고, 렉스는 며칠 전 맞춘 흰색의 정장을 입었다. 그리고 제로스는 엷은 녹색의 아동복(?)을 걸치고 있었는데 그의 앙증맞은 외모와 어울려 절묘한 조화를 이루고 있었다.

세 사람이 복도로 나오자 파티에 참석하기 위해 방을 나서던 다른 사람들의 이목이 단숨에 집중됐다.

그도 그럴 것이 한 사람은 강렬한 붉은색, 또 한 사람은 순백의 흰색, 그리고 조화를 이루듯 연한 녹색의 옷을 입고 있으니 시선을 끌지 않을 리 없었다. 게다가 세 사람의 미모(?)가 워낙 남다르다 보니 주위의 그런 반응은 당연한 것일 수밖에 없었다.

조금 시끄럽던 복도가 어색할 정도로 침묵에 빠졌지만 세 사람은 신경도 쓰지 않았다. 곧 이어 방에서 나온 센더슨 부부와 함께 파티가 벌어질 홀로 향하는 세 사람.

그들의 모습이 사라지고서야 그때까지 얼어붙은 듯 아무 소리도 하지 못하고 있던 사람들의 입이 열렸다.

"대체 저 사람들은 누구야? 누구 아는 사람 없어?"

"같이 간 노부부는 블럼스 백작 내외가 분명한데……. 그 세 사람은 본 적이 없어. 여보, 누군지 알겠어요?"

"글쎄? 한 번도 본 적이 없는 청년이야. 공작 각하의 초대를 받았다면 귀족이 분명할 텐데……."

"그보다 아까 그 여자가 입었던 그 드레스, 대체 어디서 맞춘 것일까? 정말 아름답던데 말이야."

"그래, 너무나 강렬해 숨이 다 막힐 지경이었어. 아직도 눈에 선하군."

"웬 수다들이야? 파티에 참석하지 않을 거야?"

"어서 가요, 여보."

수군거리던 사람들은 그제야 발걸음을 옮겼다. 하지만 그들의 뇌리에는 자신들이 보았던 세 사람의 모습이 좀처럼 지워지지 않았다.

참으로 거대한 홀이었다.

곁에서 보기에도 천장까지의 높이가 적어도 15파렌은 족히 되어 보였고, 채광을 위해 천장 곳곳에 설치한 유리창에서는 눈부신 햇볕이 쏟아지고 있었다. 그리고 홀 안에서는 잔잔한 음악이 흐르고 있었다.

문 앞에서 초청장을 확인하던 시종장은 센더슨이 내민 초청장을 확인하고는 곧 큰 소리로 센더슨의 도착을 알렸다.

"센더슨 블럼스 백작 내외 분이십니다!"

센더슨이 아내의 손을 잡고 입장하자 시종장은 다시 한 번 큰 소리로 렉스들을 소개했다.

"아이루스 왕국에서 오신 렉스 레티나님과 그분의 약혼녀 레이디 도네 크로비츠님, 그리고 레티나님의 동생이신 제로스 레티나님이십니다!"

시종장의 소개에 홀 안으로 들어선 세 사람은 우선 홀 안의 모습에 나직이 감탄을 터뜨렸다.

엄청나게 넓은 홀도 감탄의 대상이긴 했지만 그 넓은 홀을 헤아릴 수 없을 만큼 많은 꽃과 갖가지 그림이 수놓여진 엷은 휘장, 그리고 다양한 태피스트리로 화려하게 장식되어 있는 것에 더욱 감탄하지 않을 수 없었다.

입구에서부터 깔려 있던 붉은 비단은 가장 안쪽 거대한 태피스트리가 드리워져 있는 단상까지 이어져 있었다. 그리고 그 붉은 비단이 끝나는 곳에는 크고 화려한 의자가 놓여 있었고, 그 좌우로도 두 개의 의자가 놓여 있었으나 아직 의자의 주인은 모습을 드러내지 않고 있었다.

악사들은 한쪽 벽면에 나란히 앉아 연주를 하고 있었는데 그들의 수만 해도 거의 100여 명은 족히 돼 보였다. 그리고 홀 안 곳곳에는 테이블을 설치해 음식을 마련해 놓았는데 어느 것 하나 흔히 대할 수 있는 음식들이 아니었다. 또 초대된 손님들 사이를 오가면서 샴페인과 술, 그리고 간단한 요리를 대접하고 있는 시종과 시녀들의 수만 해도 수십 명에 달했다.

“휴우~ 정말 대단한 위세로군.”

렉스의 입에서 나직한 탄성이 흘러나왔다.

그도 그럴 것이 초대된 귀족들의 수가 그의 예상을 훨씬 웃돌고 있었기 때문이다.

킴벌리가 제아무리 공작의 손녀라고는 하지만 300명이 넘어 보이는 귀족들이 어린 소녀의 생일 때문에 파티에 참석하리라고는 생각하지 않았기 때문이다.

그동안 만나지 못했던 사람들과 안부 인사를 나누고 있던 귀족들의 행동이 조금은 이상하게 변했다.

가장 먼저 반응을 보인 사람은 홀의 입구 근처에 있던 귀족들이었는데 누군가의 등장과 함께 대화는 자동적으로 끊어졌고, 그들은 벌린 입을 다물지 못하고 있었다.

첫째는 강렬한 색의 대비를 이루고 있는 두 남녀 때문이었고, 둘째는 그들의 미모 때문이었고, 셋째는 그들이 걸치고 있는 옷의 화려함 때문이었고, 마지막은 그들에게서 느껴지는 이질적이고 환상적인 분위기 때문이었다.

흰옷을 입은 청년은 당당해 보였고, 붉은 옷을 입은 여인은 신비스러워 보였다. 그리고 그들 곁에 있는 소년은 이 세상 사람이 아닌 듯 너무나 귀엽고 사랑스러워 보였다.

그런 사람들의 반응은 시간이 지날수록 주위로 퍼져 갔고, 그들이 단상에서 조금 떨어진 곳에 있던 센더슨 부부에게 다가설 때까지 그런 상황은 계속되었다.

홀에 모인 사람들의 시선이 모두 렉스와 도네를 향하니 당연히 들리는 유일한 소리란 악사들의 잔잔한 연주 소리뿐이었다. 그러나 갑자기 주위가 조용하게 변하자 놀란 악사들이 주위를 살폈고, 그들 역시 렉스와 도네를 발견하자마자 연주하던 손을 멈추고 두 사람의 모습을 입을 벌리고 쳐다보고 있었다.

홀 안에 있던 사람들의 시선이 모두 자신들에게 향하고 있다는 것을 아는지 모르는지 렉스와 도네는 근처 테이블에 있던 샴페인을 들고 있었다.

쨍~

잔을 든 렉스는 도네의 잔에 가볍게 부딪쳤다.

"너무나 사랑스러운 그대에게 여신 프라그마의 영원한 축복이 내리시길."

"우리의 사랑을 신께서 축복하시길."

덕담(?)을 주고받는 두 사람의 모습에 제로스는 지긋지긋하다는 표정을 지었다.

곁에 있던 센더슨 부부는 두 사람의 다정한 행동이 마음에 드는지 흐뭇한 표정을 짓고 있었다. 하지만 주위에 있던 사람들, 아니, 홀 안에 있던 모든 사람들은 그런 두 사람의 모습을 멍하니 지켜보고만 있을 뿐이었다.

그때였다.

"오늘의 주인공이신 레이디 킴벌리 듸 베노아와 공작 각하께서 들어오십니다!"

시종장의 커다란 음성이 사람들의 정신을 일깨웠고 그들의 시선이 단상을 향하는 순간 눈처럼 하얀 드레스를 입은 킴벌리와 근엄한 표정을 짓고 있는 세이버가 홀 안으로 들어서고 있었다. 그리고 알프레드와 30대 중반쯤으로 보이는 알프레드의 아내 린다가 그 뒤를 따르고 있었다.

중앙에 놓인 의자에 킴벌리가 앉자 그 오른쪽 의자에 세이버가, 그리고 왼쪽 의자에 알프레드와 린다가 앉았다.

세이버가 손짓을 하자 다시 한 번 시종장의 커다란 음성이 홀 안을 울렸다.

"그럼 파티를 시작하겠습니다!"

시종장의 말이 끝나자마자 잔잔한 음률이 홀 안에 울려 퍼졌고, 귀족들은 자신이 준비한 선물을 킴벌리에게 주기 위해 연단으로 몰려들었다. 그중에는 나이 어린 청년들도 적지 않았다.

"그럼 지금부터 레이디 베노아의 생일을 축하하기 위해 오신 게스트들의 선물 증정이 있겠습니다. 먼저 레이디 베노아의 생일을 축하하기 위해 폐하를 대신해 참석하신 레비치 디 토넬리오 후작이십니다."

시종장의 말이 끝나자마자 귀족들은 일제히 양편으로 갈렸고, 당당하게 킴벌리 앞에 깔려 있는 붉은 비단으로 걸음을 옮기는 사람이 있었다.

새하얀 은발을 단정하게 깎은 40대 후반쯤으로 보이는 사내였는데 먼저 세이버를 향해 공손히 허리를 숙였다.

"레비치 토넬리오가 공작 각하께 인사 올립니다. 그동안 강녕하셨습니까?"

"자네도 그동안 잘 있었는가?"

"공작 각하의 염려 덕분으로 잘 지내고 있습니다."

"자네는 어째 볼 때마다 젊어지는 것 같군."

"별말씀을 다 하십니다, 공작 각하. 국왕 폐하를 대신해 레이디 베노아께 선물을 전달하게 되어 무한한 영광입니다."

"이렇게 방문해 주서서 감사해요, 토넬리오 후작님."

"생일을 진심으로 축하합니다, 레이디 베노아."

킴벌리에게 가볍게 머리를 숙여 인사한 레비치는 뒤를 향해 손짓을 했고, 근처에 서 있던 기사 가운데 한 명이 뭔가를 소중하게 들고 다가왔다. 기사가 들고 있던 물건은 갖가지 보석으로 치장한 화려한 드레스였다.

"와~ 정말 아름다워요. 이렇게 아름다운 드레스는 처음 봤어요. 폐하께 감사드린다는 말을 꼭 전해주세요."

"알겠습니다, 레이디 베노아."

레비치가 물러난 후 시종장의 호명에 따라 앞으로 나선 귀족들은 세이버에게 인사를 하고는 킴벌리의 생일을 축하하며 그녀에게 선물을 전달했다.

지루하게 긴 시간이 지나서야 렉스들의 차례가 돌아왔다.

"다음은 마지막으로 아이루스 왕국에서 오신 렉스 레티나님과 도네 크로비츠님, 제로스 레티나님이십니다."

시종장의 호명에 세 사람은 앞으로 나섰고, 그들이 뜻밖에도 아이루스 왕국에서 온 사람들이란 말에 근처에 있던 귀족들은 일제히 수군거리기 시작했다. 하지만 어디 그런 것에 신경이나 쓸 렉스와 도네였던가?

세 사람이 가볍게 인사를 하자 세이버도 자리에서 일어나 마주 인사를 했다.

"아이루스 왕국에서 오신 분들이시라고요?"

"그렇습니다, 공작 각하."

"이곳엔 어떻게……?"

"평소 저희 가문과 왕래가 있던 블럼스 백작 댁에 들렀다 공작 각하 손녀 분의 생일이라는 말을 듣고 축하드리기 위해 왔습니다."

"이렇게 방문해 주어 정말 고맙소이다."

"아름다운 레이디의 생일을 진심으로 축하드립니다. 변변치 않은 것이지만 생일 선물로 가져온 것이니 받아주시면 감사하겠습니다."

말과 함께 렉스가 내민 것은 납작한 나무 상자였는데 상자부터가 평범하지 않았다.

상자의 겉면엔 주신 포르세티와 프라그마, 그리고 그의 스무 명에 달하는 자식들이 아주 정교한 솜씨로 세공되어 있었다. 그 상자만 보고도 사람들은 감탄을 금치 못했지만 그 내용물을 발견하고는 그야말로 기절할 듯이 깜짝 놀랐다.

상자 안에서 나온 것은 그야말로 눈이 아릴 정도로 붉은색을 띤 루비 목걸이였다.

가장 작은 루비만 하더라도 새끼손톱만했고, 중앙에 위치한 루비는 엄지손가락 두 개를 합친 것만큼 커다란 것이었다.

햇볕을 받아 밝은 선홍색을 뿌리고 있는 것이 마치 스스로 영롱한 빛을 뿜어내는 듯 보였다.

킴벌리는 엄청난 선물에 어쩔 줄 몰라 했다.

세이버 역시 당황한 표정으로 입을 열었다.

"아, 아직 어린아이인데 서, 선물이 너무 과한 것 같소이다."

"아닙니다. 레이디께서는 곧 더욱 아름다워지실 것이고, 그때는 이 루비 목걸이도 아마 그 빛을 잃게 될 겁니다. 7월의 탄생석인 이 목걸이는 레이디의 아름다움에는 견줄 수 없는 그저 조그만 장신구에 불과

할 뿐입니다.”

렉스의 엄청난 배포에 세이버는 난처한 표정을 지으면서도 어쩔 수 없이 고개를 끄덕였고, 그제야 킴벌리는 겨우 손을 내밀어 선물을 받아 들었다. 그리고는 렉스의 모습을 흘낏 쳐다보고는 얼른 고개를 숙였다.

왜 이리 가슴이 뛰는 것인지 킴벌리는 아무리 생각을 해봐도 영문을 알 수 없었다.

“이것도 받아주세요.”

귀여운 소년, 제로스가 내민 것은 작은 꽃이 피어 있는 화분이었다.

고개를 숙인 꽃망울은 작은 종처럼 보였고, 또 은은한 보라색을 띠고 있었다. 바람이 불 때마다 흔들리는 꽃망울들의 모습이 애처로우면서도 사랑스러워 보이는 꽃이었다.

꽃을 받은 킴벌리는 연약해 보이는 그 모습이 너무나 마음에 들었다. 한데 화분을 곁에 있던 시종에게 넘기는 순간 꽃망울 중 하나가 활짝 개화하더니 짙은 우윳빛을 띤 엄지손톱만한 진주 한 알을 떨어뜨렸다.

“어머!”

킴벌리뿐이 아니었다. 주위에 있던 사람들은 그 모습에 깜짝 놀라 자신도 모르게 제로스에게로 시선을 돌렸다.

“별거 아니에요. 그 꽃은 몇 달에 한 번 열매를 맺는데 그게 바로 진주거든요.”

“그 말이 정말인가요?”

“물론이죠.”

킴벌리나 귀족들은 벌린 입을 다물지 못했다.

세상에 진주를 열매로 맺는 꽃이 있다니… 사람들은 너무 놀란 나머지 아무런 말도 못하고 있었다.

그때까지 침묵을 지키고 있던 도네가 입을 열었다.

"이 홀은 크고 화려하기는 하지만 생명력은 전혀 느껴지지 않는군요. 전 별다른 선물을 준비하지 못했으니 대신 이 홀에 부족한 것을 채워 드리도록 하죠. 레이디, 들고 있는 그 진주를 제게 좀 주시겠어요?"

도네의 말에 정신없이 그녀를 바라보며 속으로 그녀의 화려함과 우아함을 부러워하던 킴벌리는 깜짝 놀라며 그녀에게 진주를 내밀었다. 진주를 받아 든 도네는 진주를 쥔 손을 가볍게 움켜쥐었다.

팍!

미약한 소리와 함께 진주는 가루가 되었고, 그것을 양손에 나눠 쥔 도네는 한쪽 손에 쥔 진주 가루를 허공으로 뿌리며 짧게 외쳤다.

"아름다움을 좇는 존재로 변하거라."

햇살을 받아 진주 가루가 반짝거리며 빛을 뿌리는 순간 진주 가루는 화려하고 갖가지 색의 영롱한 날개를 가진 나비로 변했다. 잠시 날개를 펄럭이던 나비들은 곧 홀 안 곳곳에 마련되어 있는 꽃들을 찾아 사방으로 날아갔다.

사람들이 그 광경에 입을 쩍 벌리고 있는 모습을 본 도네는 슬쩍 미소 짓고는 이번에는 반대 손에 든 진주 가루를 허공에 뿌렸다.

"영롱한 목소리를 가진 생명으로 변해라."

진주 가루가 다시 한 번 허공에 뿌려졌고, 가루가 햇살에 반짝이는 순간 진주 가루는 아름다운 깃털을 가진 작은 새들로 변했다. 새들은 난간이나 꽃, 음식이 마련된 테이블, 그리고 사람들의 어깨나 손에 내려앉아서는 영롱한 소리로 지저귀기 시작했다.

너무나 환상적인 광경에 사람들은 벌린 입을 아무지 못하고 그저 바라보고만 있었다.

새들이 지저귀며 날아다니는 모습과 꽃과 사람들 사이를 팔랑거리며 날아다니는 나비들의 모습은 그야말로 환상이었다.

"너무나 아름다워요."

말이 끝나기 무섭게 홀 안을 날아다니던 새들 가운데 한 마리가 킴벌리의 어깨에 내려앉았고, 그녀가 손을 내밀자 잠시 고개를 갸우뚱하던 작은 새는 곧 그녀의 손가락에 날아와 앉았다.

자신의 손에 앉은 새를 신기하듯 바라보던 킴벌리의 드레스에 몇 마리의 나비가 내려앉자 순백의 드레스에 살아 있는 훌륭한 무늬가 생겨났다.

"자아~ 지금부터 파티를 시작하겠소. 모두들 즐거운 시간을 보내시길 바라겠소이다."

세이버의 말에 악사들의 음악 소리가 한층 더 커졌고, 단상 주위에 모여 있던 귀족들은 물러나 삼삼오오 모여서 음식을 들며 담소를 나누었다.

파티가 시작된 후 렉스는 음식을 들며 한 사람을 유심하게 바라보고 있었다.

40대 후반으로 보이는 엷은 갈색의 머릿결을 가진 중년인이었는데, 그 곁에는 많은 여성들이 모여 있었다. 그렇다고 그가 기가 막힐 정도의 미남도 아니었고 유창한 달변이냐 하면 그것도 아니었다.

이야기를 하는 사람은 주로 여인들이었고, 중년인은 그저 고개만 끄덕이다 가끔 대꾸할 뿐이었다. 하지만 그때마다 여인들은 재미있는 이야기를 들은 것처럼 웃음을 터뜨렸다.

“아까부터 베네스트 후작을 계속 지켜보고 계시던데 특별한 이유라
도 있습니까?”

“아! 다름이 아니라 저 사람을 보고 있으려니까 예전에 만났던 어떤
레이디가 생각나서요.”

렉스의 대답에 깜짝 놀란 제로스가 황당하다는 표정으로 그를 바라
봤다. 감히 도네 앞에서 다른 여자 이야기를 꺼내다니……. 제로스는
도저히 렉스를 제정신이 박힌 인간이라고 생각할 수 없었다.

센더슨이나 셀리나 역시 그런 생각이 드는지 조심스럽게 도네의 안
색을 살폈다. 하지만 정작 당사자인 도네는 신경도 쓰지 않았다.

“레이디라니 누굴 말씀하시는 건지…….”

“라그나 말이야?”

“응.”

센더슨의 조심스런 질문에 대답을 한 사람은 뜻밖에도 도네였다.

“라그나? 혹시 베네스트 후작의 영애인 그 라그나 듸 베네스트를 말
씀하시는 겁니까?”

“예.”

대답한 렉스는 자신이 도네와 함께 그녀를 만났던 당시의 일에 대해
간략하게 설명해 주었다.

“…그래서 알게 된 겁니다.”

“알고 보면 레이디 라그나도 불행한 여잡니다. 아버지의 출세를 위
한 정략적인 도구로 이용되다니 말입니다.”

“베네스트 후작의 정치 능력이나 그를 따르는 세력은 어떻습니까?”

“지나치게 출세 지향적이라는 점만 제외하면 나무랄 데가 없는 사람
입니다. 정치적인 역량도 상당하고 카리스마도 있어 따르는 사람도 꽤

나 많은 편입니다. 게다가 일찍 부인과 사별해서 그런지는 몰라도 사교계에서 여인들에게도 꽤 인기가 있는 사람입니다."

"꽤 재미난 사람이군요. 언제 시간이 나면 조용히 만나봐야겠습니다."

의미심장한 렉스의 말을 센더슨은 그저 가볍게 스쳐들었다.

"무슨 말씀을 나누시기에 그 자리에서 떠나실 줄 모르고 계시오?"

고개를 돌리고 보니 세이버와 킴벌리, 그리고 그녀의 부모가 서 있었다.

세이버 곁에 서 있던 킴벌리는 야릇한 눈으로 렉스를, 그리고 부러움에 가득 찬 눈으로 도네를 바라보고 있었다.

"어서 오십시오, 공작 각하. 여기 레티나님이 베네스트 후작에 대해 물으시기에 간단하게 설명을 드리고 있던 참이었습니다."

"베네스트 후작?"

흘깃 베네스트 후작이 있는 곳을 바라본 세이버는 노골적으로 불쾌한 표정을 지었다.

"홍! 출세를 위해서는 악마에게 자신의 혼마저 팔 인간이지. 저런 인간은 알아봐야 아무런 도움도 되지 않소. 그보다 레티나님이라고 했소?"

"그렇습니다."

"내가 아이루스 왕국의 귀족들을 모두 아는 것은 아니지만 그래도 상당히 많이 알고 있다고 자부하는데…… 레티나라는 성을 사용하는 귀족 가문은 전혀 들어본 적이 없소이다. 게다가 약혼녀라고 하신 이 레이디의 가문인 크로비츠란 성을 사용하는 귀족 가문 역시 전혀 들어본 적이 없는데…… 실례가 되지 않는다면 설명을 부탁드려도 되겠소?"

세이버의 날카로운 시선을 받으면서도 렉스는 태연자약한 표정을 짓고 있었다.

한 나라의 공작을 앞에 두고 취한 렉스의 행동은 좋게 보면 당당한 모습이었지만, 나쁘게 보면 무례하기 이를 데 없는 행동이었고, 더 나쁘게 말하면 한마디로 싸가지없는 행동이었다.

렉스가 대답할 생각은 하지 않고 그저 빙그레 미소만 짓고 있자 뒤에 서 있던 알프레드의 얼굴이 단번에 굳어졌다. 그가 막 분노에 찬 말을 토해내려는 순간 렉스가 입을 열었다.

"이런 자리에서 제 가문의 이야기를 하기는 어울리지 않는 것 같군요. 제가 나중에 따로 시간을 내서 설명을 드리면 안 되겠습니까?"

"이분들의 신분에 대해서는 제 목숨을 걸고 보증을 하겠습니다, 공작 각하."

"블럼스 백작이 목숨을 걸고 보증한다니 일단은 믿겠소. 하지만 비밀스러운 만큼 대단한 가문이었으면 좋겠소."

세이버의 말에 뼈가 들어 있음을 깨달았는지 렉스 역시 의미심장한 말을 건넸다.

"아마 들으시면 깜짝 놀라실 겁니다. 후후후."

나직한 웃음소리를 들은 세이버는 뭔가 이상한 기분이 들었지만 정확하게 그게 무엇인지는 알 수 없었다.

"즐거운 시간이 되길 빌겠소."

"감사합니다."

렉스들의 인사를 받은 세이버는 가족과 함께 그 자리를 떠났는데, 킴벌리는 묘한 감정이 실린 눈빛으로 렉스를 바라봤다. 그런 반면 알프레드의 눈에는 억누른 듯한 분노가 잔뜩 담겨 있었다.

"알프레드 경이 전하를 쳐다보는 눈빛이 심상치 않습니다. 아무래도 조심하는 것이 좋겠습니다."

걱정스러워하는 센더슨의 말에 렉스는 빙그레 미소를 지으며 대답했다.

"할아버지, 걱정하지 않으셔도 돼요. 알프레든가 뭔가 하는 작자는 제 상대가 안 돼요."

"예? 그게 무슨 말씀이십니까? 알프레드 경은 소드 마스터로 비록 널리 알려진 사람은 아니지만 지금까지 단 한 번도 져본 적이 없다고 전해지는 사람입니다. 게다가 대전 경험도 상당해 그가 이기지 못할 사람은 없다는 소문까지 난 사람입니다."

"소문이야 어떻게 났든 저 작자는 제 상대가 아니에요. 겨우 저런 자에게 패할 정도라면 그동안 제가 받아온 훈련이나 검술 교육이 너무나 아깝지요. 그렇지 않아, 도네?"

"아까워? 렉스가 아깝다고 생각하기 전에 렉스를 훈련시키고 교육시켰던 녀석들을 잡아다 모조리 통구이를 만들어 버릴 거야. 그리고 이깟 성은 단숨에 브레스로 날려 버리지 뭐."

도네의 태연한 대꾸에 센더슨과 셀리나는 그녀가 인간이 아닌 드래곤이라는 사실을 다시 한 번 상기했다.

정오부터 시작된 파티는 저녁 늦게까지 계속되었다.

처음 도네와 렉스 주변을 맴돌던 사람들은 시간이 지날수록 신비한 매력을 가지고 있는 두 사람에게 관심을 드러냈고, 종내에는 두 사람에게 인사를 건네는 사람들도 조금씩 늘어났다.

파티가 끝날 무렵쯤에는 사람들에게 둘러싸여 대답을 하느라 두 사람은 단 한시도 쉴 수가 없을 지경이었다.

두 사람은 어떤 관계냐, 레이디 킴벌리에게 선물한 루비 목걸이는 시가로 얼마나 하느냐, 그렇게 신비한 마법을 어디서 익혔느냐, 등등 두 사람은 일일이 대답을 하느라 정신을 차릴 수 없었다.

나중에는 도네의 드레스가 너무 근사하다느니 대체 누가 만든 것이냐, 어디서 맞춘 것이냐, 그 귀걸이는 얼마나 비싼 것이냐, 장갑이 상당히 멋진데 드레스와 세트로 맞춘 것이냐에 이르기까지 질문은 끊이지 않고 이어졌다.

처음엔 우아하고 부드럽게 대꾸하던 도네의 얼굴 표정이 시간이 지나도 끊어질 줄 모르는 질문 탓에 슬슬 화가 치밀기 시작했다. 그런 도네의 변화를 누구보다 먼저 눈치 챈 사람은 역시 렉스였다.

그대로 두었다가는 성 전체가 불바다로 변할 것임은 너무나도 뻔한 일, 재빨리 진화에 나섰다.

"먼 길을 왔더니 조금 피곤하군요. 자세한 이야기는 내일 다시 나누는 것이 어떻겠습니까? 그럼 저희들은 이만."

미처 사람들의 말을 들을 사이도 없이 렉스는 도네를 끌고 홀을 빠져나왔다. 방으로 돌아가려던 렉스는 생각을 바꿔 정원으로 향했다.

정원에 마련된 의자를 도네에게 권한 렉스는 고개를 들어 밤하늘을 쳐다보았다.

헤아릴 수 없이 많은 별들이 밤하늘을 수놓고 있었다. 때마침 유성 하나가 긴 꼬리를 자랑하며 떨어지고 있었다. 그 모습을 발견한 렉스는 잠시 동안 눈을 감고 뭔가를 열심히 중얼거렸다.

렉스의 행동을 유심히 바라보던 도네는 렉스가 눈을 뜨기만 기다렸다. 이윽고 그가 눈을 뜨자 도네가 물었다.

"방금 뭘 한 거야?"

"응? 아! 이거? 인간들에게 전해지는 이야기 가운데 유성이 떨어질 때 그 유성에게 소원을 빌면 그 소원이 이루어진다는 말이 있거든. 그래서 방금 소원을 빌었지."

물론 그런 이야기를 들어보지 못한 것은 아니지만 떨어지는 유성 따위가 인간의 소원을 들어줄 리 만무하다는 생각을 하면서도 도네는 대체 렉스가 유성에게 뭘 기원했는지 궁금했다.

"소원? 그래서 렉스는 뭘 빌었어?"

"내 일이 별 탈 없이 무사히 잘 끝나기를, 또 도네와의 사랑이 영원하길 빌었어."

"그랬어? 그런 줄 알았으면 나도 빌걸."

"뭘?"

"렉스의 일이 잘 해결되길, 또 우리의 사랑이 영원히 계속되길 말이야."

으~아~악~

정말 닭살스러워서 못살겠네.

작가를 인간에서 졸지에 닭으로 만들어 버린 이 둘의 만행이 정말 소름이 끼친다. 으악~ 정말 이런 더러운 기분은 난생처음이야.

오톨도톨(몸에서 마구마구 소름 돋는 소리)~

좌우지간 두 사람이 밤하늘을 바라보며 사랑의 밀어를 주고받을 때 그들과 그리 떨어지지 않은 곳의 방에 돌연 불이 켜졌다. 두 사람의 시선이 자연스럽게 그곳으로 향할 때 그들의 눈에 뒷짐을 지고 있는 세이버와 조금 떨어진 곳에 서 있는 레비치의 모습을 확인할 수 있었다.

무슨 이야기를 나누는 것인지 세이버나 레비치의 얼굴은 딱딱하게 굳어 있었다.

"아니, 저 작자는 레비친가 하는 작자잖아. 대체 무슨 일인데 사람들의 눈을 피해서 만나는 것이지? 뭐라고 하는지 궁금한데 사람들의 눈이 있으니 다가가 들을 수도 없고……."

"왜, 듣고 싶어?"

"응, 방법이 있어?"

"당연하지. 와이어테핑!"

도네가 아무렇지도 않게 시동어를 외치자 렉스의 귀에 작은 음성이 들리기 시작했다. 조금은 긴장하며 신경을 집중해 들어보니 조금은 화가 난 듯한 세이버의 음성이 들렸다.

"지금 그걸 말이라고 하는 것인가?"

"전 국왕 폐하의 말씀을 공작 각하께 전한 것뿐입니다. 국왕 폐하께서는 공작 각하께서 폐하를 도와주시길 간절히 바라고 계십니다."

"흥! 권력에 욕심을 낼 때는 언제고 이제는 도와달라는 건가? 지난 세월 연락을 끊고 지내다가 이제 와 급하니까 도와달라니…… 정말 기가 막혀 말도 안 나오는군."

"그럼 공작 각하께서는 국왕 폐하를 도울 생각이 없다는 말씀이십니까?"

"지금 날 협박하는 것인가? 난 내 딸을 죽게 만든 아리오를 결코 용서할 수 없네."

세이버의 음성에는 은은한 분노가 실려 있었다.

"국왕 폐하의 존함을 함부로 부르다니 무례하오이다."

"흥! 자네에게나 국왕 폐하지 나에겐 내 딸을 죽게 만든 원수에 불과하단 말일세. 게다가 그 이유라는 것이 다른 여인을 사랑한다는 말도 안 되는 소리를 해서 딸아이를 자살하게 만들었는데 그런 녀석을 내가 용서할 수 있을 것 같은가? 자네 같으면 자네 여동생을 자살하게 만든 자를 용서할 수 있단 말인가? 그것도 자신의 자식을 낳아준 그날, 아내라는 여인에게 말일세."

세이버의 말에 조금 전 분노를 터뜨렸던 레비치는 한마디도 할 수 없었다. 두 사람의 이야기를 듣고 있던 렉스는 뜻하지 않은 사실을 알게 되고는 조금은 의외라고 생각했다.

대부분의 사람들이 실비아가 하이렌을 출산하다가 목숨을 잃은 것으로 알고 있는데 이런 속사정이 있을 줄은 상상도 못했다. 게다가 일전에 하이렌을 만났을 당시 그는 이런 사실을 전혀 모르고 있는 듯하지 않았던가?

일단은 좀 더 들어보기로 했다.

"하지만 지금 왕궁의 사정은 아주 좋지 않습니다. 의도를 알 수 없는 귀족들의 회동도 잦아졌고 분위기가 또한 심상치 않습니다. 이럴 때 공작 각하께서 국왕 폐하를 도와주신다면 폐하께서는 결코 공작 각하의 은혜를 잊지 않을 것이옵니다. 게다가 폐하 곁에는 실비아 왕후마마의 핏줄인 하이렌 황태자 전하가 계시지 않습니까?"

"크음~"

레비치의 마지막 말에 침묵을 지키던 세이버의 입에서 묵직한 신음이 흘러나왔다. 세이버가 다시 입을 연 것은 한참의 시간이 흐른 뒤였다.

"내가 어떻게 도와주기를 바라는 것인가?"

"휴우~ 현명한 선택이십니다. 국왕 폐하께서는 우선 공작 각하를 따르는 귀족들을 은밀히 규합해 달라고 하셨습니다. 그리고 다시 연락을 하겠다고 하셨습니다."

레비치의 말에 세이버는 눈살을 찌푸렸다.

"나중에 연락을 하겠다니? 설마 그들의 세력이 단번에 소탕할 수도 없을 만큼 대단하다는 말은 아니겠지?"

"죄송합니다만 그들의 행적이 너무나 은밀해 아직까지도 그들의 세력이 얼마나 되는지 전혀 알지 못하고 있습니다."

"아직까지 그런 기본적인 조사도 안 되어 있다니 그게 무슨 말인가? 수도에 있는 아르본 공작은 대체 뭘 하고 있기에 그런 것조차 모르고 있다는 것인가?"

"드릴 말씀이 없습니다. 다 저희들이 무능해 생긴 일입니다, 공작 각하."

레비치의 대답에 그를 쏘아보던 세이버가 입을 연 것은 잠시의 시간이 흐른 뒤였다.

"알았다고 전해주게."

"틀림없이 전해 드리겠습니다, 공작 각하. 그리고 폐하께서는 공작 각하의 결정을 기뻐하실 겁니다. 그럼 전 이만 돌아가겠습니다. 한시라도 빨리 폐하께 이 사실을 알려 드려야겠습니다."

서둘러 서재를 나가려는 레비치를 바라보던 세이버가 황급히 입을 열었다.

"그리고……."

"달리 하실 말씀이라도?"

"그리고… 황태자 전하께 내가 보고 싶어하더라는 말을 꼭 전해주기 바라네."

"알겠습니다, 황태자 전하께 꼭 전해 드리겠습니다. 그럼 전 바빠서 이만."

정중하게 인사를 마친 레비치는 서재를 빠져나갔고, 의자에 앉은 세이버는 두 손으로 자신의 머리를 움켜쥔 채 고심에 빠졌다.

"대체 그들이 그렇게 힘을 키우는 동안 저들은 뭘 하고 있었단 말인가? 아직도 죽은 실비아에 대한 기억이 이렇게 생생한데 정말 아리오를 도와주어야 할까? 후우~ 실비아, 아비를 용서하거라. 내가 이러는 것은 모두 네 자식인 하이렌을 위해서란다. 만약 그 아이만 없었다면 설사 내 목숨이 끊어지는 한이 있더라도 너를 자살케 만든 아리오를 그냥 두지 않았을 것이다. 실비아, 내가 어떻게 했으면 좋겠니? 꿈에서라도 만났으면 좋겠구나."

세이버의 음성은 평소 꼬장꼬장한 그의 모습에는 어울리지 않게 깊은 시름에 젖어 있었다.

"국왕이 어려움에 처했다?"

"응? 그게 무슨 말이야?"

"도네는 베노아 공작의 말을 못 들었어?"

"베노아 공작의 말? 난 몰라. 안 들었거든."

"안 들었어? 왜?"

"왜라니? 난 렉스와 관련된 일 아니면 신경 쓰고 싶지 않아. 그래서 안 들었어. 왜, 무슨 문제라도 생겼어?"

"문제라면 문제지. 누군가가 국왕을 궁지로 모는 것 같은데 내가 보기엔 그 누군가라는 것이 검은 달 교단 같거든. 이럴 줄 알았으면 왕궁도 감시를 했어야 하는 건데……. 어째든 상황이 조금 바빠질 것 같아."

"미안하지만 난 그런 인간들의 문제에 개입하고 싶은 생각이 없어. 하지만 내가 도울 일이 있으면 언제든 이야기해."

가슴에 기대고 있던 도네의 말에 렉스는 잠시 망설이다가 입을 열었다.

"새벽에 사람들을 호출할 수 있을까?"

"호출? 거울이 있잖아."

"아니, 그게 아니라 그들을 이곳으로 불러들일 수 있냐는 뜻이었어."

"그들이라는 것이 안드레이나 샤이베리아, 그리고 나머지 녀석들을 말하는 거야?"

"응."

"불러줄 테니까 필요하면 언제든 이야기해."

"고마워, 도네."

도네의 머릿결을 쓰다듬어 주던 렉스는 다시 고개를 들어 밤하늘을 바라봤다.

창밖 어두운 밤하늘을 바라보는 세이버의 안색은 어둡기 그지없었다.

지금 그는 이미 20여 년 전 자신의 곁을 떠나 버린 딸 실비아를 회상하고 있었다.

태어날 때부터 병약했기에 그녀가 자랄 때에도 세이버의 근심은 한

시도 떠난 적이 없었다.

세상의 모든 더러움으로부터 그녀를 지키기 위해 안간힘을 썼고 그녀의 외로움을 덜어주기 위해 알프레드라는 소년도 양자로 맞이했다.

알프레드를 양자로 맞아들인 것에는 실비아와 함께 지내며 그녀의 외로움을 덜게 할 생각도 있었지만 너무나 병약한 실비아기에 그녀가 세상을 떠난 후 장래에 대한 준비적인 측면도 없지는 않았다.

다행히도 실비아는 새로 생긴 오빠 알프레드를 잘 따랐고, 알프레드 역시 자신을 양자로 받아들인 세이버의 은혜에 보답하고자 병약한 동생을 보호하기 위해 자신이 할 수 있는 모든 노력을 다했다.

세월은 흘렀고, 가족과 친척들의 걱정 탓이었는지는 모르지만 실비아는 별 탈 없이 스무 살 생일을 맞이하게 되었다. 베노아 공작은 크게 기뻐 성대한 생일 파티를 열어주었다.

그리고 실비아는 그 파티에서 만난 한 사내에게 운명적인 사랑을 느끼게 되었는데, 그가 바로 아리오 폰 자르츠 레트로니아였다. 당시에 그는 형인 브랜든이 막 왕위를 계승한 직후였기에 귀족들의 경조사에는 주로 동생인 아리오가 참석하고 있었다.

그날도 아리오는 형인 국왕을 대신해 왕실의 사절로 베노아 공작 가문을 방문하게 된 것이었다.

처음 실비아를 보았을 때 그 역시 연약하고 차분하고 정숙해 보이는 실비아의 모습에 가슴이 두근거리는 것을 느꼈다. 그렇게 시작된 두 사람의 만남은 아리오가 노른스브르크를 찾는 횟수가 늘면 늘수록 그들의 사랑도 깊어졌다.

마침내 두 사람은 단풍이 세상을 뒤덮은 어느 가을 날 성대한 결혼식을 올렸다.

결혼식에 참석한 축하객들은 두 사람의 행복을 진심으로 빌었고, 그런 하객들의 축원 때문인지는 모르지만 처음 3년간은 누가 봐도 행복해 보이는 시간을 보냈다.

그런 두 부부 사이에 틈이 벌어지기 시작한 것은 형인 브랜든이 블럼스 백작의 딸과 결혼을 하면서부터였다.

무슨 이유 때문인지는 모르지만 아리오는 그때부터 밖으로만 돌기 시작했고 그렇게 아끼고 사랑했던 아내를 거들떠보지도 않았던 것이었다.

두 사람 사이의 일이 사람들의 입을 통해서 세상에 알려지기까지 아리오는 돌아와 달라는 실비아의 간청에도 불구하고 밖으로 돌아다녔다.

마침내 세이버가 그런 사실을 알게 된 것은 별거와 마찬가지인 그런 생활이 무려 3년이나 지난 다음이었다.

처음 그 사실을 안 세이버는 무섭게 분노해 즉시 아리오를 호출했다. 하지만 아리오의 행적은 묘연했고, 분을 삭이지 못한 세이버는 그런 실비아를 당장 자신의 집으로 데려오려 했다. 그러나 이번에는 실비아의 거부로 그럴 수 없었다.

임신을 했기 때문에 장거리 여행은 무리라는 이유 때문이었다. 세이버는 어떻게든 실비아를 설득하려고 했지만 실비아는 막무가내였다. 아이의 아버지가 있는 곳에서 아이를 낳겠다는 말이었다.

당시 실비아의 건강 상태로는 정상적인 출산이 불가능해 산모가 위험하다는 신관들의 진단이 있었음에도 불구하고 실비아는 어떻게든 아이를 낳겠다는 집념을 불태웠다.

딸을 설득하지 못해 세이버가 애만 태우고 있는 사이 아이는 세상에 태어났고, 신의 가호를 받은 것인지 다행히도 실비아는 극도로 탈진했을 뿐 건강에는 아무런 이상이 없었다.

세이버는 이것이 자신들 가문을 돌보는 루안로바스의 축복이라 여겨 안도의 한숨을 내쉬며 잠자리에 들었다. 그러나 비극은 모두가 잠든 밤에 찾아왔다.

세이버가 깊은 잠 속에 빠져 있을 때 산모와 아기가 있는 방에 술에 취한 아리오가 찾아왔고, 잠시 동안 머물다 곧 자신의 방으로 갔다.

다음날 아침 세이버는 찢어지는 듯한 여인의 비명을 듣고 자리에서 일어나 불안한 마음을 억누르며 딸이 있는 방으로 달려갔다. 그런 그의 눈에 영혼이 사라진 사람처럼 멍한 표정을 짓고 있는 아리오와 밧줄에 목을 맨 채 힘없이 흔들리고 있는 실비아의 모습이 보였다.

세이버는 자신의 눈앞에 펼쳐지고 있는 이 상황이 도저히 현실에서 일어난 일이라고 믿을 수 없었다. 그리고 잠시 후 정신을 차린 세이버는 간밤에 아리오가 딸의 방을 찾았다는 시녀의 말에 미친 사람처럼 검을 뽑아 들고는 아리오를 향해 롱 소드를 휘둘렀다.

만약 곁에 있던 기사들이 말리지 않았다면 아리오의 목숨은 그날로 끝장났을 것이다.

세이버는 싸늘하게 식은 딸의 시신을 부여잡고 얼마나 통곡을 했는지 모른다. 실비아가 이렇게 세상을 떠난 것이 모두 자신의 잘못처럼 느껴졌다.

세이버가 얼마나 처절하게 가슴을 쥐어뜯으며 피눈물을 쏟았는지 보는 사람마다 눈시울을 적시지 않는 사람이 없었다.

그렇게 피눈물을 쏟았던 세이버는 죽은 딸이 세상에 남긴 외손자조차 팽개친 채 노른스브르크로 돌아왔다.

그런 후 세이버는 단 한 번도 포얀 시를 찾지 않았다.

다만 몇 해가 지나 딸에 대한 슬픔이 어느 정도 정리되자 조용히 사람을 보내 실비아가 세상에 남기고 간 마지막 생명을 데려오도록 했을 뿐이었다.

그렇게 몇 해가 흐른 후, 그러니까 외손자인 하이렌의 나이가 열두 살 되던 해에 아리오가 마침내 쿠데타를 일으켜 레트로니아 왕국의 국왕이 되었다는 이야기를 들었을 때도 그는 노른스브르크를 떠나지 않았다.

아리오가 몇 번이나 사신을 보내 평생 독신으로 지낼 테니 자신의 죄를 용서해 달라고 했지만 세이버는 들은 척도 하지 않았다. 마침내 아리오도 지쳐 용서받기를 포기한 것이 벌써 10년 가까운 세월이 흘렀다.

이젠 아리오를 증오하는 마음보다 실비아와 함께 지냈던 아련한 추억을 떠올리는 노인이 되었지만 아직도 마음 한구석에는 아리오에 대한 증오가 여전히 사라지지 않고 있었다.

세이버가 지금은 기억조차 희미해진 실비아의 모습을 떠올리려고 애쓰고 있을 때 누군가가 방문을 두드리는 소리가 들렸다.

상념에서 깨어난 세이버는 애써 태연한 표정을 지으려고 했지만 억지로 표정을 지은 탓인지 이상해 보였다.

"아버님, 접니다."

"들어오너라."

"예."

대답과 함께 문을 열고 들어온 사람은 알프레드와 센더슨, 그리고 아이루스 왕국에서 왔다는 세 사람이었다.

"무슨 일이냐?"

"이분들이 할 이야기가 있다고 해서 모시고 왔습니다."

"이야기라니?"

"그건 제가 말씀드리겠습니다, 공작 각하."

센더슨이 한 발 앞으로 나서자 세이버는 알프레드에게 턱짓으로 방에서 나가도록 지시했다. 알프레드는 강한 불만을 표시했지만 세이버가 재차 턱짓을 하자 알프레드는 어쩔 수 없이 방에서 나가야 했다.

알프레드가 나가고 잠시 서재 안에는 어색한 침묵이 감돌았다. 세이버는 자신만을 바라보고 있는 네 사람에게 자리를 권했다.

"그렇게 서 있지 말고 일단 자리에 앉도록 하시오. 왠지 이야기가 길어질 듯하니 말이오."

"이곳보다 더 조용하고 넓은 곳은 없습니까?"

"더 조용하고 넓은 곳? 그런 곳이 무엇 때문에 필요한지 물어도 되겠소?"

"상당히 중요한 이야기를 지금부터 나눠야 하는데 비밀이 유지되어야 하기 때문입니다. 게다가 와야 될 사람도 아직 몇 사람 더 있거든요."

세이버는 아이루스 왕국 출신이라는 이 렉스란 청년의 정체에 대해 궁금증이 일었다.

한 나라의 공작인 자신을 대하면서도 긴장하는 모습을 전혀 찾아볼길 없는 것도 눈에 띄었지만, 당당히 자신이 할 말을 망설이지 않고 하는 모습이 그의 신분이나 정체에 대해 궁금증을 느끼게 만들었던 점이었다.

"나를 따라오시오."

자리에서 일어선 세이버는 서재를 빠져나왔고 렉스들은 그의 뒤를 따랐다.

문밖에 서 있던 알프레드는 자신이 나오고 얼마 되지 않아 세이버와 손님들이 서재를 나오자 세이버 곁으로 다가왔다.

"아버님."

"나는 손님들과 잠시 지하 회의실에 가 있으마. 넌 따라올 필요 없다."

"안 됩니다. 위험할지도 모르니 아버님 곁에 있겠습니다."

"허어~ 네가 그리 말하면 우리가 저분들의 신분을 의심하고 있다는 말이 아니냐? 너는 그만 들어가……."

"아버님께서 어떤 말씀을 하시든 간에 전 절대 아버님 곁을 떠날 수 없습니다."

알프레드가 자신의 안전에 이렇게 신경을 쓰는 것은 아마도 실비아가 세상을 떠난 후부터였다고 기억하고 있었다.

"저희를 의심하는 것은 당연한 일입니다. 비밀이 유지되어야 한다고 말씀은 드렸지만 언젠가는 세상 사람들이 모두 알게 될 일입니다. 같이 가서도 저희는 상관없습니다."

"그래도 상관없다면……."

렉스의 말에 세이버는 다시 발걸음을 옮겼고, 나머지 사람들도 그의 뒤를 따랐다.

제 7 장

대책 회의

대책 회의

견고하게 만들어진 지하 회의실은 각종 재난에도 견딜 수 있는 구조를 가지고 있었다. 게다가 자주 청소를 하는지 지하실 특유의 음습함은 전혀 느낄 수 없었다.

세이버의 안내로 도착한 회의실은 약 100여 명이 모여서 회의를 한다고 해도 넉넉할 정도로 충분히 넓은 곳이었다.

하지만 바르빈스 연방 4개 국을 정밀하게 그린 거대한 지도가 한쪽 벽면을 장식하고 있을 뿐 아무런 장식도 없어 상당히 썰렁한 분위기였다.

회의실의 상석에 세이버가 앉자 알프레드는 그의 뒤에 선 채 팔짱을 끼고 렉스들을 쳐다보고 있었다.

렉스와 도네, 그리고 제로스와 센더슨이 자리에 앉는 것을 확인하고서야 세이버는 입을 열었다.

"이렇게 지하 회의실까지 와야 할 만큼 중요한 일이라는 것이 뭔지 짐작이 안 가는구려. 이제 이야기를 해보겠소?"

"일단 제가 먼저 말씀을 드리겠습니다."

"말해 보시오, 블럼스 백작."

세이버의 말에 센더슨은 생각을 정리한 다음 천천히, 그리고 상당히 신중한 음성으로 말을 꺼냈다.

"공작 각하와 저는 레트로니아 가문에 사랑하는 딸을 시집보내야 했고, 또 그 딸을 잃는 아픔을 겪었습니다."

센더슨의 말에 세이버의 안색은 당장 굳어졌다.

"그리고 그 일이 누구 때문에 벌어진 일인지도 잘 알고 있습니다. 공작 각하께서 아리오 국왕을 용서하지 않고 계시다는 소문을 들었습니다만, 저 역시 찢어지는 가슴을 부여안고 지난 10여 년 동안 슬픔의 세월을 보내야 했습니다."

"하고 싶은 이야기가 무엇이오?"

세이버의 음성은 가라앉아 있었다.

"10여 년 전 아리오 국왕이 혈육의 가슴에 칼을 꽂고 왕위를 차지한 일을 기억하고 계십니까?"

"기억하고 있소."

"그때 행방불명이 된 것으로 알려졌던 사람이 누군지 알고 계십니까?"

"블럼스 백작, 좀 이상한 생각이 드는구려. 지나간 일을 왜 자꾸 들추는 것이오?"

"앞으로 말씀드리려는 것과 밀접한 연관이 있기 때문입니다, 베노아 공작 각하. 대답을 해주시겠습니까?"

“레이첼 왕비님과 레이시어스 전하셨소.”

“맞습니다. 당시 생명의 위협을 느낀 두 분께서는 일단의 병사들과 함께 탈출을 시도하셨고, 적들의 추적을 따돌리려고 레이첼 왕비께서 적들을 유인하셨습니다. 비록 레이첼 왕비께서는 적들에게 사로잡혀 목숨을 잃으셨지만 자르츠의 보살핌이 계셨는지 다행스럽게도 왕자님은 충성스러운 기사들과 함께 성을 탈출하는 데 성공하셨습니다.”

“하지만 레이첼 왕비님의 시신은 발견되지 않았다고 소문이 났던 것으로 기억하오만.”

“제가 말씀드리려는 분은 레이첼 왕비님이 아니십니다.”

“그럼 설마… 레이시어스 전하께서 생존해 계신단 말이오? 하지만 소문에는……?”

“저도 그 소문을 들었습니다. 그분과 기사들은 뮤기냐 산맥으로 피신을 하셨지만 몬스터의 공격을 받아 모두 사망했다는 소문 말입니다.”

“그럼 그 소문이 단순한 헛소문에 불과했단 말이오?”

“전부 틀린 말은 아닙니다. 실제로 왕자님을 수행했던 기사들의 시체가 발견되었으니까요. 하지만 얼마 전에 레이시어스 전하께서 직접 절 찾아오셔서 그분이 살아 계셨다는 것을 알게 되었습니다.”

갑작스런 센더슨의 말에 세이버는 머리가 혼란스러웠다.

“그, 그럼 지금 레이시어스 전하께서는 어디에…….”

세이버의 질문에도 센더슨은 아무런 대꾸도 하지 않았다.

과거의 괴로웠던 기억이 새삼스럽게 떠오르는지 그의 눈가에는 이슬이 잔뜩 걸려 있었다.

센더슨에게서 아무런 대꾸도 없어 답답해하던 세이버는 뇌리를 스치는 생각에 태연한 표정을 짓고 있는 렉스를 유심하게 바라봤다.

자세히 살펴보니 전대 국왕이었던 브랜든의 모습과 레이첼 왕비의 모습이 섞여 있는 것 같기도 했다. 하지만 브랜든이나 레이첼에게 특징적인 점이 많았다면 확실하게 그들의 자식이라 인정할 수 있겠지만 세이버로서는 렉스에게서 두 사람의 특징적인 점을 발견할 수 없었다.

비록 사내답게 잘생기고 시원시원하게 생긴 얼굴이라는 것은 인정하지만 그것만으로 그가 13년 전 왕궁에서 사라졌던 레이시어스라고 인정하기에는 무리가 따랐다. 생각은 그렇게 하면서도 세이버는 조심스럽게 입을 열었다.

"귀하께서 레이시어스 전하라는 것을 무엇으로 증명하시겠습니까?"

"후후후, 제가 레이시어스라고 주장할 수 있는 근거는 할아버님이 어머니께 생일 선물로 주셨던 이 목걸이뿐입니다."

렉스는 목에서 목걸이를 끌러 세이버에게 내밀었고, 뒤에 서 있던 알프레드가 렉스가 내민 목걸이를 받아 들었다. 그리고는 세이버에게 공손하게 목걸이를 내밀었다.

목걸이를 받아 든 세이버는 중앙의 장신구를 둘로 나누었고, 레이첼의 얼굴과 생일을 축하한다는 축하 문구를 확인했다.

꼼꼼히 확인한 세이버는 목걸이를 다시 렉스에게 건네주며 입을 열었다.

"죄송한 말이지만 이 목걸이만으로는 귀하가 레이시어스 전하라는 것을 믿을 수 없소이다."

세이버의 신중한 음성에 렉스는 그럴 줄 알았다는 듯 엷은 미소를 짓고 있었다.

그 모습에 세이버는 왠지 마음 한구석이 답답해져 왔다.

렉스의 태도는 마치 자신의 신분이 레이시어스라는 것을 세이버가 인정하지 못할 것임을 잘 알고 있었다는 듯 보였기 때문이다. 당연히 분노를 터뜨려야 할 상대가 도리어 미소를 짓고 있으니 세이버의 마음이 편할 리 만무했다. 하지만 섣불리 판단을 내릴 수 있는 상황이 아니니 좀 더 시간을 두고 지켜봐야 했다. 그러면서 갑자기 하이렌의 모습이 떠오르는 것은 무엇 때문일까?

"지금 중요한 것은 제가 레이시어스냐 아니냐 하는 문제가 아닙니다."

"무슨 말씀이신지?"

"검은 달 교단의 이름을 들어보신 적이 있습니까?"

"귀하가 어떻게 그 이름을……?"

렉스의 질문에 세이버는 깜짝 놀랐다.

검은 달 교단이라는 이름을 알고 있는 사람들은 극히 일부분에 불과했기 때문이다. 또 그들 대부분도 높은 작위를 가지고 있는 귀족들뿐인데 대체 렉스가 어떻게 그들에 대해 알고 있는 것인지 세이버로선 의문이 아닐 수 없었다.

"그럼 국왕이 쿠데타에 성공할 수 있었던 것에 검은 달 교단의 개입이 있었기 때문이라는 것도 알고 계시겠군요?"

렉스의 말은 단정적이었는데 세이버는 그에 대해 한마디도 대꾸를 하지 않았다.

"그리고 그들이 지금 왕권에 대해 도전을 하고 있는 것도 잘 알고 계시지 않습니까?"

"왕권에 대한 도전?"

"황태자에 대한 암살 기도가 왕권에 대한 도전이 아니고 뭐겠습니까?"

"바, 방금 뭐라고 했소? 황태자에 대한 암살 기도?"

세이버는 렉스가 한 말을 다시 한 번 중얼거리며 알프레드를 바라봤다. 하지만 당황한 표정을 짓고 있는 아들의 표정이 그 역시 모르고 있었다는 것을 증명하고 있었다.

"대, 대체 그게 무슨 소리요?"

"역시 모르고 계셨던 모양이군요."

묘한 미소를 지으며 운을 뗀 렉스는 하이렌이 암살당할 뻔했던 당시의 사건을 자세하게 설명해 주었다. 하지만 자신이 어떻게 행동했고, 누가 그를 구한 것인지는 말하지 않았다. 그리고 단지 당시의 사건이 황태자인 하이렌만을 노리고 벌어진 일이 아님을 분명히 이야기해 주었다.

세이버와 알프레드는 너무도 놀라 벌린 입을 다물 생각을 하지 못하고 있었다.

"바, 방금 귀하가 한 말이 사실이오? 저, 정말 그런 일이 있었단 말이오?"

"제겐 공작 각하께 거짓말을 할 아무런 이유가 없다는 것을 분명하게 말씀드리고 싶습니다."

"그렇다면 나에게 검은 달 교단이나 황태자의 일에 대해 이야기한 것은 무슨 이유에서요?"

"별다른 뜻은 없습니다. 다만 공작 각하께서 검은 달 교단이 지금 무슨 일을 벌이고 있는지 알고 계시는지 알고 싶었기 때문입니다."

대화의 주도권을 잡은 탓인지 렉스의 음성은 담담하게만 들렸다. 이야기를 듣고 있던 알프레드는 그런 렉스의 건방진 태도가 전혀 마음에 들지 않았다.

"그대는 내 아버님이신 베노아 공작께 너무 무례하다고 생각하지 않는가? 그리고 이 자리가 어떤 자리인데 경솔하게 한낱 여자와 어린애를 참석시켰단 말인가? 본인은 그대의 이런 무례한 행동을 참을 수 없다."

"참지 못하면 어쩔 건데? 우릴 여기서 내쫓기라도 하겠다는 것이냐?"

알프레드의 냉랭한 말에 대꾸를 한 사람은 그때까지 침묵을 지키고 있던 도네였다. 그렇지 않아도 꿰다 놓은 보릿자루처럼 멍청하게 앉아 있는 자신의 처지가 마음에 들지 않아 불쾌감을 느끼고 있던 도네에게 알프레드의 시비(?)는 아주 좋은 핑곗거리이자 먹잇감이었다.

자신보다 한참 어린(?) 여자에게 반말을 들은 알프레드의 얼굴은 더욱 싸늘하게 변했다.

그런 알프레드의 반응에 속으로 회심의 미소를 짓던 도네가 막 자리에서 일어나려고 할 때 곁에 앉아 있던 제로스가 먼저 자리에서 발딱 일어섰다.

"뭐라고? 한낱 여자와 어린애? 야! 이 자식아! 누군 애가 되고 싶어서 된 줄 알아? 그리고 게다가 감히 이분께 뭐? 한낱 여자? 어디 오늘 지상에 존재하는 모든 베노아란 성을 가진 것들을 말살시켜 볼까!"

서슬 퍼런 제로스의 말에 세이버는 순간 뭔가 잘못되었다는 생각이 들었다. 도저히 어린아이의 입에서 나올 만한 이야기가 아니었기 때문이다.

다시 몸을 돌린 제로스는 공손한 음성으로 도네에게 고했다.

"겨우 이런 일에 도네님께서 노여움을 보이신다는 것도 도네님의 위상에 어울리지 않는 일입니다. 이런 일은 저처럼 어린 녀석들이 나서는 것이 당연합니다.”

자신의 뭐라고 하기 전에 제로스가 먼저 말을 해버리니 도네로서는 새삼스럽게 나선다는 것도 참으로 머쓱한 일이었다.

한편 알프레드는 제로스의 말에 분노를 느끼기 전 황당하다는 생각이 먼저 들었다. 자신이 이 나이를 먹고 조막만한 꼬마에게 이런 소리를 듣게 될 줄이야……

“정말 황당한 꼬마군. 이 자리가 어떤 자린 줄…….”

말을 하던 알프레드는 자신을 쏘아보는 제로스의 살벌한 눈초리를 발견하고는 자신도 모르게 말꼬리를 흐렸다.

이건 살벌한 정도가 아니었다. 제로스의 두 눈에서는 무형의 살기가 새파란 스파이크로 변해 쏟아져 나오고 있었다.

“감히 미천하기 짝이 없는 인간 따위가 감히 나 지메로스를 모욕하다니……. 정말 죽고 싶으냐?”

정말 화가 났는지 제로스의 음성에는 은은하게 드래곤 피어까지 섞여 있었다. 제로스의 드래곤 피어가 알프레드에게 집중된 탓에 주위에 퍼져 나간 양은 얼마 되지 않았지만 그것만으로도 곁에 있던 센더슨은 숨조차 쉬기 힘들 정도였다.

그때였다.

딱!

“아야! 이게 무슨 짓이야?!”

갑자기 렉스가 알밤을 먹이자 제로스는 고통스러운 표정으로 자신의 이마를 움켜잡으며 외쳤다. 정말 눈이 찔끔 나올 정도로 고통스러웠다.

“무슨 짓이냐니! 네 눈에는 할아버지가 고통스러워하는 것이 보이지도 않아? 네가 뭔데 건방지게 감히 내 할아버지께 고통을 줘? 당연히 맞을 짓을 했잖아, 임마!"

"……."

"제로스님, 전 괜찮습니다."

"괘, 괜찮다고 하잖아?"

"조용히 안 해! 어쭈, 눈 안 깔아? 건방지게 감히 누굴 째려보는 거야!"

렉스의 너무나도 황당한 말에 제로스는 한마디로 미치고 펄쩍 뛰고 싶은 생각뿐이었다. 자신이 인간 따위에게 이런 대접을 받다니…….

당장이라도 렉스를 혼내주고 싶지만 곁에 앉아 있는 도네 때문에 그런 생각은 생각으로만 끝낼 뿐이었다.

제로스는 힘없이 자리에 털썩 주저앉았다.

한편 제로스의 드래곤 피어를 직격으로 받은 알프레드는 내상을 입고 입에서 피가 흘러내리고 있었다. 곁에 있던 세이버 역시 커다란 충격을 받았지만 그 역시 상당한 실력을 가진 소드 마스터였기에 가까스로 참아낼 수 있었다.

겨우 부상을 숨긴 세이버가 조금은 떨리는 목소리로 입을 열었다.

"서, 설마…… 드, 드래곤이십니까?"

"그렇습니다. 하지만 드래곤의 규약상 먼저 신분을 알려 드릴 수 없었음을 양해해 주시면 감사하겠습니다."

렉스의 엉뚱한 대답에 도네와 제로스의 시선이 렉스를 향했다. 그런 눈길을 느낀 것인지 렉스는 말도 안 되는 부연 설명을 덧붙였다.

"원래 인간 세상을 여행하는 드래곤은 상대가 자신의 정체를 알아보기 전까지 절대 자신을 밝히면 안 된다는 그들만의 규칙이 있거든요."

“도네님, 언제 저런 규칙이 생겼습니까? 제가 3,3ᄆᄆ년 동안 살아오면서 저런 규칙이 있다는 말은 한 번도 들어본 적이 없는데 말입니다.”

“낸들 아냐? 렉스가 하는 일은 그저 그런가 보다 생각하고 간섭하지 말아야지 신경을 쓰기 시작하면 끝도 없어. 휴우~ 그러니까 그냥 그러려니 하고 신경 쓰지 마. 그게 장수의 지름길이니까.”

이런 속사정을 알 리 없는 사람들은 표정을 조금 일그러뜨리고 있는 제로스와 도네에게 무한한 공포를 느끼고 있었다. 그들이 보기엔 두 드래곤이 잔뜩 화가 난 것처럼 보였기 때문이다.

“그건 그렇고… 공작 각하께서는 이 일을 어떻게 처리할 생각이십니까?”

“검은 달 교단을 말하는 것입니까?”

“그렇습니다. 그들을 그냥 둔다면 하이렌이 왕위를 계승하는 데 문제가 많을 것 같은데…… 아니, 그전에 아리오 국왕이 계속 왕위에 있게 될지도 의심스러운 상황 아닙니까? 이 점에 대해서 공작 각하의 생각은 어떠십니까?”

“하이렌 전하의 왕위 계승이라고 말씀하시면… 왕위를 되찾기 위해서 절 찾아오신 것이 아니란 말씀이십니까?”

“흥! 혈육의 가슴에 칼을 꽂게 만든 그런 피에 젖은 자리 따위에는 아무런 미련도 없습니다. 제가 지금 신경 쓰는 것은 누군가의 야심 때문에 고통받을 레트로니아 왕국의 국민들뿐입니다.”

“그럼 설마 복수를 포기하겠다는 말씀이십니까?”

“포기? 공작 각하가 생각하기에 제가 복수를 할 것 같습니까, 아니면 포기를 할 것 같습니까?”

자신도 모르게 렉스를 레이시어스로 인정한 세이버는 렉스의 얼굴을 유심히 살폈지만 담담한 렉스의 얼굴에서 무엇인가를 찾는 것은 불가능한 일이었다.

"검은 달 교단에 대한 결정을 내리시기 힘들다면 제 동료들의 이야기를 들어보고 판단하시기 바랍니다. 도네, 그들을 불러줘야겠어. 부탁해."

"알았어."

대답을 한 도네는 품 안에서 작은 거울을 꺼내 테이블 위에 내려놓고 거울 위에 붙어 있는 붉은 보석에 마나를 집어넣었다. 잠시 후 가볍게 진동을 일으키던 거울의 표면에 곧 여러 사람의 모습이 보였다.

가장 먼저 보인 안드레이에게 렉스가 인사를 건넸다.

"안드레이, 잘 있었어?"

"그렇네. 그런데 이렇게 늦은 시간에 무슨 일인가?"

"왜? 자고 있었어?"

"그건 아니고…… 궁금해서 말이네."

"다름이 아니라 지금 모두를 내가 있는 곳으로 소환할 테니까 이동할 사람들을 거울 주위로 모이도록 해줘. 그리고 거울을 잡고 있으면 곧 이곳으로 워프를 하게 될 거야."

"알았네."

잠시의 시간이 지난 다음 모두가 준비되었다는 말에 도네는 눈을 감고 신중하게 캐스팅을 한 후 시동어를 외쳤다.

"코울션 워프!"

번쩍하는 빛과 함께 붉은색의 거대한 마법진이 잠시 보였다가는 순식간에 사라졌다. 그와 동시에 10여 명의 사람들이 지하 회의실에 모습을 드러냈다.

잠시 주위를 두리번거리던 사람들은 곧 렉스의 모습을 발견하고는 그에게 다가왔다. 그러다 곁에 있는 도네의 모습을 발견하고는 황급히 그녀에게 먼저 인사를 했다.

"도네님, 안녕하셨습니까?"

"여전히 아름다우시네요."

"다시 인사를 드립니다."

"오랜만에 인사를 드리는군요."

"처음 뵙겠습니다."

갖가지 인사가 튀어나왔다.

그런 일행들의 인사를 도네는 당연하다는 듯 조금은 거만한 표정으로 대하고 있었는데 주위 사람들이 보기에 그 모습이 지극히 자연스러워 보였다.

그런 일행들 사이에서 렉스는 오래전에 보았던 사람들이 있음을 발견했다.

"아니, 시미니언님 아니십니까?"

"안녕하셨습니까, 렉스님. 오랜만이군요."

"시미니언님께서 이곳엔 어떻게?"

"안드레이님과 함께 있었습니다. 렉스님께 드리고 싶은 말도 있고 해서 같이 왔습니다."

"잘 오셨습니다. 아니! 이게 누구야? 자네 이름이… 맞아, 듀오네 라오스라고 했지? 자네는 또 어쩐 일인가? 그리고 이분은… 설마 레이디라그나?"

"레이시어…… 렉스님, 그동안 안녕하셨습니까?"

"안녕하셨어요, 렉스님."

듀오네와 라그나의 모습을 발견한 렉스는 그들의 모습이 반가우면
서도 어떻게 그들이 샤리프와 함께 있는 것인지 궁금하기 이를 데 없
었다.

그런 와중에도 세이버의 존재를 알아보는 사람들도 있었다.

"베노아 공작 각하, 맥스웰 미르바가 인사 올립니다."

"공작 각하, 데포리스 가문의 바르미아가 인사드립니다."

"포르샤 가문의 모네습니다. 이렇게 만나뵙게 되어 영광입니다."

"라오스 가문의 듀오네와 베네스트 가문의 라그나입니다. 처음으로
인사를 올립니다."

일일이 인사를 받던 세이버의 눈은 일순간 라그나의 얼굴에서 떨어
질 줄 몰랐다.

"세, 세상에 어, 어떻게 이런 일이……!"

뜻하지 않은 세이버의 반응에 주위 사람들의 시선은 일제히 그에게
쏠렸다. 하지만 세이버의 시선은 오직 라그나에게 향해 있을 뿐이었
다. 아니, 세이버뿐만이 아니었다. 세이버 뒤에서 힐링 포션을 마시고
내상을 다스리고 있던 알프레드의 눈도 찢어질 듯 크게 뜨여져 있었다.

두 사람의 격렬한 반응에 라그나의 얼굴에는 희미한 두려움이 어려
있었다.

자리에서 일어난 세이버는 비틀거리는 걸음으로 라그나에게 다가갔
고, 미처 그녀가 몸을 피할 틈도 주지 않고 그녀의 얼굴을 잡았다.

물론 귀족가의 예법으로 지금 그가 한 행동이 무례하기 이를 데 없
는 행동이라는 것을 모를 세이버는 아니었지만 지금 세이버는 그런 것
까지 생각할 틈이 없었다. 아니, 사고(思考)가 정지됐다는 것이 더 정확
한 말일 것이었다.

하염없이 라그나의 볼을 쓰다듬는 세이버의 눈에는 눈물이 가득 고여 있었다. 아니, 몇 방울은 벌써 볼을 타고 흘러내리고 있었다.

"세, 세상에 어떻게 이럴 수가……. 네가 살아 있다니… 네가 살아 있다니……. 실비아, 날… 날 알아보겠니?"

마치 정신이 나간 사람처럼 중얼거리던 세이버는 와락 그녀를 끌어안았다.

처음 세이버를 뿌리치려던 라그나는 세이버의 눈물을 발견하는 순간 강렬한 전류에 온몸이 관통당하는 격렬한 충격을 받았다. 그 눈물을 발견한 후에는 결코 세이버를 거부할 수 없었다. 왠지 모를 이유 때문에 라그나 역시 눈물을 흘리며 세이버의 품에 몸을 맡겼다.

끊임없이 라그나의 머리를 쓰다듬는 세이버의 모습에 주위는 일순간 숙연해졌다.

짝~

날카로운 손뼉 소리가 들렸다.

렉스가 친 손뼉 소리는 마치 잠들어 있던 사람들의 영혼을 깨우듯 날카롭고, 또한 맑게 느껴졌다.

두 사람의 모습에 정신을 잃고 바라보던 사람들은 그제야 정신을 차릴 수 있었다.

가만히 라그나의 머리를 쓰다듬던 세이버는 조심스럽게 그녀를 밀어내고는 그녀의 얼굴을 바라봤다. 그리고는 그녀의 얼굴에 맺혀 있는 눈물을 손으로 닦아주었다.

"레이디 라그나라고 했던가? 지금은 세상에 없는 내 딸과 너무나 닮아 큰 실례를 했군. 나의 무례를 용서해 주겠나?"

"아니옵니다, 공작 각하. 저어……."

“말해 보게.”

“실례가 안 된다면 제가 손수건을 빌려 드릴까요?”

그제야 세이버는 자신이 눈물을 흘렸다는 사실을 알고는 쑥스럽다는 표정을 지었다.

“내가 오늘 레이디에게 못 보여줄 꼴을 많이 보이는군.”

“아니에요.”

라그나는 어디에서 그런 용기가 난 것인지 조심스럽게 손수건을 잡고는 세이버의 턱 끝에 맺힌 눈물을 닦아주었다. 그 모습을 지켜보던 사람들의 입가에는 자신들도 모르게 흐뭇해하는 미소가 걸려 있었다.

“자아~ 인사가 대충 끝났으면 일단 자리에 앉아주십시오.”

렉스의 말에 사람들은 회의실의 커다란 테이블로 모였다.

잠시 웅성거리던 사람들은 렉스가 자리에서 일어서자 일제히 그를 주목했다. 하지만 렉스는 마치 그런 사람들의 눈길을 즐기듯 담담한 미소를 짓고 있었다.

“여러분들도 조금 전 인사를 통해 알게 되었겠지만 여기 계신 이분은 레트로니아 왕국의 이대공작 가운데 한 분인 베노아 공작이십니다. 그리고 현 국왕의 장인이라는 신분을 가지고 계신 분입니다.”

렉스의 설명에 안드레이와 샤리프는 유심히 세이버의 얼굴을 바라봤다. 아마 나름대로 그를 판단하기 위해서 그런 것이리라.

“그리고 시간 관계상 저의 일행들 가운데 두 사람만 소개해 드리겠습니다. 여기 계신 이분은 투르멘시아 제국에서 블랙 이글 기사단을 이끌던 단장 안드레이 반 휘나가르트 후작이십니다. 그리고 이분은 제라스탄 왕국 최강의 기사단으로 알려진 레드 그리핀 기사단의 수석 기사장이시며 최강의 전사로 이름 높은 샤리프 델 시미니언님이십니다.”

렉스가 자신들을 소개할 때마다 안드레이는 담담한 표정을, 샤리프는 쑥스러운 표정을 지으며 가볍게 고개를 숙였고, 세이버는 두 사람의 신분을 알고는 혼이 달아날 정도로 깜짝 놀랐다.

두 사람의 이름은 세이버로서도 익히 알고 있던 이름이었다. 언젠가는 상대를 해야 될지도 모르는 적이기에 레트로니아 왕국의 국경을 담당하고 있는 책임자의 한 사람으로서 세이버가 어찌 모를 수 있겠는가?

하지만 눈앞에 앉아 있는 여인이라고 착각할 듯 보이는 아름다운 사내와 농부로 착각할 정도로 순박해 보이는 눈빛의 대머리사내는 도저히 그렇게 대단한 명성을 날리는 사람들로 보이지 않았다.

안드레이 반 휘나가르트 후작은 투르멘시아 제국 내에서 젊은이들 사이에 가장 인기가 있었던 인물로 기사 후보생들이나 귀족가의 젊은 여성들의 많은 사랑을 받았던 인물이었다.

10여 년 전 그가 홀연히 사라지기 전까지 국민들이 가장 만나고 싶고, 되고 싶은 인물 1순위에서 단 한 번도 빠진 적이 없는 인물이었다.

게다가 샤리프 델 시미니언 같은 경우는 이곳 레트로니아 왕국의 기사단 사이에서 은밀히 회자되던 인물이었다. 비록 직접 그를 본 기사들은 없지만 제라스탄 왕국 최강의 전사라는 샤리프에 대한 전설 같은 소문을 모르는 기사들은 없었다.

누구와 대결하든 단 한 번의 패배도 하지 않은 인물.

소문으로만 전해지는 최강의 존재가 바로 샤리프였다.

안드레이, 렉스, 샤리프 이들 세 사람 가운데 단순히 지명도만 따진다면 샤리프를 능가할 사람이 없었다.

그런 렉스의 설명에 그 자리에 모여 있던 사람들은 새로운 눈으로 샤리프를 바라봤다. 그러나 샤리프는 그런 렉스의 찬사가 부담스러운지 얼굴을 상기시키며 손사래를 쳤다.

"최강의 전사니 최고의 기사이니 하는 것은 너무 과장된 말입니다. 세상에는 실력을 감추고 있는 강자들이 너무나도 많습니다. 여기 계신 휘나가르트님만 해도 저보다 훨씬 강한 분이시고, 또 렉스님은 저는 상대도 할 수 없을 정도로 뛰어난 분이십니다."

"후후후, 제라스탄 왕국 최강의 전사께서 너무 부끄러워하시는군요. 그날 용병들과의 싸움을 보고 전 진짜 강하다는 것이 저런 모습이구나 라는 것을 새삼스럽게 깨달았습니다."

안드레이의 말에 샤리프의 얼굴은 더욱 붉어졌다.

"자자, 소개는 이 정도로 하고…… 그동안 각자 검은 달 교단의 첩자로 의심되는 귀족들에 대해 조사해 온 것을 말해 보시오."

렉스의 말에 가장 먼저 자리에서 일어난 사람은 샤이베리아였다.

이질적인 파란색 머리를 한 소녀가 자리에서 일어나자 사람들의 시선은 그녀에게 쏠렸다. 그녀는 그동안 눌러왔던 분노를 더 이상은 참을 수 없었던지 얼굴이 온통 새빨갛게 변해 있었다.

"먼저 도네님께 드릴 말씀이 있어요."

"말해 봐라."

샤이베리아나 도네의 존재를 처음 보는 사람들은 이런 심각한 자리에 웬 소녀가 참석을 한 것인지 궁금하다는 표정을 지으며 그녀를 바라봤다.

"포이트 티보스란 놈을 제 손으로 죽일 수 있게 허락해 주세요."

이를 부드득 갈며 이야기하는 샤이베리아의 모습을 도네는 그저 심연처럼 차분한 눈길로 바라볼 뿐 분노에 찬 그녀의 모습에는 별다른 반응을 보이지 않았다.

"인간들 세상에 함부로 개입할 수 없다는 법이 있다는 것을 잊은 건 아니겠지?"

"하지만 그것도 예외가 있잖아요."

"예외? 그럼 네가 인간들에게 공격을 받았단 말이냐?"

도네의 음성이 조금 날카로워진다고 느끼는 순간 샤이베리아는 자신도 모르게 움찔하며 몸을 움츠렸다.

"샤이베리아!"

도네가 다시 한 번 샤이베리아의 대답을 재촉하자 곁에 앉아 있던 크레이가 자리에서 일어났다. 불빛 탓인지 그의 안색은 유난히도 창백해 보였다.

"도네님, 모든 것은 제 탓입니다. 제가……."

"닥치고 있어!"

울컥.

도네의 드래곤 피어가 섞여 있는 매몰찬 말에 크레이는 당장 입에서 피가 흘러나왔다. 조금 전 제로스가 알프레드에게 드래곤 피어를 사용할 때와는 비교도 할 수 없을 정도로 엄청난 위력이었다.

마치 지하 회의실 전체가 그녀의 드래곤 피어에 몸서리를 치는 것 같았다.

"대답해라, 샤이베리아."

"사실은……."

당시에 있었던 일을 샤이베리아는 솔직하게 이야기했다.

거짓말을 할 생각은 꿈도 꾸지 않았다.

거짓말을 한다고 속을 도네도 아니었지만 어떻게든 자신을 공격한 포이트에게 보복을 하고 싶은 것이 우선이었기에 샤이베리아는 그간 있었던 일을 자세히 설명했다.

"그러니까 네 자만심 때문에 너는 부상을 입었고, 크레이는 심한 고문을 받았다는 말이냐?"

"예, 도네님."

"다시 말하자면 네가 그렇게 당한 것에 대해 네가 복수를 하고 싶다 그런 말이냐?"

"예, 그렇습니다, 도네님……."

도네의 싸늘한 얼굴에 주눅이 든 샤이베리아의 음성은 시간이 지날수록 줄어들어 나중엔 알아듣기도 힘들었다.

"만약 내가 허락을 한다면 어떻게 할 생각이냐?"

"당장 그놈이 사는 리스몬테 시 전체를……."

"안 됩니다, 샤이베리아님."

"그래선 안 됩니다, 샤이베리아님."

샤이베리아의 말에 거의 동시에 두 사람이 반대를 했다.

한 사람은 크레이였고 또 한 사람은 로니였다.

감히 자신의 말을 가로막다니……. 샤이베리아는 기가 막혀 말문이 막히면서도 도저히 인간들을 이해할 수 없었다.

그래도 로니는 프리스트의 신분이니까 자신의 의견에 반대를 할 수 있다고 하더라도 크레이는 그들에게 지독한 고문을 받은 당사자가 아닌가? 그럼에도 불구하고 어떻게 자신의 말에 반대를 할 수 있는 것인지 도저히 이해가 안 갔다.

"로니 저 자식이야 프리스트니까 그렇다지만 넌 왜 반대를 하는 거지? 분하지도 않아? 그 자식들을 그냥 두겠다는 말이야 뭐야?"

"그렇지는 않습니다. 저 역시 왜 복수를 하고 싶은 생각이 없겠습니까?"

"그런데 왜 반대를 하냔 말이야. 어디 대답을 해봐!"

샤이베리아의 말에 대꾸를 하려던 크레이는 서 있는 것조차 힘드는지 창백한 얼굴에는 식은땀이 흐르고 있었다. 그 모습에 샤이베리아는 은밀하게 리커버리를 크레이에게 베풀어주었고, 그 모습을 도네와 제로스는 유심히 바라보았다.

"그날 샤이베리아님이 보셨는지 모르겠지만 티보스 백작의 부하들 중에는 검은 달 교단이 어떤 단체인지 전혀 모르고 있는 사람들도 상당히 많았습니다. 만약 샤이베리아님께서 리스몬테 시 전체에 보복을 하신다면 검은 달 교단과 전혀 무관한 사람들의 피해가 너무 큽니다."

"그럼 어떻게 하자는 거야? 그렇다고 그놈들을 그냥 둘 수는 없잖아."

"제 몸이 회복되는 동안 방법을 생각해 보겠습니다. 그러니 잠시만 기다려 주십시오. 부탁드리겠습니다."

"알았으니까 앉아. 몸도 부실한 녀석이……."

퉁명스럽게 대꾸를 한 샤이베리아는 자리에 앉았고, 그 모습을 지켜보던 렉스는 우선 메디안을 지목했다.

"그럼 샤이베리아와 크레이가 맡았던 포이트 티보스 백작은 검은 달 교단의 끄나풀이 분명하니 생포 내지는 제거 대상으로 분류하고… 다음은 메디안, 네가 말해 봐. 그리고 옆에 계신 분도 소개를 하고 말이야."

"나? 나야 별일없었어. 알아보니까 이 친구는 검은 달 교단과는 아무런 상관도 없었고 말이야. 렉스를 만나고 싶다고 해서 같이 왔어."

“본인은 맥스웰 미르바라고 하오. 여러분들을 만나게 되어 영광으로 생각하고 있소이다.”

맥스웰은 자리에서 일어나 좌중의 일행들에게 정중하게 고개를 숙였다.

생각지도 않은 메디안의 대답에 감시해야 할 대상을 직접 이곳까지 데려왔음을 안 일행들은 메디안의 무신경에 할 말을 잃었다. 그녀에게선 도저히 정상적인 대답을 들을 수 없다고 생각한 렉스는 게부레인을 쳐다봤다.

게부레인은 내키지 않는 표정으로 메디안이 저지른 만행(?)에 대해 자세히 이야기했다. 게부레인의 이야기를 들으면서도 렉스는 맥스웰을 유심히 살폈다. 그가 보기에도 맥스웰은 검은 달 교단과는 별반 상관이 없는 것 같았다.

그가 검은 달 교단과 상관이 없으니 다행이었지 만약 그렇지 않았다면 메디안이나 게부레인 역시 샤이베리아와 크레이의 경우처럼 크나큰 봉변을 당했을 것이 틀림없었다.

메디안의 대책없는 행동에 렉스는 가볍게 한숨을 쉬었다. 맥스웰은 아니더라도 그의 부하들 가운데 검은 달 교단의 신도나 어쎄신이 숨어 있을지도 모르는데 그렇게 대놓고 물었다니… 메디안이 어떻게 행동했을지 눈에 선했다.

“또 다른 사람은?”

“믿고 싶지는 않지만 클리포드 후작 각하의 행동에 뭔가 석연치 않은 점이 있는 것은 분명한 것 같습니다.”

“바우젤이? 다른 사람도 아닌 그가 검은 달 교단과 연관이 있을지 모른다니… 믿을 수 없는 일이구려.”

"클리포드 후작에 대해 잘 아십니까?"

"아주 가까운 사람은 아니지만 그가 누구 덕분에 그 위치에까지 왔는지는 너무나 잘 알고 있습니다. 바로 전대 국왕이신 브랜든 폐하 덕분이었습니다."

"아버님 덕분에?"

세이버는 렉스를 대하는 자신의 말투가 변했다는 사실을 미처 깨닫지 못하고 있었다.

"그렇습니다. 클리포드 후작은 원래 자작가의 장남이었습니다. 우연한 기회에 브랜든 폐하와 함께 검술을 배우게 되면서부터 그가 결혼하기 직전까지 폐하 곁에서 극진하게 그분을 모셨습니다. 바우젤이 결혼한다는 소식을 들으신 폐하께서는 그에게 백작의 작위를 내리셨고, 그가 아들을 낳았을 때 크게 기뻐하시며 자식의 이름과 후작의 작위를 내리셨습니다."

"예에? 결혼을 했다고 작위를 내리고 아들을 낳았다고 작위를 내렸단 말입니까? 그게 정말입니까?"

세이버의 말에 렉스뿐만이 아니라 다른 사람들도 어처구니없다는 표정으로 세이버의 얼굴만 쳐다보았다.

세이버는 쓴웃음을 지으며 입을 열었다.

"전대 국왕께서는 기분이 내킬 때마다 작위를 내리신 것으로 유명했던 분이셨습니다. 가장 규모가 컸을 때는 레이시어스 전하께서 세상에 태어나셨을 때로 무려 100여 명의 귀족들에게 새로운 작위를 내리셨습니다. 브랜든 폐하의 그런 행동은 저희 레트로니아 왕국을 바르빈스 연방의 네 개의 왕국 가운데 가장 귀족이 많은 왕국이라는 좋지 않은 명성을 날리게 한 가장 큰 동기가 되었습니다."

세이버의 말에 렉스나 다른 사람들은 할 말이 없었다.

고작 그런 이유로 작위를 남발하다니…….

"내가 아는 클리포드 후작은 그런 전대 국왕 폐하의 은총에 어떻게든 보답을 하려고 애쓰던 사람입니다."

세이버의 말에 렉스는 고개를 끄덕였다.

"그럼 클리포드 후작은 좀 더 조사해 봐야겠군요. 안드레이, 자네는 성과가 좀 있었나?"

"아르본 공작에 관한 조사는 좀 더 시간이 있어야 할 것 같네. 그의 주위를 지키고 있는 기사들의 수도 적지 않은 데다 실력들도 만만치 않은 것 같아. 내가 생각하기엔 로열 기사단의 기사들 같네."

"로열 기사단의 기사들? 그게 무슨 말인가?"

"신비에 가려진 로열 기사단의 단장이 아무래도 아르본 공작이 아닌가 싶네. 그렇지 않습니까, 베노아 공작 각하?"

안드레이의 질문에 세이버는 어이가 없다는 표정을 지었다.

"정말 놀랍구려. 아르본 공작이 로열 기사단의 단장이라는 것을 알고 있는 사람은 극소수에 불과할 뿐인데…… 대체 그것을 어떻게 알아냈는지 모르겠구려."

세이버의 시인에 안드레이는 고개를 끄덕였지만 세이버의 얼굴에 걸린 의문은 사라지지 않았다.

"그런데 아르본 공작을 조사한 이유는 무엇이오? 설마 그가 검은 달 교단과 연관이 있단 말이오?"

"정확한 것은 알 수 없습니다. 아직 조사가 끝나지 않았으니 뭐라고 말할 수는 없지만 최악의 경우 아르본 공작과 로열 기사단의 단원 전체가 검은 달 교단과 연관이 있을 가능성도 있지 않겠습니까?"

“서, 설마 그런 일이…….”

세이버뿐만이 아니었다.

그 자리에 모인 사람들 대부분은 안드레이의 말을 듣는 순간 온몸에 소름이 돋는 것을 느꼈다.

“아르본 공작은 아리오 국왕과 절친한 사이인데…….”

“아리오 국왕이 즉위할 때 검은 달 교단이 그분을 많이 도왔다고 들었습니다. 그리고 아르본 공작 역시 아리오 국왕을 도왔고 말입니다. 이건 제 성급한 판단인지는 모르지만 왠지 아르본 공작과 검은 달 교단 사이를 연결하는 끈 같은 것이 있을 것 같습니다. 하지만 만약 그것이 사실로 드러나면 레트로니아 왕국은 이미 검은 달 교단의 수중에 있는 것이나 마찬가지 아닙니까?”

안드레이의 말에 세이버는 몸서리를 치면서도 포안에 있을 하이렌의 안위가 걱정되었다.

“저희가 이곳에 온 목적도 원래는 공작 각하께서 검은 달 교단과 연관이 있는가를 조사하기 위해섭니다.”

“내가 검은 달 교단과 연관이 있을지 모른다고? 어째서, 무엇 때문에 그렇게 생각하셨습니까?”

“검은 달 교단과 연관이 있을 것으로 의심되는 귀족이나 인물들이 베노아 공작 각하의 성에 자주 출입한다는 정보가 있었기 때문입니다.”

“정보라니? 대체 누가?”

“그 정보를 준 사람이 하이렌이라면 믿으시겠습니까?”

“하이렌 전하께서 말입니까?”

세이버는 기가 막혀 자신도 모르게 음성이 높아졌다.

"하이렌은 그동안 비밀리에 조사를 했고, 검은 달 교단의 신도라고 의심이 되는 귀족들을 감시하고 있었던 것 같습니다. 그러다 이런 사실을 알게 되고 한동안 고민을 한 것 같았습니다. 자신의 손으로 할아버지를 조사할 수 없다고 해서 제가 대신 나선 겁니다. 또 그가 표면적으로 나서지 못한 것에는 검은 달 교단의 감시를 피할 수 없다는 것을 알고 있기 때문입니다."

"불쌍하신 분……."

세이버는 혼자서 번민했을 하이렌의 처지가 안쓰러워 견딜 수가 없었다. 비록 한 나라의 황태자라고는 하지만 누군지도 모르는 자들의 감시를 피해야만 하는 그의 처지가 너무나 가슴 아팠다.

"그렇다면 여러분들의 뜻은 무엇입니까?"

"검은 달 교단의 말살입니다."

안드레이의 차가운 대답에 렉스는 고개를 끄덕였다.

"형제의 가슴에 칼을 꽂는 것을 부추긴 놈들을 절대 용서할 수 없습니다."

"나 역시 감히 내게 칼이 들이댄 놈들을 용서할 생각은 눈곱만큼도 없어. 모조리 씨를 말려 버릴 거야."

"하지만 그들이 어디에 있는지 아는 사람이 아무도 없지 않습니까?"

"찾아야지요. 무슨 수를 쓰든 간에 찾을 겁니다. 아니, 기필코 찾아낼 겁니다. 그래서 그들에게 진정한 두려움이 무엇인지 철저하게 가르쳐 줄 생각입니다. 반드시."

우두둑.

안드레이의 주먹에서 살벌한 소리가 들렸다.

유달리 흥분하는 안드레이의 모습이 침착한 모습을 보이던 평소와는 너무나 달라 그를 아는 사람들은 모두 어리둥절한 표정을 짓고 있었다.

하지만 그들이 어찌 알겠는가?

오늘이 바로 로자린이 검은 달 교단의 프리스트에게 소중한 아기를 빼앗긴 날이라는 것을 말이다. 남편의 모습을 본 로자린은 고개를 숙인 채 눈물만 흘리고 있었다.

"렉스님."

"무슨 일입니까, 시미니언님."

"저도 미약한 힘이나마 여러분을 돕고 싶습니다. 저에게도 그럴 기회를 주십시오."

"하지만 시미니언님은 검은 달 교단과 직접적인 원한이 없지 않습니까?"

"제가 일전에 말씀드린 사이나가 검은 달 교단과 연관이 되어 있는 것 같습니다. 여러분과 함께 검은 달 교단의 뒤를 추적하다 보면 틀림없이 그와 만나게 될 겁니다. 그때 원한을 갚으면 됩니다. 그러니 그동안 저에게 베풀어주신 은혜에 보답할 기회를 주십시오."

"해드린 것이 아무것도 없는데 은혜라고 말씀하시니 뭐라고 말씀을 드려야 좋을지 모르겠군요. 아무튼 저희를 도와주시겠다니 일행들을 대신해 감사드리겠습니다."

"감사라니 당치도 않습니다. 열심히 할 테니 뭐든 시켜만 주십시오."

"그건 그렇고, 검은 달 교단의 신도들을 어떻게 색출해 낼지 그것을 생각해 봐야 하지 않겠습니까?"

"제게 방법이 있습니다."

모네스의 의견에 대꾸를 한 사람은 뜻밖에도 로니였다.

"어떤 방법입니까?"

"렉스님이나 안드레이님은 포안 시의 외곽에서 검은 달 교단의 어쎄신들과 싸웠을 때를 기억하십니까?"

"그렇습니다만?"

"당시 전 부상을 입은 어쎄신들을 치료하기 위해 그들에게 신성력을 베풀었던 적이 있습니다. 그때 어떤 일이 벌어졌는지 기억하십니까?"

렉스와 안드레이는 가만히 눈을 감고 당시의 기억을 되살렸다. 그리고는 거의 동시에 눈을 떴다.

"그럼?"

"아마도 두 분의 생각이 틀림없을 겁니다."

"다른 사람들을 위해 자세히 설명을 좀 부탁드려도 되겠소, 로니 프리스트?"

"예, 아는 대로 설명드리겠습니다. 신성력이라는 것은 프리스트들이 신의 말씀을 믿고 따르며 고행을 해야만 생기는 신성한 힘입니다. 대부분의 프리스트들은 이와 같은 고행을 통해 신성력을 얻게 되는데, 문제는 이 신성력이 종단에 따라 약간의 차이가 난다는 것입니다."

로니의 말에 사람들의 시선이 그에게 향했다.

"비근한 예로 루안로바스를 믿고 따르는 프리스트들은 보이얀 여신을 믿고 따르는 프리스트들과 비슷한 신성력을 가지고 있기에 서로 간의 치료가 가능합니다. 하지만 태양의 신 엘라하의 프리스트들이 가지고 있는 신성력과는 전혀 달라 만약 그들에게 신성력을 주입했다가는 치료는커녕 오히려 목숨을 위험하게 만들 수 있습니다. 또한 다누아나 교단의 프리스트들은 보이얀 여신을 믿는 프리스트들을 치료할 수 없습니다. 게다가 디안 켈트 교단의 프리스트들은 더 더욱 이상해 다른 교단의 프리스트들에게 신성력을 줄 수도 받을 수도 있지만 같은 교단의 프리스트들은 신성력으로 치료할 수 없습니다."

"그런 이야기는 처음 들어보는구려. 하지만 각 교단의 프리스트들이 일반 신자들을 치료할 때는 어느 신을 믿느냐를 따지지는 않지 않소? 그럼 그건 어찌 된 일이오?"

"물론 일반 신자들 가운데 프리스트만큼 자신이 믿는 신에 대한 믿음이 강한 사람이 없는 것은 아닙니다. 그런 분들에게는 분명 신성력이 존재합니다. 다만 일반적으로 볼 때 신자들보다는 프리스트가 더욱 강한 신성력을 가지고 있다는 것이지요. 다시 말해 프리스트들이 더욱 강한 신성력을 가지고 있기에 상대적으로 약한 신성력을 가지고 있는 신자들을 치료할 수 있는 것이지요. 만약 치료받는 환자의 신성력이 프리스트만큼 강하고, 조금 전에 말씀드린 것같이 다른 교단의 프리스트의 치료를 받아야 한다면 신중히 알아보고 치료를 받아야 합니다. 그렇지 않으면 치료를 하는 것이 아니라 부상을 더욱 악화시킬 수 있기 때문입니다."

"그런데 방금 프리스트께서 신성력에 대해 말씀하신 것이 혹시 검은 달 교단의 어쎄신이나 신도들을 알아내는 것과 연관이 있는 겁니까?"

모네스의 질문에 로니는 고개를 끄덕였다.

"당시 제가 부상당한 어쎄신들을 치료하려고 했을 때 그들이 치료가 되기는커녕 비명을 지르며 괴로워하는 바람에 상당히 놀랐습니다. 당시는 너무도 당황해 이런 생각을 하지도 못했지만, 아마도 제가 가진 신성력이 검은 달 교단에서 얻어지는 신성력과 서로 성질이 달라서 일어난 일 같습니다."

"뭐야? 그럼 검은 달 교단의 신도일지도 모르는 귀족들을 색출하는 것은 간단한 일이잖아."

"그건 그렇게 간단한 일이 아닙니다, 레이디 메디안."

"아니라니? 그건 또 무슨 소리야?"

"분명히 어쎄신들은 저의 신성력에 거부 반응을 일으켰지만 검은 달 교단의 모든 신도들이 다 그렇다고는 볼 수 없습니다. 예를 들어 자신이 원하는 것을 얻기 위해 검은 달 교단에 협력한 사람들의 경우 검은 달 교단에 대한 믿음이 있을 리 없으니 그런 사람들은 별다른 반응이 일어나지 않을 겁니다. 또 검은 달 교단의 교리를 믿지는 않지만 협박을 받아 어쩔 수 없이 그들을 돕게 된 사람들 역시 저의 신성력에 아무런 반응도 하지 않을 겁니다. 게다가 다른 교단의 프리스트들이 가진 신성력에 그들이 반응할지도 의문이고, 또 어떤 위치에 있는 사람들까지 반응을 보일지도 알 수 없습니다. 일단 방법이 생겼으니 좀 더 연구를 해봐야겠습니다."

"알겠습니다. 그 일은 로니 프리스트께서 좀 더 알아봐 주시고 일단 오늘은 늦었으니 내일 다시 이야기를 나누는 것이 좋겠습니다. 공작 각하의 생각은 어떠십니까?"

"그러는 것이 좋겠군요. 저 역시 오늘 너무나 많은 사실을 접하게 되어서 정리할 시간을 좀 가져야겠습니다. 쉴 곳은 알프레드가 안내해 드릴 겁니다. 그리고 레이디 라그나는 잠시 남아주겠나? 내가 묻고 싶은 것이 있어서 그러네."

"예, 그렇게 하겠습니다, 공작 각하."

세이버의 부드러운 말에 잠시 망설이던 라그나는 곧 고개를 숙이며 대답했다.

"저를 따라오십시오. 제가 안내하겠습니다."

알프레드의 말에 일행들이 일어서자 세이버가 작별 인사를 건넸다.

"필요한 것이 있으면 무엇이든 말씀하십시오. 그럼 아침 식사 때 뵙도록 하겠습니다. 편히들 쉬십시오."

세이버의 인사를 받으며 일행들은 회의실을 빠져나갔고, 그때까지 고개를 숙이고 있던 라그나에게 세이버는 나직한 음성으로 입을 열었다.

"레이디를 오늘 처음 보지만 난 처음 같다는 생각이 전혀 들지 않네. 초면에 이런 부탁을 해도 되는 것인지는 모르지만 내 부탁 한 가지만 들어주지 않겠는가?"

"부탁이라니…… 무엇인지요?"

"그건 다름이 아니라……."

나직한 세이버의 음성을 듣는 라그나의 얼굴은 시간이 지날수록 이상하게 변했다.

제8장

최강(?)의 용병 로이드 블라슈

다음날 아침.

일찍 자리에서 일어난 렉스는 우선 가볍게 몸을 움직여 굳어진 근육을 푼 후 간단하게 세면을 마쳤다.

처음엔 도네를 깨워 함께 산책을 하려다가 좀 더 자게 두어야 할 것 같아 혼자 산책에 나섰다.

복도에 나서니 어제 만났던 귀족들이 렉스를 보고 아는 척을 했고 렉스도 가볍게 미소를 지으며 고개를 끄덕였다.

렉스가 머물고 있는 곳은 손님들이 사용하는 별궁으로 그야말로 공작가의 위세에 걸맞게 엄청나게 넓은 데다 화려하기 이를 데 없는 곳이었다.

본궁과 별궁의 사이에는 연무장이 자리하고 있었는데 이른 아침임에도 불구하고 공작가에 소속된 수십 명의 기사들이 훈련에 열중하고 있었다.

그들에게 지시를 내리고 훈련을 지켜보고 있는 사람은 알프레드였다.

그의 지시에 따라 일사불란하게 움직이는 기사들을 유심히 살펴보니 상당히 오랜 기간 동안 훈련을 받아온 것 같았다. 하나하나의 동작이 정확했고, 또한 짧고 간결했으며 동작엔 힘이 들어 있었다.

그들의 훈련 모습을 지켜보고 있던 사람들은 기사들의 일사불란한 움직임에 나직하게 감탄을 했고, 그들을 그렇게 훈련시킨 알프레드의 능력에 고개를 끄덕였다.

그런 사람 가운데는 베네스트 후작과 가엘 디 비기스 남작도 끼어 있었다. 서로 귓속말을 주고받고 있었는데 그들의 훈련 모습에서 뭔가를 느낀 것인지 의견을 주고받는 것 같았다.

사실 알프레드의 이런 행동은 기사들을 훈련시키려는 의도도 있었지만 각 귀족을 따라온 귀족들과 수행원들의 기를 죽여 공작가의 위엄을 느끼게 만들려는 의도도 숨어 있었다.

조금 떨어진 곳에서 기사들의 훈련받는 모습을 지켜보던 렉스는 곧 흥미를 잃었다. 아직도 검술 수련을 하루도 빼놓지 않고 하고 있는 렉스가 저렇게 수준 낮은 훈련을 계속 봐야 할 이유가 없었기 때문이다.

"제법 훈련이 잘된 기사들이군요. 시미니언님이 보기엔 어떻습니까?"

"안드레이님의 말씀대로 그렇게 보이긴 합니다만 동작이 너무 정직한 것이 실전 경험은 거의 없는 것 같군요."

"하지만 적당한 실전 경험이 쌓인다면 제 몫은 충분히 하지 않겠습니까?"

"그럴 것 같아 보이기도 합니다만……."

고개를 돌리고 보니 어느 틈엔가 안드레이와 샤리프가 다가와 있었다.

"잘 잤어, 안드레이? 편히 쉬셨습니까, 시미니언님?"

"렉스님, 편히 쉬셨습니까?"

렉스의 인사에 두 사람은 고개를 끄덕였다.

그들이 인사를 나누고 있을 때 그들에게 다가오는 사람이 있었다. 가엘이었다.

고개를 갸웃거리며 다가온 가엘은 조심스럽게 렉스에게 인사를 건넸다.

"저어~"

"무슨 일이십니까?"

"혹시 렉스 레티나라는 용병을 모르십니까?"

사실은 네가 그 용병이 아니냐고 묻고 싶었지만 왠지 심상치 않아 보이는 사내들과 함께 있는 것이 신경 쓰여 최대한 자중하며 꺼낸 말이었다.

그런 가엘의 마음을 아는지 모르는지 렉스의 예상치 않았던 대꾸가 그를 더욱 헷갈리게 만들었다.

"제 이름을 사용하는 용병을 만난 적이 있으십니까?"

"예에?"

"그 녀석은 저보다 제 한 살 아래 동생인데 글쎄, 사랑하는 여인과 결혼하고 싶다고 가출을 했지 뭡니까? 저희 가문에서 그 녀석을 찾기 위해 백방으로 노력했는데 설마 레트로니아 왕국에 와서 용병 생활을 하고 있을 줄은 상상도 못했습니다."

렉스의 말에 그의 말을 듣고 있던 세 사람의 얼굴은 거의 동시에 멍한 표정이 되었다. 하지만 렉스는 뻔뻔하다고 할 정도로 태연하게 말을 이었다.

"사실 저와 동생은 쌍둥이라고 착각할 정도 닮은 곳이 많거든요. 그래서 그런지 착각을 하는 사람들도 많답니다. 그런데 그 녀석을 어디에서 보셨습니까?"

렉스의 말에 가엘의 머리 속은 더욱 복잡해졌다.

그도 그럴 것이 얼굴은 분명 과거에 봤던 용병이 확실했지만 옷차림은 그때와는 비교도 할 수 없게 화려해졌기 때문이다. 게다가 베노아 공작에게 초대를 받을 정도라면 그의 신분이 확실하다는 것을 증명하는 것이기에 가엘로서는 어리둥절한 일이 아닐 수 없었다.

그리고 렉스의 말을 듣다 보니 왠지 자신이 알고 있던 얼굴과 그의 얼굴이 조금 다른 것처럼 느껴지기도 했다.

"하이네브르크 시에 있는 카로프 용병 길드에서 봤습니다."

"아! 카로프 용병 길드, 귀하 덕분에 동생을 찾게 되었군요. 정말 감사드립니다. 귀하의 성함은?"

"가엘 디 비기스 남작이라고 합니다."

"비기스 남작께 이 은혜를 어떻게 갚아야 할지 모르겠군요. 나중에 아이루스 왕국으로 와서 레티나 가문을 찾으십시오. 언제든 환영하겠습니다."

"예? 예, 그럼 전 이만……."

가엘이 인사를 하고 사라지자 안드레이는 쓴웃음을 지으며 입을 열었다.

"그러다 진짜 아이루스 왕국으로 가면 어쩌려고?"

“저 인간은 골탕을 좀 먹어도 괜찮아.”

렉스의 말에 두 사람은 고개를 갸웃거렸다.

“저 작자는 가엘 비기스 남작으로 베네스트 후작의 부하란 말이야. 그럼에도 불구하고 주인의 딸인 레이디 라그나에게 함부로 대하던 모습이 떠올라서 말이야. 아마 베네스트 후작의 후광을 믿고 한 행동이겠지만 정말 괘씸했거든.”

그러는 사이 다시 한 명의 사내가 렉스에게 다가왔다.

“편히 쉬셨소이까?”

말속에 뼈가 든 듯 딱딱하기 이를 데 없는 말이었다.

슬그머니 고개를 돌려 상대를 확인하니 알프레드였다.

“무슨 일이오?”

“특별한 일이 없다면 가볍게 대련을 부탁할까 해서 왔소. 그리고 누가 뭐라 해도 난 귀하를 레이시어스 전하로 인정할 수 없소이다.”

뒷말은 렉스에게나 겨우 들릴 정도로 작았다.

가만히 상대의 표정을 보아하니 어제부터 쌓였던 감정을 대련이라는 핑계를 대고 풀려 한다는 것이 여실히 느껴졌다.

둘의 분위기가 심상치 않자 샤리프가 나섰다.

“제가 상대해 드리면 안 되겠습니까?”

“예? 그, 그건…….”

자신도 새벽에 지하 회의실에 있었기 때문에 이 대머리사내가 누구라는 것을 잘 알고 있었다.

은밀하게 소문으로만 들었던 제라스탄 왕국 최강의 전사.

그냥 보기만 해도 압도당할 것 같은 위압감이 그의 전신 곳곳에서 흘러나오고 있었다. 예상치도 않았던 샤리프가 난데없이 상대로 나서자 알프레드의 얼굴에는 금세 당황하는 기색이 역력했다.

"아닙니다, 시미니언님. 제가 상대하도록 하겠습니다."

가볍게 목을 움직인 렉스가 한 발 앞으로 나섰다.

그 모습에 알프레드는 안도의 한숨을 내쉬었다.

아무리 자신이 무패를 자랑한다고 하지만 그것도 비슷한 수준을 가진 자들을 상대했을 때의 이야기지 샤리프같이 압도적인 실력 차이를 보이는 상대에는 비교조차 할 수도 없다는 것을 누구보다 알프레드 자신이 잘 알고 있었다.

렉스가 나서는 모습을 발견한 귀족들과 그들의 수행원들은 은근히 강하다고 알려진 알프레드를 맞이해 과연 렉스가 어떻게 싸울까 흥미진진한 표정으로 지켜보았다.

연무장 중심에서 마주 보고 있는 두 사람.

알프레드는 렉스가 빈손인 것을 보고는 부하에게 검을 내주도록 지시했다. 하지만 렉스가 거부했다. 그런데 그 이유가 너무나 황당했다.

"감히 검도 없이 나를 상대하겠다는 것이오?"

"글쎄? 내가 보기에 그대 정도는 검이 없어도 별 상관 없을 것 같아 사양했소이다만. 왜, 뭐가 잘못됐소?"

렉스의 광망한 태도에 알프레드는 자신의 머리에 불기둥이 치솟아 오르는 것은 아닐까 하는 격렬한 뜨거움과 함께 극한의 분노가 솟구쳐 오르는 것을 느껴야 했다.

그 모습을 지켜보던 안드레이나 샤리프는 너무나 자신만만해하는 렉스의 태도에 조금은 걱정이 되었다.

아무리 실력이 뛰어난 자라고 하더라도 아무런 무기도 들지 않은 채 검을 든 소드 마스터를 상대한다는 것이 얼마나 위험한 일인지 잘 알고 있기 때문이었다. 더구나 상대는 숨은 강자로 알려진 알프레드가 아닌가?

"으드득~ 지금 네가 지껄인 말을 반드시 후회하게 만들어주마. 차앗!"

모욕을 받았다는 생각에 얼굴이 새빨갛게 변한 알프레드가 미친 듯이 검을 휘두르며 달려들자 렉스는 대비를 한 듯 가볍게 몸을 움직이며 상대의 공격을 여유있게 피했다.

일방적인 공격.

누가 봐도 렉스가 금방이라도 큰 부상을 입을 것처럼 보이는 상황이었다. 하지만 렉스는 한 마리 미꾸라지처럼 알프레드의 공격을 요리조리 피하고 있었다. 더도 덜도 아닌 딱 한 뼘의 간격을 두고 말이다.

그 모습을 가슴 졸이며 지켜보던 사람들과는 달리 안드레이와 샤리프는 렉스가 상당한 여유를 가지고 알프레드를 상대하고 있다는 것을 쉽게 알아볼 수 있었다.

알프레드의 얼굴이 새빨갛게 변한 것으로 보아 상당한 분노를 느끼고 있는 모양인데 렉스는 전혀 개의치 않고 있었다. 게다가 그것뿐만이 아니었다.

마치 알프레드를 약 올리기로 신 앞에 맹세한 사람처럼 이슬아슬하게 알프레드의 공격을 피하는 와중에도 아는 사람을 발견하면 어김없이 인사를 던지는 것이었다.

"도네, 잘 잤어? 잠시만 기다려, 금방 끝낼 테니까. 그리고 제로스, 넌 왜 형님한테 인사 안 해, 임마? 블룸스 백작님, 편히 주무셨습니까?"

너무나 분노가 치민 나머지 알프레드는 자신이 미치는 것은 아닐까 하는 생각까지 들었다. 하지만 그의 검은 오랜 세월 동안의 쌓아온 수

련의 양을 말해 주듯 더욱 빨라졌으며 정확하게 렉스의 전신 급소를 노리고 있었다.

마침내 알프레드의 롱 소드가 푸른색의 검기에 뒤덮이는 순간 도네가 렉스에게 말을 걸었다.

"렉스, 뭐 해? 어서 끝내."

"응? 알았어. 잠시만."

렉스가 고개를 돌려 도네에게 대꾸하는 순간 알프레드의 검이 푸른 검기에 싸인 채 렉스의 상반신을 향해 무서운 속도로 떨어졌다.

그 모습에 지켜보던 모든 사람들은 너무나도 놀랐다.

여유를 가지고 관전하고 있던 안드레이와 샤리프도 놀라기는 마찬가지였다. 황급히 몸을 날려 렉스에게로 다가서려 했지만 그들의 몸이 미처 1파렌도 움직이기 전 마침내 일은 벌어지고 말았다.

쾅!

요란한 폭음과 함께 지독한 흙먼지가 자욱하게 치솟아 두 사람의 모습을 순식간에 가려 버렸다.

그 모습을 지켜보던 사람들은 틀림없이 렉스가 목숨을 잃었을 것이라고 수군거렸고, 안드레이와 샤리프 역시 그가 목숨을 잃지는 않았어도 상당한 중상을 입은 것이 틀림없을 것이라고 판단했다.

"실프, 먼지를 날려 버려."

도네의 음성이 들리는 순간 흙먼지가 서서히 회전을 시작하더니 곧 흙먼지 기둥을 이뤄 순식간에 허공으로 빨려 올라가 주위를 한순간에 환하게 만들었다.

사람들의 시선은 일제히 알프레드와 렉스에게로 향했다. 그런데 뜻밖에도 두 사람의 모습은 멀쩡했다.

공격을 한 알프레드가 멀쩡한 모습을 한 것은 당연한 일이었지만 목숨을 잃거나 치명상을 입었으리라 했던 렉스까지 멀쩡한 모습을 하고 있는 것은 정말 의외가 아닐 수 없었다.

"소문대로 정말 대단한 솜씨였소. 만약 방어가 조금만 늦었더라면……."

말을 마치지도 않고 렉스는 과장해 몸을 부르르 떨었다.

사람들은 렉스가 멀쩡하다는 것에 의아해하기는 했지만 틀림없이 어떤 무기를 꺼내 상대의 공격을 막았을 것이라고 생각했다. 동시에 그가 까불다 큰일 날 뻔했기에 저렇듯 몸을 떠는 것이라고만 생각했다.

다만 이해가 가지 않는 것은 알프레드가 왜 저렇게 X 씹은 표정을 짓고 있느냐 하는 것이었다.

때마침 시종들이 아침 식사가 준비되었다는 말을 전하자 귀족들은 조금 전 상황을 떠올리며 렉스의 실력이 보통이 아니라는 대화를 나누며 식당으로 향했다.

"잘 잤어, 도네?"

"왜 안 깨웠어?"

"피곤해할 것 같아서 말이야. 또 여자는 잠을 많이 자야 미인이 된다고 하잖아."

"난 인간이 아니잖아. 설마 내가 인간으로 폴리모프했다는 사실을 잊은 건 아니겠지?"

"후후후, 내가 그걸 잊을 리 있겠어? 다만 인간의 모습을 하고 있을 땐 인간의 사고방식을 따르는 것도 재미있지 않을까 해서 말이야."

"그것도 나쁘지는 않겠지. 배고파?"

"아니, 별로. 왜?"

"그렇게 배고프지 않다면 잠시 함께 산책한 후에 식사를 하는 것은 어때?"

"산책? 좋지. 가실까요, 레이디?"

렉스가 말과 함께 팔을 내밀자 도네는 싱긋 미소를 짓고는 팔짱을 꼈다. 그리고는 정원을 향해 발걸음을 옮겼다.

모두가 떠난 연무장.

남은 사람은 안드레이와 샤리프, 그리고 메디안뿐이었다.

갸우뚱거리며 한참 동안 생각을 하던 메디안은 도저히 이해가 되지 않는지 인상을 일그러뜨렸다.

"안드레이, 대체 렉스가 뭔 짓을 했기에 저렇게 멀쩡할 수 있는 거지?"

"레이디 메디안은 보지 못했소?"

"보다니, 뭘?"

"그럼 그의 손이 검으로 변하는 것을 보지 못했단 말이오?"

"손이 검으로 변해? 그럼 렉스가 마법을 썼단 말이야?"

눈을 동그랗게 뜬 메디안의 대꾸에 안드레이의 입에서는 한숨이 흘러나왔다.

"휴우~ 알프레드란 자의 롱 소드가 렉스를 막 베려는 순간 그의 왼손에서 마나로 이루어진 검이 솟아났고, 그 검이 상대의 공격을 막아낸 것이란 말이외다."

"마나로 이루어진 검이라고? 그게 정말 가능한 일이야?"

"가능한 일이니까 렉스가 멀쩡한 것 아니겠소?"

"그럼 아까 그 폭발은 또 뭐야?"

"검술을 익힌 자들이 수련을 통해 얻는 마나는 프리스트들이 가지고 있는 신성력과는 달리 파괴력을 지니고 있소. 그런 마나를 검에 주입해 상대의 검과 충돌하게 되면 대부분 커다란 폭음과 함께 충격파가 사방으로 전해지게 되는데 아까 레이디 메디안이 본 폭발은 바로 그 충격파 때문에 일어난 것이란 말이외다.”

“그런 거야?”

그제야 이해가 가는지 메디안은 고개를 끄덕이며 식당으로 향했고, 침묵을 지키고 있던 샤리프가 입을 열었다.

“일전에 밀레리오스라는 다크 드래곤이 렉스님을 그랜드 소드 마스터 급에 육박한다고 말한 적이 있지 않습니까?”

“그런 적이 있었죠.”

“솔직히 그때 전 밀레리오스의 말을 믿을 수 없었습니다. 검을 수련하는 자로서 자만은 가장 피해야 할 감정이지만 전 스스로의 검술에 자신이 있었습니다. 그리고 솔직히 렉스님에 비해 제가 약하다는 생각은 해보지 않았었습니다.”

“저 역시 그렇게 생각했었습니다.”

샤리프의 말에 안드레이는 고개를 끄덕였다.

“그런데 오늘 렉스님의 실력을 직접 눈으로 보니 어쩌면 밀레리오스의 말이 맞을지 모른다는 생각이 드는군요.”

“저 역시 렉스가 아무런 도구 없이 마나로 이루어진 검을 만들 수 있을 정도의 실력을 가지고 있는 줄은 오늘 처음 알았습니다. 그것도 그렇게 빨리 만들 수 있다니…….”

두 사람의 대화는 렉스가 가지고 있는 실력에 대한 감탄이 섞여 있었다.

“수백 년마다 한 명씩 등장한다는 전설의 그랜드 소드 마스터 급을 직접 대하게 된다고 생각하니 왠지 피가 끓어오르는 것 같습니다."

"후후후, 그러게나 말입니다. 잠시 쉬었던 검술 훈련을 다시 시작해야겠습니다."

"언제 시간이 나면 렉스님과 꼭 한번 겨뤄봐야겠습니다. 아마 여러 가지를 배우게 될 것 같습니다."

"이런! 시미니언님께 선수를 빼앗겼군요. 저 역시 그런 생각을 하고 있었는데. 그나저나 앞으로 렉스가 꽤 바빠지겠습니다. 아까 보니까 레이디 메디안의 눈빛도 심상치 않아 보이던데 말입니다."

"하하하, 왠지 앞으로 렉스님께서 꽤 피곤한 나날을 보내셔야 될 텐데…… 걱정이군요."

말은 그렇게 하면서도 두 사람은 새로운 목표를 떠올리며 전신의 신경과 근육을 팽팽히 긴장시키고 있었다.

아침의 소동 덕분인지 렉스는 단번에 유명인사가 되었다.

전날은 도네의 마법 덕분에 사람들은 심심하지 않았고, 다음날은 렉스의 뛰어난 검술 실력이 사람들에게 화제를 제공하고 있었다.

알프레드와 비슷한 실력이라는 것도 화제였지만 겨우 스무 살이 넘었을 렉스가 어떻게 그런 실력을 가지고 있느냐도 상당한 관심을 끌었다. 덕분에 전혀 상관도 없는 아이리스 왕국의 명성이 한참 올라갔다.

피에로들의 공연을 보고 악사들의 음악을 들으며 귀족들은 여유있는 시간을 보내고 있었다. 또 간간이 출발이 늦은 귀족들이 도착해 먼저 온 귀족들과 어울리는 사이 킴벌리 베노아는 공작가의 영양답게 호스트로서의 임무를 훌륭하게 수행하고 있었다.

그리고 얼마 후 조금 여유가 생긴 킴벌리는 홀 안을 유심히 살폈지만 그녀가 찾고 있는 사람은 보이지 않았다. 킴벌리가 주위를 두리번 거리는 모습을 본 세이버가 그 이유를 물었다.

"누굴 찾느냐?"

"할아버지, 아이루스 왕국에서 오셨다는 렉스란 분은 어디 계신가 요? 찾을 수가 없네요."

"그분은 왜 찾는 거냐?"

"그냥 종교와 문화가 가장 발전했다는 아이루스 왕국에 대해 이야기 를 듣고 싶어서 그래요."

세이버는 그 말을 하면서 살짝 얼굴을 붉히는 손녀의 모습에 뭐라고 말을 해주어야 좋을지 몰랐다. 누가 봐도 단순히 찾는 것이 아니라는 것을 쉽게 짐작할 수 있었다.

그렇다고 렉스의 신분을 밝힐 수도 없는 일이고, 보나마나 렉스에게 접근할 것이 뻔한데 그렇게 되면 렉스의 곁을 떠나지 않는 도네의 심 기를 자극하게 될지도 모르는 일이기 때문이었다.

오늘 아침만 하더라도 알프레드의 대책없는 행동을 보고받고 얼마 나 놀라고 가슴을 졸였는지 세이버는 정신이 하나도 없었다. 대체 나 이가 몇인데 아직도 그렇게 철없는 행동을 하는 것인지 세이버는 불편 한 심기를 감출 수가 없었다.

사실 세이버가 이렇게 신경을 쓰는 이유는 렉스 때문이라고 보기보 다는 단연코 렉스 곁에 있는 도네 때문이었다.

만약 그녀의 연인인 렉스를 건드렸다가 그녀의 분노를 사기라도 한 다면 그날로 베노아 공작 가문이 지상에서 사라지게 될 것은 너무나도 자명한 일이었다. 게다가 렉스 주위에는 그런 드래곤이 한 마리도 아 니고 자그마치 세 마리씩이나 버티고 있으니 세이버로서는 그 사실이 불안하지 않을 리 없었다.

그런 자신의 마음도 모른 채 엉뚱한 일만 저지르고 있는 알프레드의 행동에 세이버의 마음이 편할 리 없었다. 게다가 보고를 들어보니 렉스의 이름만 날리게 해준 꼴이 되어 더 더욱 마음이 불편했다. 그런데 이제는 사랑하는 손녀까지 그에게 관심을 두고 있는 상황이니 어떻게 대처를 해야 좋을지 판단을 내릴 수 없었다.

"왜 그렇게 불편한 얼굴을 하고 계십니까, 공작 각하?"

그렇지 않아도 불편한 심기를 어쩌지 못해 짜증스러움을 느끼고 있는 자신을 누군가가 건드리자 세이버는 고개를 돌려 상대를 노려봤다. 하지만 그런 그의 얼굴은 금세 눈 녹듯 사라지고 반가워하는 기색이 역력했다.

"아니, 이게 누군가? 자네가 여긴 어쩐 일로?"

"어쩐 일이냐니 그게 무슨 말씀이십니까? 섭섭합니다, 공작 각하. 이런 경사스러운 일에 저만 쏙 빼놓고 부르지도 않으시니 말입니다."

"허허허, 미안하이. 나도 이젠 늙었나 보이. 왠지 허전하다 했더니 자네에게 초청장을 보내는 것을 깜빡했네그려."

세이버가 만면에 미소를 띠며 맞이한 사람은 50대 중반쯤으로 보이는 사내였는데 무엇보다 사람들의 시선을 끄는 것은 왼쪽 눈을 가리고 있는 시커먼 가죽 안대였다.

상당히 우람한 덩치에 옷 밖으로 보이는 잘 다듬어진 근육이 검붉은 색을 띠고 있어 무척이나 강하다는 느낌을 주는 사내였다. 게다가 파티장에 온 사람이, 그것도 공작인 세이버를 만나면서도 등에 멘 시미터를 풀지 않은 모습이 사람들의 시선을 끌지 않을 리 없었다.

인사를 나눈 세이버는 사람들에게 상대를 소개했다.

"자자~ 여러분, 내 오랜 지기를 소개하겠소. 젊었을 때부터 함께 지내면서 생사의 순간을 함께 보낸 사람이외다. 여러분들 가운데에는 이 사람이 누군지 아는 사람도 있겠지만 모르는 분들도 계시니 소개를 하겠소이다. 레트로니아 왕국 최고의 용병인 로이드 블라슈를 소개하오."

"여러분들께 이렇게 인사를 올리게 되어 진심으로 영광으로 생각합니다. 필요한 일이 계신 분들은 포얀 시에 있는 저희 블라슈 용병 길드를 이용해 주시길 바랍니다. 그럼 좋은 시간 되시길 빌겠습니다."

로이드의 인사에 그제야 사람들은 그가 레트로니아 왕국의 용병들 가운데 최강이라 일컬어지는 로이드 블라슈임을 알아보고는 고개를 끄덕거렸다.

텁수룩한 적갈색 머리에 제멋대로 자란 수염을 보면 지저분하기 짝이 없는 사내였지만, 조금이라도 검술을 익힌 사람들은 그의 전신에서 풍기는 기운으로 인해 그가 얼마나 강한 사내인지 확실히 깨닫고 있었다.

사람들이 흩어지는 모습을 보던 로이드는 감탄하는 기색이 역력했다.

"정말 많은 사람들이 모였군요. 이 모두가 공작 각하를 흠모하는 사람들이 많기 때문이 아니겠습니까? 정말 축하드립니다."

"아저씨, 저에겐 아는 척도 안 하실 거예요?"

"어이쿠, 깜짝이야! 레이디께선 누구신데 절 아는 척하시는 겁니까? 전 처음 뵙는 것 같은데 말입니다."

로이드가 아리송하다는 표정을 지으며 입을 열자 킴벌리는 기가 막히다는 표정을 지었다.

"어머머~ 정말 제가 누군지 모르겠단 말씀이세요? 저 킴벌리란 말이에요."

"예에? 레이디가 정말 몇 해 전까지 바느질보다는 검술 훈련이 더 좋다고 칼을 휘두르셨던 그 킴벌리 아가씨란 말이십니까? 아무리 제가 2, 3년 동안 보지 못했어도 그렇지 어쩌면 이렇게 아름다워질 수가 있단 말입니까?"

로이드의 과장된 표정을 보고 그제야 그가 자신을 놀리고 있다는 것을 안 킴벌리는 입을 삐죽 내밀며 조금은 화가 난 표정을 지었다.

"흥! 선물도 안 가지고 오셨으면서 날 이렇게 약 올렸단 말이죠? 흥! 이제 아저씨하고는 말도 안 할 거예요. 흥! 흥!"

연신 콧방귀를 뀌는 킴벌리의 모습에 로이드는 흐뭇한 표정을 지으며 그녀를 바라봤다.

"후후후, 제가 누군데 아가씨의 선물을 잊었겠습니까? 실은 이 선물을 마련하느라 조금 늦게 된 겁니다."

대답을 한 로이드는 현관을 향해 손짓을 했고, 잠시 후 몇 사람의 시종들이 뭔가 긴 물건을 조심스럽게 들고 들어왔다.

시종들은 들고 온 물건을 세이버 앞에 내려놓았는데 물건은 흰 천으로 덮여 있어 무엇이 들어 있는지 전혀 알 수 없었다.

기이한 물건이 들어오자 주위에 있던 사람들은 관심을 보였고, 그 모습에 득의양양한 로이드는 묘한 미소를 지으며 킴벌리에게 질문을 했다.

"이게 뭔지 아십니까?"

"아니요? 전혀 모르겠어요."

"후후후, 기억나십니까? 어린 시절 아가씨는 인형을 가지고 노는 것

을 끔찍하게도 싫어하셨죠. 제가 몇 번인가 각 나라의 인형을 어렵게
구해와 선물해 드리면 하루도 못 가 망가뜨리곤 하지 않으셨습니까?"

"아저씨는 참……."

로이드의 말에 킴벌리는 당황해 어쩔 줄 몰라 했다.

마치 킴벌리가 어린 시절 얼마나 천방지축이었고 개구쟁이였는지
사람들 앞에서 밝힌다는 생각이 들었기 때문이다. 그런 킴벌리의 모습
을 보며 로이드는 미소를 지었다.

"그래서 아까워서 절대로 망가뜨릴 수 없는 인형을 준비했습니다."

말과 함께 로이드가 손짓을 하자 시종들은 일순간에 흰 천을 걷었고,
그 순간 주위는 일순간에 정적에 빠져들었다.

흰 천이 걷히고 사람들 앞에 모습을 드러낸 것은 실물 크기의 조각
상이었다. 그런데 문제는 그 조각상의 모습이 완벽하다고 할 정도로
킴벌리와 똑같았다는 것이었다.

입고 있는 의복만 다를 뿐 키나 몸매, 팔 길이, 입가에 걸린 미소, 커
다란 눈망울, 피부 색, 머리 모양까지 완벽하게 킴벌리와 같았다.

조각상은 킴벌리가 수백 송이의 꽃 사이에 서 있는 모습을 재현해
놓은 것인데, 정말 화원에 서 있는 것 같은 착각을 일으키기 충분했다.
더욱 놀라운 것은 꽃잎이 바람에 흔들릴 때마다 조각상의 옷이나 머리
카락 역시 바람에 날리듯 부드럽게 흔들리는 것이었다.

사람들이 놀라움을 감추지 못하고 있을 때 로이드가 조각상의 지면
부분을 발로 톡 하고 건드렸다. 그러자 조각상은 소리도 없이 허리를
숙였고, 전면에 있는 꽃 가운데 하나를 뽑아 들고는 가볍게 향기를 맡
으며 몸을 일으키는 것이었다.

어찌나 행동이 자연스럽던지 보는 사람들은 자신도 모르게 멍한 표

정으로 그 광경을 지켜보고 있었다. 아마도 로이드가 입을 열지 않았다면 모두들 정신을 차리지 못했을 것이다.

"어떻습니까, 아가씨?"

"대체 뭐라고 이야기해야 좋을지 모르겠지만…… 정말 대단한 물건이에요, 아저씨. 대체 이건 누가 만든 거죠?"

"드워프입니다. 드워프가 아니면 누가 이 물건을 만들 수 있겠습니까?"

"하지만 아무리 드워프라고 하더라도……."

"실은 아이루스 왕국에 길드의 일 때문에 갔다가 우연히 그 나라 최고의 연금술사를 만날 기회가 있었습니다. 문득 아가씨에게 이런 선물을 하면 어떨까 해서 설계를 부탁했고, 다시 그 설계도를 들고 드워프를 찾아가 완성을 의뢰했지요. 1년도 넘게 걸린 작품입니다."

"직접 눈으로 보고도 못 믿겠어요. 정말 신기해요."

"나중에 화인워커라는 드워프를 만나 손을 보라고 했는데 전 아무리 봐도 이 이상 뭘 더 손을 볼 수 있다는 것인지 이해가 안 가더군요. 하여간 시간이 나는 대로 화인워커란 드워프를 찾아볼 생각입니다."

"이것보다 더 완벽할 수도 있단 말인가요?"

킴벌리는 손을 뻗어 조각상의 뺨을 만져 보았다. 자신의 착각인지는 모르지만 왠지 조각상에서 따스한 온기가 흘러나오는 것 같은 느낌이 들었다.

"그건 그렇고… 그동안 어디서 뭘 하셨는데 몇 년 동안 제 생일날 오시지도 않은 거죠?"

"휴우~ 아마 아가씨는 제가 아무리 말씀드려도 믿지 못하실 겁니다."

"흥! 어디 핑계라도 대보세요."

"제가 그동안 오지 못한 진짜 이유는 드래곤에게 초청받아 어딘가를 다녀왔기 때문입니다."

"예에? 드래곤에게 초청을 받았단 말이에요?"

깜짝 놀라며 반문하는 킴벌리나 어서 설명해 주기를 바라는 세이버의 눈길을 보고는 자신에게 일어났던 일에 대해 자세히 설명했다.

"3년 전 어느 날 밤이었습니다. 자다가 이상한 느낌이 들어서 눈을 떠보니 한 번도 본 적이 없는 여인 하나가 난데없이 나타나 질문을 하더군요. '넌 스스로를 강하다고 생각하는가?' 라고 말입니다. 영문도 모르면서 '실전에서 날 이길 사람은 그리 많지 않을 거라고 생각한다' 라고 대답을 했더니 '그럼 됐어' 라고 하고는 그대로 워프를 해 어디론가로 이동을 하게 되었습니다."

책이나 이야기로만 들었던 드래곤에 관련된 이야기라 킴벌리는 눈도 깜빡이지 않고 귀를 기울이고 있었다.

세이버 역시 상당한 관심을 보였다. 자신이 아는 로이드는 과장이 조금 심하기는 하지만 거짓말을 할 사람은 아니었기 때문이다.

"막상 그곳에 도착을 하고 보니 멍청하게 생긴 녀석 하나가 절 기다리고 있더군요. 여인은 저에게 그 녀석을 철저하게 교육시켜야 한다고 하더군요. 얼마가 지나고서야 전 그 여인이 드래곤이라는 것을 알 수 있었습니다. 제가 뛰어난 실력을 가지고 있다는 소문을 듣고 제 실력에 반해 절 초청했다고 그러는데 어떻게 거절할 수 있겠습니까? 그래서 한 2년 동안 그 녀석을 교육시켰는데…… 정말 고생 많았습니다. 녀석이 어지간히 둔해야 말이지요. 기본적인 예절에서 검술에 이르기까지 어느 것 하나 제대로 하는 것이 없더군요. 아마 지금쯤 절 아주

고마워하고 있을 겁니다."

"영감탱이, 어지간하면 들어주려고 했는데 정말 해도 해도 너무하는 군."

"네 실력에 반했다는 말을 했다고? 난 전혀 기억이 없는데 어떻게 된 일이지?"

갑자기 뒤에서 들린 음성에 로이드는 몸을 부르르 떨었다.

살아서 다시는 만나고 싶지 않았던 절대 악몽의 두 존재를, 그것도 이 자리에서 동시에 만나게 되다니……. 이것이야말로 신의 저주였고, 악마의 축복이며, 운명의 장난이라고 하지 않을 수 없었다.

조심스럽게 고개를 돌린 로이드의 눈에 아니나 다를까, 팔짱을 끼고 있는 렉스와 무표정한 얼굴을 짓고 있는 도네의 모습이 보였다.

"도, 도네님, 그동안 안녕하셨습니까?"

거의 반사적인 행동이었다. 하지만 두 사람의 표정은 풀릴 줄 몰랐다.

"술에 취해 트롤과 함께 보냈던 광란의 밤을 다시 경험하고 싶은 모 양이지?"

"이, 이보게, 렉스……."

"아니면 미노타우로스와 함께 투우 놀이를 하거나 말이야."

"바, 방금 내가 한 말은 듣는 사람들이 재미있으라고 한 말이었네. 원래 사실과는 달리 약간은 과장하거나 각색해서 이야기를 하지 않던 가? 난 그런 차원에서……."

"난 하나도 재미없었어."

도네의 한마디에 로이드는 몸을 부르르 떨었다.

그 모습을 지켜보고 있던 세이버는 조금 전 로이드가 말한 드래곤과 멍청한 녀석이 누구인지 금방 눈치 챌 수 있었다. 하지만 세상 경험이 별로 없는 킴벌리는 고개를 갸우뚱거렸다.

"에이~ 아저씨가 뭘 잘못 아셨어요. 이분들은 아이루스 왕국에서 오신 분들인데……."

"이분들은 옛날에, 아주 오래전에 만난 적이 있는 분들이십니다. 그래서 옛날에 있었던 일을 이야기하는 겁니다. 그리고 그때 제가 조금 실수한 일이 있어 사과를 한 겁니다."

"아~ 그래서 그런 것이었군요."

남을 의심할 줄 모르는 킴벌리는 고개를 끄덕거렸다. 로이드는 렉스와 도네에게 이끌려 곧 밖으로 끌려 나갔다.

"영감탱이, 날 보면 뭐 생각나는 것 없어?"

"생각나는 것이라니? 뭘 말하는 것인지 모르겠군."

"허어~ 이러면 곤란한데 말이야. 내가 특별히 부탁까지 했었는데 그걸 잊다니 말이야."

"아! 그, 그거 말인가?"

밖으로 나온 렉스가 던지는 말에 대꾸하는 로이드의 얼굴에는 당황한 빛이 역력했다.

"나름대로 알아보기는 했네만 별다른 수확은 없었네. 전대 국왕을 지지하는 사람들의 행동이 너무 은밀해 그들을 찾는 것은 절대 쉬운 일이 아니었네. 게다가 드러내 놓고 찾을 수도 없는 일이 아닌가? 또 내가 알아본 것에 의하면 국민들 대부분이 선정을 펼치고 있는 현 국왕을 절대적으로 지지하고 있다는 것이네. 자네에겐 미안한 이야기지만 현 국왕이 잘하고 있다는 것보다는 전대 국왕이 너무 무능했다고 보는 것이 더 정확한 말이겠지."

로이드의 말에 렉스는 침묵을 지켰다.

자신도 자신의 아버지인 브랜든의 무능을 모르지는 않았다. 하지만 그래도 아버지를 기억하는 사람들을 찾고 싶어서 로이드와 헤어지면서 그에게 부탁을 했던 것인데 이렇게 아무런 소득이 없을 줄은 미처 예상하지 못했다.

"내가 알아낸 전대 국왕을 지지하는 유일한 귀족은 클리포드 후작뿐이라네. 자네도 알다시피 특별한 이유가 없는 한 귀족을 감시한다는 것이 얼마나 위험한 일인가? 베노아 공작 각하와의 인연 덕분에 간간이 클리포드 후작의 파티에 초대를 받았고, 그러던 중 우연히 그가 전대 국왕의 추종자들과 만나는 것을 발견할 수 있었네."

"그가 만난 사람이 아버지의 추종자들이라고 어떻게 장담할 수 있지? 혹시 다른 사람들을 만나는 것을 당신이 오해했을 수도 있잖아."

"나도 처음엔 당연히 그런 생각을 했지. 그래서 후작과 만난 자들을 은밀하게 추적을 해 그들을 대화를 엿듣게 되었는데, 뜻밖에도 영주민들에게 원성을 사고 있는 어느 귀족의 식량 창고와 보물 창고를 털 계획을 세우고 있더군."

"창고를 털어?"

"그래. 이야기를 들어보니 일부는 그들의 활동 자금으로 쓰고 나머지는 농민들과 굶주리는 영주민들에게 나누어 줄 생각인가 보더군. 하여간 그들을 계속 감시하다 보면 그들의 우두머리를 만날 수 있겠다는 생각에 감시를 계속했지. 그런데 그들의 대화 속에서 거론된 사람이 누군지 아는가? 바로 산드라 듸 카르파였네. 자네도 아마 이름 정도는 들어봤을 것이네. 전대 국왕의 열렬한 지지자로 아리오 국왕이 비열한 수를 써서 왕위를 차지했다고 주장하는 여성이지. 그런 산드라 듸 카르파의 부하와 접촉을 하고 있는 후작 역시 전대 국왕을 지지하는 사람이 아니겠는가? 물론 자네가 직접 확인하면 더욱 분명할 테지만 말이야."

로이드의 말을 듣고 보니 검은 달 교단의 신도들이라고 의심했던 자들의 정체가 바로 산드라의 부하들이었던 것 같았다. 하지만 확실히 해야 할 필요가 있었다.

"도네, 산드라를 좀 불러줄래?"

"응. 코울션 워프!"

도네의 시동어에 근처에 붉은색의 거대한 마법진이 생겼다가는 곧 사라졌다. 그리고 사라진 마법진의 중심에는 산드라와 오토가 서 있었다.

갑자기 워프를 당해 놀란 듯 산드라는 오토 뒤에 숨어 있었고, 오토는 그녀를 보호한 채 워 해머를 움켜쥐고 있었다.

렉스와 도네가 나누는 대화를 듣던 로이드는 오랫동안 용병 생활을 한 사람답게 산드라가 이들과 만난 적이 있다는 것을 깨달을 수 있었다.

"호오~ 그러니까 저자가 현상금이 10만 골드나 걸린 그 아이언 마스크인가? 정말 대단한 체격이구먼."

"아이언 마스크?"

"자넨 산드라 디 카르파라는 이름은 알고 있으면서 그녀의 수호신인 아이언 마스크라는 이름은 들어보지 못했던 말인가? 적은 수의 반란군을 이끌면서 그들이 왕국군에 대항해 지금까지 올 수 있었던 것은 바로 저 아이언 마스크 때문이라네. 얼핏 보기에도 정말 대단히 강해 보이는군."

렉스는 로이드의 말을 듣는 둥 마는 둥 하면서 자신에게로 다가온 산드라에게 질문을 했다.

"산드라, 혹시 클리포드 후작을 알아?"

"예? 예, 알고 있사옵니다, 전… 렉스님."

산드라는 곁에 있던 로이드 때문에 황급히 말을 바꿨다.

"어떻게 아는 사이지?"

"저희를 도와주고 계신 분이옵니다."

대답을 한 산드라는 클리포드 후작에 대해 부연 설명을 하기 시작했다.

"제가 오토와 함께 왕국군과 싸운 지 몇 해가 지나 어느 정도 이름이 알려졌을 때의 일입니다. 그분께서 저에게 찾아오셔서 고생이 많다며 상당한 금액의 군자금을 지원해 주셨습니다. 감사의 뜻을 밝히는 저에게 그분께서는 자신이 전대 국왕 폐하를 따르는 귀족들을 은밀히 규합할 테니 조금만 더 고생해 달라고 말씀하셨습니다. 그 후에도 몇 번인가 저희에게 군자금과 식량, 무기와 옷가지 등을 보내주서서 지금까지 저희들에게는 커다란 힘이 되었습니다. 그런데 갑자기 그분은 왜 물으시는 것인지……?"

"클리포드 후작이 정체를 알 수 없는 사람들과 만난다고 하는데, 혹시 그에 대해 아는 것 없어?"

"그런 일은 잘 모르겠습니다."

어리둥절한 표정을 짓는 산드라의 얼굴에 렉스는 순간 미안한 감정이 들었다. 어쩌면 순수한 뜻에서 산드라를 도왔을지도 모르는 클리포드 후작을 의심하는 자신이 너무나 한심하게만 느껴졌다.

"클리포드 후작이 누군가를 은밀하게 만난다는 보고가 있었거든. 혹시 우리가 쫓고 있는 검은 달 교단의 신도나 첩자들은 아닌가 해서 물어본 거야. 시간을 내서 클리포드 후작을 직접 만나봐야겠군."

"렉스님께서 그렇게 해주시면 클리포드 후작께서도 크게 기뻐하실 겁니다."

"그건 그렇고, 산드라는 뭘 하고 있었어?"

"절 기다리고 있을 동료들에게 연락도 했고, 책도 보고, 산책도 하고……."

"도네, 산드라에게 맞는 드레스를 어디서 구할 순 없을까?"

"세이버란 녀석에게 부탁을 해보지 그래? 킴벌린가 하는 여자애도 있고 하니까 여자 드레스 정도는 쉽게 구할 수 있지 않을까?"

"참, 그러면 되겠구나. 산드라, 내가 일단 방으로 안내해 줄 테니까 일단 방에서 쉬고 있어. 금방 드레스를 구해줄게. 그래서 같이 파티를 즐기는 거야."

렉스는 막무가내로 산드라를 끌고 갔고, 그런 렉스의 행동을 바라보던 로이드는 슬쩍 도네의 표정을 살폈다.

살짝 찡그리고 있는 도네의 얼굴은 자신이 보기에도 별로 즐거워 보이지는 않았다. 과거의 경험상 이럴 때 그녀 곁에 있는 것은 장수하는 데 지극한 장애를 초래한다는 것을 알기에 로이드는 슬금슬금 뒷걸음질을 치고 있었다.

"아무래도 안 되겠어. 내가 가봐야지. 오토, 그동안 저 녀석과 사이좋게 검술 놀이라도 하면서 놀고(?) 있어. 금방 갔다 올 테니까."

말을 마친 도네는 황급히 렉스가 사라진 곳으로 향했고, 그녀의 말을 미처 이해하지 못한 로이드가 고개를 갸우뚱거릴 때 등 뒤에서 소름 끼치는 소리가 들려왔다.

철커덕~ 저벅저벅~ 휘이익~

자신에게 날아오는 것이 무엇인지 확인하기도 전 로이드는 황급히 지면을 뒹굴며 몸을 피했다.

쾅!

조금 전 자신이 서 있던 자리는 오토가 내려친 워 해머에 의해 커다란 웅덩이가 생겼다.

"이, 이봐! 지금 뭐 하는 짓이야!"

휘이익—

"으갸갸갸~ 미쳤어? 제발 공격을 멈추란 말이야!"

휙~ 휘이익~

"이, 이럼 나도 못 참아! 좋은 말 할 때 어서… 으아악~!"

오토의 무지막지한 공격에 로이드는 연신 비명을 지르며 피해야 했다. 잠시 후 약간의 틈을 타 시미터를 잡는 데는 성공했지만 그렇다고 오토의 공세를 막아내기에는 역부족이었다.

잠시 후 도네가 와서 오토의 행동을 중지시켰을 땐 로이드는 물 밖으로 팽개쳐 한껏 일광욕을 한 해파리 꼴이 되어 있었다.

로이드는 훗날 이날 일만 생각하면 번번이 온몸이 부르르 떨리며 극한의 분노를 느낀다고 자인했다.

"빌어먹을! 그 렉스란 녀석과 도네란 드래곤을 알게 되었다는 것이 첫 번째 불행이라면, 베노아 공작 각하의 성에서 그 둘을 만났다는 것이 두 번째 불행이고, 그리고 마지막 불행은 그 둘보다 더 무식한 오토란 놈을 만난 것이야. 정말 어쩌다 렉스란 놈을 알게 돼가지고 이런 비참한 꼴을 당해야 하는 건지… 정말 살고 싶지 않아. 으~흑~흑~흑~"

로이드의 뺨에서는 굵은 눈물이 흘러내리고 있었다.

제9장

아리오의 번민

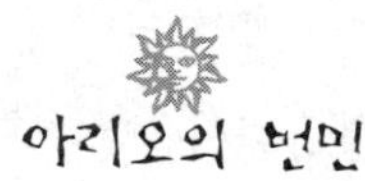

아리오의 번민

"아바마마, 대체 언제까지 그들을 그냥 두고만 보실 생각입니까?"

"끄음~"

하이렌의 말에 아리오의 입에서는 짙은 신음이 흘러나왔다.

군데군데 보이는 흰머리가 곱슬곱슬한 금발과 함께 어울려 세월의 연륜을 느끼게 만들긴 했지만 깡마른 얼굴이 아리오를 강퍅한 성격의 소유자로 보이게 했다.

하이렌의 추궁 아닌 추궁에 잠시 곤란한 표정을 짓고 있던 아리오는 나직한 한숨과 함께 입을 열었다.

"휴우~ 난들 왜 그들을 그냥 두고 싶겠느냐? 하지만 그들의 추종자들이 누구인지 정확히 알지 못하는 상태에서 함부로 움직인다는 것은 너무나도 위험한 일이기에……."

"아바마마, 그렇다고 이대로 그냥 있는다는 것은 더욱더 위험한 일을 방치하는 것밖에는 되지 않습니다. 아바마마도 잘 알고 계시지 않습니까? 힘을 모아서 하루라도 빨리 그들을 제거해야 됩니다. 만약 그들을 그냥 방치해 둔다면 결국 레트로니아 왕국은 고스란히 그들의 손아귀에 넘겨지게 될 것이 틀림없사옵니다.”

하이렌의 말에 아리오는 몸을 부르르 떨었다.

그건 말도 안 되는 소리였다.

자신이 이 자리를 차지하기 위해 형의 가슴에 칼을 틀어박고 어린 조카를 몬스터들이 득실득실한 산으로 내몰기까지 했는데 이제 와서 반항 한번 해보지 못하고 남의 손에 넘겨줄 수는 없는 일이었다. 하지만 그들의 힘이라는 것이 얼마나 거대한 것인지 누구보다 잘 알고 있는 아리오이기에 망설임이 있을 수 없었다.

실상 그가 왕위를 차지한 것에는 누구에게도 밝히지 못할 비밀이 숨겨져 있었다.

왕위에 오르기 전 아리오는 그것 때문에 괴로워하며 술로 세월을 보내고 있을 때 그에게 접근한 사람이 있었다.

그는 아리오에게 레트로니아 왕국의 절대 통치권자인 국왕이 된다면 원하는 것은 무엇이든 마음먹은 대로 할 수 있다고 충고를 하며 만약 그럴 의사만 있다면 자신이 기꺼이 힘이 되어주겠다고 약속을 했었다.

한낱 상상에 지나지 않았던 일이 과연 현실에서 가능할까 의심하던 아리오는 어느 날 자신에게 충성을 맹세하는 수십 명의 귀족들을 대하고는 자신이 혹시 꿈을 꾸고 있는 것은 아닐까 하는 생각이 들었다.

불과 한 달도 안 되는 사이에 100여 명의 귀족들이 충성을 맹세했고, 아리오를 도와 쿠데타에 참가할 것을 맹세했었다.

현 국왕의 실정(失政)을 바로잡기 위해서란 대의명분을 내걸었지만 아리오의 속셈은 다른 것에 있었다.

치밀한 계획을 세웠고, 쿠데타를 일으킨 지 얼마 되지 않아 아리오는 손쉽게 왕위를 차지할 수 있었다.

왕위에 오른 아리오는 우선 대대적인 인사를 단행했고, 세금을 감면했으며, 프리스트들의 권위를 국가 차원에서 보호해 주었다. 또 각 지방을 다스리는 영주들의 자치권을 어느 정도 인정해 주었으며, 상인들에게는 자유로운 통행권과 상업 활동을 보장해 주었다.

왕위에 오른 후 5년이 지날 때까지 그는 참으로 의욕적으로 움직였다.

귀족, 상인, 국민, 그리고 프리스트들까지 하나같이 아리오의 치세와 공덕을 칭송했고, 비록 짧은 기간이었지만 레트로니아 왕국은 비약적인 발전을 이루었다.

그런 와중에도 아리오의 걱정은 다른 곳에 있었다.

자신을 도와 쿠데타에 참가했던 귀족들에게 일부에게는 작위를, 또 일부에게는 제거한 귀족들의 영지를 나누어 주기도 했지만 그들은 하나같이 아리오의 포상을 정중하게 거절했다.

그에 대한 귀족들의 반응은 제각각이었는데 개중에는 아리오를 도왔던 귀족들이 포상을 사양한 것은 국민들을 사랑하는 그의 마음에 감탄했기 때문이라는 한심한 소리를 하는 자까지 등장했다.

하지만 아무런 대가도 바라지 않으면서 쿠데타에 참가했다는 귀족들을 아리오는 결코 순수하게 받아들일 수 없었다.

과연 그런 행동의 내면에는 어떤 의도가 심어져 있는 것일까?

은밀하게 조사를 시작한 아리오는 곧 이상한 징후를 알아낼 수 있었다. 자신의 쿠데타를 지원해 준 귀족들이 자주 회동을 갖는다는 것을 알게 되었고, 그 단체의 이름이 검은 달 교단이라는 것을 알게 된 것은 얼마 후의 일이었다.

아리오가 걱정했던 것은 쿠데타를 지원한 귀족들이 만든 단체가 검은 달 교단이냐, 아니면 검은 달 교단이 귀족들을 움직여 자신을 돕게 한 것이냐 하는 것이었다.

이 두 가지 경우는 비슷한 것 같지만 결과는 판이하게 다를 수밖에 없었다.

전자의 경우는 당시 쿠데타에 참가했던 귀족들만 감시를 한다면 어느 정도의 견제가 가능하지만 후자의 경우에는 아직 밝혀지지 않은 검은 달 교단에 소속된 자들이 있을지 모른다는 것을 암시하기 때문이었다.

시일을 두고 조사를 한 아리오는 정보가 입수되면 될수록 점점 자신의 걱정이 들어맞는 것 같아 암울한 생각이 들었다. 이는 단순히 자신이 위험에 처하는 것만이 아니었다.

자신의 아들인 하이렌까지 위험에 빠뜨리는 일이기에 더욱 신중에 신중을 거듭할 수밖에 없었다.

지금 당장이라도 그들이 원하는 것을 들어준다면 일순간이지만 자신과 아들의 안전은 보장받을 수 있을 것이다. 하지만 그들의 요구를 수락하기에는 레트로니아 왕국의 국왕으로서, 사나이로서의 자존심이 허락지 않았다.

그렇지만 아들의 목숨까지 위협받게 된 지금 과연 언제까지 자신이

버틸 수 있을지 스스로도 자신이 없었다.

"아바마마, 설마 아바마마께서는 그들의 요구를 들어줄 생각이시옵니까?"

"……."

"그건 절대 안 되옵니다. 만약 그들의 요구대로 왕국의 국교(國敎)를 자르츠에서 아모데우스로 바꾸게 된다면 각 종단에서의 반대는 말할 것도 없고, 초대 국왕이신 뮤레이님께서 세우신 건국이념을 저희 스스로 저버리는 행동입니다. 만약 그렇게 된다면 누구보다도 국민들에게 배척받을 것이옵니다. 어떤 경우에서도 그 일만은 막아야 합니다."

"하지만 지금 그들은 어둠 속에 있는 반면 우리는 모든 것이 드러나 있는 상황이니 그것도 쉬운 일은 아니구나. 더 더욱 지금 우리에겐 그들을 막을 만한 방법이나 힘이 없으니 네 말처럼 하기엔 문제가 많다는 것을 이미 너도 잘 알고 있을 것 아니냐?"

"생각만 있으시다면 방법은 곧 생길 것이옵니다. 일단은 아바마마의 결단이 무엇보다 필요한 시기이옵니다. 아바마마께서 결심만 하신다면 나머지는 제가 알아서 하겠습니다."

하이렌의 말에 아리오는 갑자기 커버린 아들의 모습에 대견함을 느꼈다.

"알아서 하겠다니…… 어떻게 하겠다는 것인지 그것을 묻고 싶구나."

"저에게는 그들이 모르는 협력자가 있습니다."

"협력자?"

"예, 실은 이번 성기사 대회에서 그들에게 커다란 도움을 받았습니다."

운을 뗀 하이렌은 자신이 레이노스 시에서 겪었던 일들을 상세하게 이야기했다. 그래야만 아리오가 검은 달 교단에 대항하려는 결심을 굳힐 수 있을 것 같았기 때문이다.

처음 별 생각 없이 하이렌의 이야기를 듣던 아리오는 하이렌이 그들의 공격을 받아 목숨이 경각에 달했었다는 이야기를 듣고는 자리에서 벌떡 일어서고 말았다.

"그, 그렇다면 동상이 무너진 사고 때문에 다친 것이 아니란 말이냐?"

"그렇습니다. 그리고 전 그때 저를 공격했던 검은 달 교단의 어쎄신들이 한 말을 분명히 기억하고 있습니다. 아모데우스를 거부하고, 검은 달 교단을 음해하려 했기 때문이라고 했습니다. 그리고 저를 단죄하는 것이 검은 달 교단의 카오스란 자의 뜻이라고 했습니다."

하이렌의 말에 아리오는 치를 떨었다.

지금 자신의 곁에 남은 사람은 오직 하이렌뿐이다.

아내였던 실비아는 너무나 심약해 자신이 한 말이 원인이 되어 스스로 자살을 해버렸고, 그로 인해 베노아 공작과는 결코 가까워질 수 없는 사이가 돼버렸다. 게다가 귀족들은 누가 검은 달 교단의 신도들인지 알 수 없기에 그들을 결코 가까이할 수 없었다.

그런데 유일한 혈육인 하이렌이 그들의 공격을 받아 목숨을 잃을 뻔했다니 아리오로서는 치가 떨릴 일이었다.

"다행한 일인지는 모르겠지만 전 암살을 미리 눈치 챈 사람들의 구함을 받아 무사할 수 있었습니다."

"암살을 눈치 챈 사람들이 있었다고?"

"그렇습니다, 아바마마."

"다시 말해 네 말은 검은 달 교단의 존재를 알고 있는 사람들이 있다는 것이 아니냐?"

"제가 판단하기에 그들은 틀림없이 검은 달 교단에 대해 알고 있었습니다. 어떻게 알고 있는 것인지는 알 수 없었지만 제가 그동안 은밀하게 조사한 것보다 훨씬 많은 것을 알고 있는 눈치였습니다."

"대체 네가 말한 그들이 누군데 검은 달 교단에 대해 알고 있다는 것이냐? 그것도 은밀하게 몇 년 동안이나 그들에 대해 조사를 해왔던 너와 나보다 말이냐?"

"그 점에 대해서는 알 수 없지만 스스로 저보다도 몇 배나 더 레트로니아 왕국을 사랑하는 사람이라고 하더군요. 게다가 저에게 묘한 반감을 가진 사람이라서 뭐라고 말해야 좋을지 모르겠습니다. 그러나 검은 달 교단과 적대 관계에 있는 것만큼은 틀림없는 것 같았습니다."

"그럼 그자의 정체가 누군지 모른다는 말 아니냐?"

"제가 보기엔 용병으로 보였는데 흔히 볼 수 있는 그런 용병은 아닌 것 같았습니다. 그자 곁에는 대단한 신성력을 가진 프리스트도 있었고, 궁정 마법사급에 해당되는 마법 실력을 가진 마법사도 그와 함께 있었습니다. 그의 동료들이 얼마나 많은지는 모르겠지만 일단 아바마마와 저에게는 큰 힘이 될 것이 분명합니다."

"그와 동료들의 능력이 제아무리 뛰어나다고 하더라도 검은 달 교단 신도들의 수가 얼마나 많은데 무슨 큰 도움이 되겠느냐?"

"글쎄요? 그를 직접 본 저로서는 왠지 그를 믿고 싶다는 생각이 들더군요. 게다가 검은 달 교단을 상대할 특별한 방법이 있는 것인지 상당히 자신만만해했습니다. 솔직히 전 그에게 큰 기대를 걸고 있습니다. 약간의 도움을 준다면 검은 달 교단에게 큰 피해를 줄 수도 있을 것 같습니다."

하이렌의 말에 아리오는 아들이 말한 그 용병에 대해 호기심이 생기는 것을 느꼈다.

잠시 동안은 혹시 검은 달 교단에서 무슨 수작을 부리는 것은 아닐까 하는 생각을 했었다. 하지만 막강한 힘을 소유한 그들이 굳이 이런 행동을 할 필요가 없다는 생각이 들자 렉스에 대한 의심을 곧 풀었다.

"나도 네가 말한 그 용병에 대해 호기심이 생기는구나. 그를 도울 수 있는 방법이 있는지 알아봐야겠다."

"저도 그 방법을 찾고는 있지만 그가 필요로 하는 것이 무엇인지 모르니 일단은 다시 한 번 그를 만나볼 생각입니다."

하이렌의 말에 잠시 동안 고심을 하던 아리오는 곧 책상에서 한 장의 편지지를 꺼내더니 뭔가를 쓰고는 곱게 접어 초로 겉을 봉했다. 그리고는 굳기 전의 초를 무엇인가로 눌렀는데 그 모습이 무엇인지 정확하게는 알 수 없었다.

다시 한 번 고심하는 모습을 보이던 아리오는 그 편지를 하이렌에게 내밀었다.

"이 편지를 네가 말한 그 용병에게 주도록 하거라."

"무엇입니까?"

"이 편지가 그들에게 힘이 될 수 있었으면 좋겠구나."

"내용을 알 수는 없지만 틀림없이 큰 도움이 될 것입니다."

아리오의 말에 하이렌은 고개를 끄덕이며 편지를 품 안에 소중히 집어넣었다.

"그들과의 연락은 어떻게?"

“그들이 저에게 준 마법구가 있습니다. 그것을 이용해 그들에게 연락하면 언제든 그들과 만날 수 있습니다.”

“그렇다면 빠른 시간 안에 그들과 만나보도록 하거라. 그리고 가능하다면 나와 만날 수 있는 기회를 마련해 보도록 해라.”

“알겠습니다.”

하이렌은 신중하게 대답을 하고는 자리에서 일어났다.

“저에게 모든 것을 맡기고 아바마마께서는 편한 마음으로 기다리십시오. 좋은 소식을 곧 전해 드리겠습니다. 편히 쉬십시오, 아바마마.”

하이렌의 말에 아리오는 흐뭇한 미소를 지으며 고개를 끄덕였다. 아리오는 그런 하이렌이 한없이 대견스러웠다.

하이렌이 나간 후 아리오는 조금 전 아들이 한 말을 곰곰이 생각하고 있었다. 아들이 거론한 용병이 그야말로 엄청난 힘과 능력을 가지고 있어 이 난국을 타개할 수 있었으면 하고 바라는 마음이 어느 때보다 간절했다.

그때였다.

“폐하, 아르본 공작께서 도착해 계십니다.”

“아르본 공작이? 안으로 모셔라.”

소리도 없이 집무실의 문이 열리고 검은 머리를 단정하게 깎은 40대 후반의 사내 하나가 안으로 들어섰다.

날렵해 보이는 체격에 검은 비단으로 만든 옷을 입은 사내는 옷을 제외하면 어디에서나 흔히 볼 수 있는 용모를 하고 있었다.

유일하게 보통 사람들과 다른 점은 조금은 길게 찢어진 눈이었다. 하지만 일부러 그렇게 뜬 것인지, 아니면 선천적인 것인지 눈동자의 움직임을 전혀 느낄 수 없어 마치 파충류의 눈을 보는 것 같은 찜찜한 느낌을 주었다.

사내는 아리오와 5파렌쯤 떨어진 곳에 멈추더니 정중하게 허리를 숙였다.

"폐하, 그동안 안녕하셨습니까? 폐하의 충실한 종 레이너 아르본이 인사를 드립니다."

"어서 오시오, 아르본 공작. 연락도 없이 어쩐 일이오?"

"폐하께 긴히 드릴 말씀이 있어서이옵니다."

"긴히 할 말?"

레이너의 말에 아리오는 영문을 모르겠다는 표정을 지으면서도 속으로는 바짝 긴장하고 있었다.

언제부턴지 모르겠지만 오랜 친구였던 레이너의 눈만 대하면 소름이 돋는 것이 그와 함께 있는 것이 정말 싫어졌다. 마치 의안을 끼고 있는 것처럼 움직임을 전혀 느낄 수 없는 번들번들한 그의 눈에 번번이 위축되는 자신을 느끼게 되기 때문이었다.

"먼저 기쁜 소식은 베노아 공작께서 폐하를 돕기로 결정하셨다고 합니다."

"장인 어른께서? 그게 정말이오?"

레이너의 말에 자신도 모르게 기뻐하던 아리오는 전혀 기쁜 얼굴이 아닌 레이너의 얼굴을 보고는 찬물을 뒤집어쓴 듯 온몸이 싸늘하게 식는 것을 느꼈다.

"조금 전 도착한 토넬리오 후작이 분명히 그렇게 보고했습니다. 정말 다행한 일이 아닐 수 없습니다, 폐하."

"그, 그렇구려."

"그리고 또 한 가지 전해 드릴 소식은 검은 달 교단에 관한 것이옵니다.”

“크으음~ 말해 보시오.”

“그들은 앞으로 한 달 후까지 폐하께서 무슨 결정이든 내려주시기를 바란다고 했습니다.”

무덤덤한 레이너의 말에 아리오의 얼굴에는 분노에 가까운 불쾌함이 솟아났다. 하지만 그런 아리오에 반해 레이너는 여전히 무표정한 얼굴로 아리오를 바라보고 있었다.

“내 아들에게 그런 짓을 해놓고 이젠 나에게 협박까지 한단 말인가?”

분노한 아리오의 음성을 들었음에도 불구하고 레이너는 여전히 무표정한 얼굴을 하고 있었다.

“황태자 전하께 무슨 일이 있었습니까?”

“그럼 아르본 공작은 로열 기사단의 단원들에게 아무런 보고도 받지 못했단 말이오?”

“보고라니, 무슨 말씀을 하시는지 저로서는 전혀…….”

“솔직히 말해 보시오. 정말 모르고 있는 것이오, 아니면 알면서도 모른 척하고 있는 것이오?”

아리오의 말에도 레이너는 아무런 표정 변화가 없었다.

“저 레이너 아르본은 폐하의 충직한 종입니다. 감히 제가 어찌 폐하를 기만할 수 있겠습니까? 그것은 폐하의 오해이시옵니다.”

“크으음~”

다시 한 번 아리오의 입에서는 폐부 깊은 곳에서 토해진 한숨이 흘러나왔다. 그로서는 지금 레이너가 진실을 말하고 있는 것인지 그것조차 판단할 수 없었다.

자신을 바라보는 번들거리는 파충류의 눈.

"알았으니까 공작은 그만 물러가시오."

"그럼 그들에겐 뭐라고 말을 해야 하는지요?"

"일단… 일단은 시간을 좀 더 달라고 하시오. 내 그동안 어떤 결정이든 내릴 테니까 말이오."

"알겠사옵니다, 폐하. 그들에게 그렇게 알리겠습니다. 그럼 전 이만 물러갈 테니 편히 쉬시길……."

허리를 숙이는 아르본의 태도는 더할 수 없이 정중했다. 하지만 아리오는 그런 그를 바라보지도 않았다.

집무실을 빠져나온 아르본은 왕궁의 긴 복도를 걸으며 묘한 미소를 짓고 있었다.

"흐흐흐, 피를 나눈 형제의 가슴에 검을 들이박는 자도 있는데 친구를 배신하는 것쯤은 아무것도 아니라는 것을 멍청한 국왕은 왜 모르는 것인지 모르겠군. 나로서는 양쪽의 요구를 적당히 충족시키면 되는 것. 레트로니아란 성을 가진 자만이 한 나라의 왕이 되는 것은 아님을 내가 똑똑히 가르쳐 주지. 흐흐흐."

음습한 한 사내의 웃음소리가 어두운 왕실의 복도를 울리고 있었다.

한편 레이너가 나간 후 한참을 고심하던 아리오는 천천히 일어나 자신의 침실로 향했다. 가만히 침대에 앉아 있던 아리오는 갑자기 벌떡 일어서 벽으로 다가갔다.

벽 전체를 장식하고 있던 그림 가운데 가슴을 검에 찔려 비명을 지르고 있는 자의 머리를 손으로 누르자 소리도 없이 벽이 물러나더니 작은 통로 하나를 만들었다.

이미 여러 번 와본 듯 아리오는 거침없이 안으로 들어섰고, 아리오
가 사라진 지 얼마 되지 않아 아무 일도 없다는 듯 벽은 원래 상태로
돌아왔다.

간간이 켜 있는 마법등의 불빛을 따라 계단을 내려간 아리오는 곧
작은 공간에 도착했다. 사방 10여 파렌 정도 되는 그곳에는 작은 의
자 하나와 길이가 250파레스쯤 되는 직사각형의 대리석이 놓여 있었
다.

의지에 털썩 주저앉은 아리오는 마치 인간을 대하듯 대리석을 향해
이야기를 하기 시작했다.

"정말 괴롭구려. 국왕의 자리가 이런 것인 줄 알았다면 결코 이 자
리를 탐내지 않았을 것이오. 아, 아니오. 설사 이런 자리라는 것을 알
았다 하더라도 당신만 만날 수 있었다면 서슴지 않고 선택했을 것이오.
당신은 이런 내 마음을 충분히 짐작하리라 믿소. 오늘따라 유난히도
당신이 보고 싶구려."

치밀어 오르는 격정을 참을 수 없다는 듯 아리오는 대리석의 어느
부분을 눌렀고, 그 순간 대리석의 위가 서서히 밀려나기 시작했다.

나타난 것은 거대한 수정으로 만든 투명하기 이를 데 없는 하나의
관이었다. 그리고 그 안에는 금발을 가진 여인 하나가 가슴에 손을 얹
은 채 누워 있었다.

수정관 안에는 정체를 알 수 없는 투명한 액체가 가득 차 있었고, 여
인은 그 액체 속에 떠 있는 상태였다. 사방으로 뻗어 있는 금발에 휩싸
여 있는 여인의 모습은 인간의 모습이 아닌 듯 환상적인 아름다움을
가지고 있었다.

금방 잠이 든 듯 가볍게 내려감은 눈이며, 긴 속눈썹, 오똑한 콧날,

작은 입술, 붉은 뺨을 보다 보면 금방이라도 눈을 뜨고 잠에서 깨어날 듯 보였다.

잠이 든 것인지, 아니면 목숨을 잃은 것인지 알 수는 없었지만 한 가지 분명한 것은 그녀를 바라보는 아리오의 눈에 깊은 애정이 담겨 있다는 것이었다.

손을 들어 수정관을 쓰다듬던 아리오의 얼굴에는 안타까움이 묻어 있었다.

"내가 당신을 1년만 더 일찍 만났다면 아마도 죽음의 신인 디얀크조차 갈라놓을 수 없는 그런 연인 사이가 되었을 것이오. 그리고 그런 슬픈 과거는 생기지 않았을 것이오. 내가 한 모든 행동이 당신과 만나기 위해서였다는 것을 부정하지 않겠소. 그리고 이렇게 된 것을 결코 후회하지 않소. 이렇게라도 당신과 함께할 수 있다는 것이 나를 행복하게 만든다오."

아련한 그리움과 안타까운 심정으로 수정관 속의 여인을 바라보던 아리오는 다시 수정관의 하단을 눌러 대리석 뚜껑을 닫았다.

"당신과 영원히 함께 있기 위해서라도 그들을 이대로 둘 수 없구려. 만약 이 일이 잘못된다면…… 내가 죽는 것은 조금도 두렵지 않지만 당신을 다시는 보지 못하게 될까 봐 그것이 두려울 뿐이오. 부디 나에게 힘을 주길 바라오. 다음에 다시 만날 때까지 잘 있도록 하시오. 그리고…… 사랑하오."

아리오의 말이 끝났을 때 관의 뚜껑은 완전히 닫혔지만 그는 하염없이 수정관을 바라보고 있었다.

*　　　*　　　*

킴벌리의 생일 파티의 마지막 날.

몇몇 귀족들만 돌아갔을 뿐 대부분의 귀족들은 끝까지 파티에 참석하고 있었다. 물론 그들도 개인적인 일이 없는 것은 아니었지만 괜한 행동 때문에 베노아 공작의 분노를 살까 걱정이 되었기 때문에 감히 돌아갈 생각을 하지 못했다.

남몰래 공작가에 온 렉스의 일행들도 이날만큼은 편안한 마음으로 휴식을 취하고 있었다. 킴벌리도 이미 렉스 일행들과 인사를 나눈 사이였기에 그들을 대함에 있어 아무런 스스럼도 없었다.

여인보다 더 아름답게 생긴 안드레이나 난생처음 보는 하이 엘프, 웬만한 사내보다 더 건장해 보이는 남작가의 레이디, 부드러운 음성으로 류트를 연주하는 음유 시인 청년 등등 하나같이 개성을 가진 인물들뿐이었다.

유일하게 기분이 좋지 않은 인물이라면 단연 알프레드와 제로스를 들 수 있었다. 둘의 기분이 좋지 못한 것은 전부, 몽땅, 모조리 렉스 때문이었다. 하지만 그런 자신들의 심정을 밝히지 못하는 것은 도네라는 존재 때문에 벙어리 냉가슴 앓듯 혼자서만 끙끙거릴 뿐이었다.

그리고 또 한 사람 듀오네가 라그나의 모습을 찾아 주위를 두리번거리고 있었다.

그가 이렇게 모습을 드러낼 수 있는 것도 베네스트 후작이 개인적인 볼일이 있다는 말과 함께 어제저녁 자신의 집으로 돌아갔기 때문이었다.

"혹시 공작 각하께서 몸이 불편하신 것은 아닌지요?"

"예? 할아버지요? 아니에요. 잠시만 기다리면 곧 만나실 수 있을 거예요. 무슨 하실 말씀이라도……?"

"아니에요. 오늘따라 공작 각하께서 모습을 보이지 않으시기에 혹시 몸이라도 편찮으신 것은 아닌가 해서 드린 말씀이에요."

"그렇게 걱정해 주시다니 정말 감사해요."

푸근한 인상의 가진 로자린의 말에 킴벌리는 가슴이 따스해지는 것을 느꼈다.

도네처럼 세상에서 찾아보기 힘들 정도의 미인은 아니었지만 그저 바라보는 것만으로도 푸근함과 따스함을 느끼게 만드는 여인이었다. 무슨 잘못을 했다고 하더라도 품 안에 안아줄 것 같은 너그러움과 자애로움을 가지고 있을 것 같은 여인이었다. 게다가 자신을 바라보는 그녀의 눈에는 어머니만이 가질 수 있는 부드러움이 있어 더욱 보기 좋았다.

"로자린님은 참 좋으시겠어요."

"예? 그게… 무슨 말씀인지……?"

"부군 되시는 휘나가르트님처럼 멋있게 생기신 분을 남편으로 삼으신 여자 분이 세상에 몇 분이나 되시겠어요?"

킴벌리의 말에 자신도 모르게 안드레이를 잠시 바라본 로자린은 곧 고개를 떨구었다.

"레이디의 말씀처럼 저 같은 것은 감히 저런 분을 남편으로 모실 자격조차 없는 여자예요. 모든 것을 버리고 절 선택하셨지만 단 한 순간도 행복을 느끼지 못하셨을 테니까요. 모든 것이 다 저의……."

로자린이 갑자기 자책 어린 말을 쏟아내자 킴벌리는 너무나 당황한 나머지 어쩔 줄 몰라 했다. 자신은 단순히 안드레이와 함께 사는 로자린이 부러워서 한 말인데 설마 로자린이 이런 반응을 보일 줄은 상상도 못했다.

　지금 같은 상황은 여린 성격의 킴벌리로서는 감당할 수 없는 상황이었다. 급기야 킴벌리의 눈에도 맑은 이슬이 금세 매달렸다.

　"죄송해요, 로자린님. 제가 로자린님을 가슴 아프게 해드렸나 봐요. 용서하세요, 제가 잘못했어요."

　울먹이는 킴벌리의 음성에 놀란 로자린이 고개를 들었을 때 킴벌리의 눈에서는 벌써 눈물이 흘러내리고 있었다. 이번엔 로자린이 당황해 얼른 수건을 꺼내 그녀의 뺨에 흘러내린 눈물을 닦아주었다.

　"미안해요, 레이디 킴벌리. 제가 괜히 쓸데없는 소리를 해서 레이디를 슬프게 했군요. 미안해요. 아무런 의미도 없는 소리니까 신경 쓰지 마세요."

　"로자린님, 제가 말을 실수한 것이라면 용서하세요. 전 그런 뜻으로 드린 말씀이 아니었어요. 정말 로자린님이 부러워서 한 말이었어요."

　"알아요, 알았으니까 더 이상 사과하지 않아도 돼요."

　로자린은 계속해서 사과를 하는 킴벌리를 살짝 안아주었다.

　잠시 후 그녀가 진정된 것을 확인하고서야 로자린은 마음을 놓을 수 있었다.

　"다른 날도 아니고 생일 파티를 하는 날 눈물을 보이게 만들다니, 제가 정말 큰 실수를 한 모양이군요. 생일 선물도 준비를 하지 못했는데 이런 실수까지 하다니……. 앞으로 제가 필요한 일이 있으면 무엇이든 이야기해 주세요. 반드시 도와드릴게요."

　"정말 제가 부탁드리는 것은, 그게 무엇이든 들어주실 건가요?"

　"제 힘이 필요한 일이 있나요? 그럼 말씀하세요. 불법적인 일이 아니라면 그것이 무엇이든……."

“그럼 저의 대모(代母)님이 되어주세요.”

“대모? 지금… 저에게… 레이디의 대모가 되어달라고 하셨나요?”

“예, 로자린님. 아니, 대모님.”

킴벌리의 난데없는 호칭에 로자린은 순간 현기증을 느끼며 휘청거렸다. 로자린과 조금 떨어진 곳에서 샤리프와 이야기를 나누고 있던 안드레이는 그 모습을 보고는 순식간에 다가와 그녀를 부축했다.

그 모습에 근처에 있던 사람들은 안드레이의 놀라운 몸놀림에 입을 쩍 벌렸다. 그들이 보기엔 마치 마법사가 마법을 쓴 것처럼 보였다.

“괜찮소?”

“예? 예, 괜찮아요.”

“여기 잠시 앉도록 하시오.”

자리에 앉은 후에도 로자린이 좀처럼 정신을 차리지 못하고 있자 안드레이는 근심스러운 얼굴로 그녀를 쳐다봤다.

“무슨 일이라도 생긴 것이오? 혹시 몸이 좋지 않은 것은 아니오?”

“아니에요, 레이님. 전 괜찮아요. 전 괜찮아요.”

로자린은 그저 괜찮다는 말만을 되풀이했지만 안드레이가 보기에 그녀의 상태가 평상시와는 너무 달랐다. 걱정스러운 눈으로 바라보고 있는 킴벌리를 보는 순간 혹시 그녀와 관련된 일은 아닌가 하는 생각이 들었다.

“레이디, 혹시 로자린과의 대화를 나누면서 그녀에게 충격이 될 만한 말은 없었소?”

안드레이가 정색을 하자 그렇지 않아도 서늘하게만 느껴졌던 그의 분위기가 더욱 싸늘하게 변했다. 킴벌리는 그 모습에 충격을 받았는지 떨리는 음성으로 대답했다.

"다름이 아니라… 로자린님께… 저의 대모님이… 되어달라고… 부탁을……."

끝의 음성은 울먹거림 때문에 거의 알아들을 수 없을 지경이었지만 안드레이는 그녀가 무슨 말을 하려고 한 것인지 충분히 짐작할 수 있었다.

다시 고개를 돌려 로자린을 바라보는 안드레이의 눈에는 연민이 가득했다.

아마도 그녀는 킴벌리의 말에 검은 달 교단에 빼앗긴 자식 생각이 났을 것이 틀림없을 것이다. 비록 자신과 있을 때 빼앗긴 자식에 대해 말을 꺼낸 적은 단 한 번도 없었지만 어찌 그녀의 속마음을 자신이 모르겠는가?

새벽에 혼자 눈물짓는 그녀의 모습을 본 것만도 벌써 여러 번이었다.

자신은 살아 있는 로자린을 만난 것을 더욱 기뻐했지만, 로자린은 잃어버린 자식이 생각나 더 더욱 슬퍼하는 것 같았다. 이것이 남자와 여자가 생리적으로 다르기 때문에 일어나는 일인지는 모르지만 혼자서 슬퍼하는 그녀를 볼 때마다 가슴이 찢어지는 것 같은 통증이 느껴지는 것만큼은 사실이었다.

"로자린, 레이디가 당신의 대답을 기다리고 있지 않소. 어서 대답을 해주구려."

안드레이의 부드러운 음성에 정신을 차린 로자린이 고개를 들었을 때 그녀의 뺨은 온통 눈물투성이였다.

"아무런 자격도 없는 저에게 그렇게 말씀을 해주니 너무나 고마워요. 하지만 이것은 저 혼자 결정지을 수 있는 일은 아닌 것 같군요. 레이디의 할아버지이신 공작 각하와 부모님께서 허락을 하셔야 가능한 일이에요. 제가 방금 한 말이 무슨 뜻인지 알겠나요?"

"예, 알겠어요. 그럼 로자린님께서는 제가 세 분의 허락만 받아내면 저의 대모님이 되어주시겠어요?"

"저한테 자격이 있을지 모르지만 좋은 대모가 될 수 있도록 열심히 노력할게요."

"고마워요, 로자린님. 그럼 전 할아버지께 허락을 받으러 갔다 올게요. 잠시만 기다리세요."

말을 마친 킴벌리는 세이버가 있는 곳으로 황급히 달려갔고, 안드레이는 겨우 기운을 차린 로자린에게 우선 음료를 먼저 권했다. 잔을 내려놓는 로자린의 모습을 여전히 걱정스런 눈으로 바라보며 안드레이가 물었다.

"이제 정신이 좀 드오?"

"예, 제가 또 레이님께 걱정을 끼쳐 드렸군요. 아무래도 전 레이님의 아내가 될 자격이 없나 봐요."

"지금 무슨 소리를 하는 것이오? 그런 소린 앞으로 절대 하지 마시오. 그땐 내가 당신을 혼내주겠소. 알겠소?"

안드레이의 조금은 굳은 음성에 로자린은 그저 고개만 끄덕일 뿐이었다.

그러는 사이 세이버에게 달려갔던 킴벌리가 세이버와 함께 나타났는데 그들 사이에는 어디선가 본 적이 있는 것 같은 여성이 함께 있었다.

그 여성을 발견한 귀족들은 그녀의 모습을 본 순간 비명에 가까운 놀람을 표시했는데 대부분 나이가 어느 정도 든 귀족들이었다. 마치

귀신을 본 것처럼 놀라는 귀족들과 영문을 몰라 주위 사람들에게 그 이유를 묻는 귀족들 때문에 홀 안은 일순간에 소란스러워졌다.

세이버는 그런 귀족들의 반응에는 아랑곳하지 않은 채 여인을 미리 마련한 자리까지 에스코트했다. 여인이 자리에 앉도록 뒤에서 도와준 세이버의 얼굴에는 예전의 그에게서는 찾아볼 수 없었던 부드러운 미소가 걸려 있었다.

연한 보라색의 드레스를 입고 앉아 있는 여인은 가볍게 고개를 숙이고 있었는데 그 모습이 마치 수줍음을 한껏 머금은 한 송이 물망초 같았다. 연한 갈색의 머리칼을 어깨에 드리운 여인은 낯을 가리는지 좀처럼 고개를 들지 못하고 있었다.

여인의 모습을 발견하고 깜짝 놀란 사람들은 자신들도 모르게 단상 쪽으로 모여들었다. 그리고는 다시 한 번 여인의 얼굴을 바라보고는 역시나 놀란 얼굴을 감추지 못했다.

유심히 여인의 얼굴을 살피던 노부부의 입에서는 거의 동시에 불신에 가득 찬 말이 흘러나왔다.

"시, 실비아 아가씨?"

"어, 어떻게 이런 일이……?"

두 사람의 말에 주위에 있던 사람들의 입에서는 신음처럼 한 사람의 이름이 흘러나왔다.

"실비아 디아 레트로니아님?"

"이럴 수가?"

"실비아님은 벌써 오래전에 세상을 떠나셨는데……?"

"어떻게 실비아님이……?"

사람들의 입에서 나온 이야기는 한결같이 과거에 존재했던 사람이 어떻게 지금 자신의 눈앞에 존재하느냐에 대해 도저히 믿을 수 없다는 것이었다.

지금 그들의 눈에 보이는 사람은 틀림없는 세이버 공작의 딸 실비아였다. 모인 사람들은 일순간에 30년 전 과거로 돌아간 듯한 착각이 들었다.

머리색이 조금 다르기는 했지만 그 이외의 것은 완벽하다고 할 정도로 똑같았다. 흡사한 것도 아닌 자신이 착각을 일으킨 것은 아닐까 생각이 들 정도로 완벽하게 닮았다.

암사슴처럼 커다란 눈망울에 긴 속눈썹, 갸름한 얼굴에 조금은 창백해 보이는 안색, 전체적으로 약해 보이는 체격까지 너무나도 실비아와 닮은 여인이었다.

만약 자신들 눈으로 실비아의 장례식을 직접 보지 못했다면 틀림없이 그녀가 다시 살아왔다고 믿었을 것이다. 하지만 실비아가 이 세상 사람이 아니라는 것을 알고 있는 이상 눈앞에 있는 저 여인은 실비아와 닮은 여인일 뿐 실비아가 아닌 것은 분명했다.

"사정이 있어 이 레이디의 이름을 밝히지 못하는 것에 대해 여러분들께 양해를 구하겠소이다. 하지만 얼마 후엔 이 레이디가 누군지 여러분 모두 알 수 있을 것이외다. 여러분 앞에 분명히 말하거니와 절대 이 레이디를 내 딸과 혼돈해 이런 자리를 마련한 것은 아님을 분명히 밝히겠소이다."

세이버의 말에 렉스 일행은 그제야 라그나가 부모, 형제들조차 착각을 일으킬 정도로 실비아와 닮았다는 사실을 깨달을 수 있었다. 또한 렉스는 그녀의 아버지인 베네스트 후작이 왜 자신의 딸을 출세의 도구로 삼았는지 그 이유를 충분히 짐작할 수 있을 것 같았다.

  결국 킴벌리의 생일 파티에 참석했던 귀족과 그들의 부인은 풍성한 수확(?)을 거두고 자신들의 집으로 돌아갈 수 있었다.

  아이루스 왕국에서 온 신비한 도네와 매력적인 렉스, 그리고 귀엽기 이를 데 없는 제로스, 그리고 오래전에 세상을 떠난 실비아와 너무나 닮은 젊은 여인에 관한 이야기는 그들에게 두고두고 이야깃거리를 남겼다.

  그날 저녁.

  세이버와 마주 앉은 렉스 일행들은 앞으로 자신들이 해야 할 일에 대해 회의를 하고 있었다.

  "앞으로 어떻게 하실 겁니까?"

  자신에게 앞으로의 일을 묻는 세이버의 말이 예전과는 다르다는 것을 느낀 렉스는 그의 얼굴을 쳐다보며 그 말의 진의를 물었다.

  "예? 그럼 절 인정하시겠다는 겁니까?"

  "…그렇습니다."

  세이버의 대답에 그 자리에 모였던 사람들의 얼굴에는 조금은 의외라는 표정이 걸려 있었다. 그도 그럴 것이 세이버가 렉스를 전하라고 부른다는 것은 다시 말해 그를 정통 왕위 계승자로 인정을 한다는 것이었기 때문이다.

  "조금은 뜻밖이군요. 전 하이렌 때문이라도 절 인정하지 않으실 것이라고 생각했거든요."

  "제가 손자인 하이렌 전하를 사랑하고 아끼는 것은 틀림없는 사실이지만 그렇다고 진실을 부정하지는 않습니다."

  "어찌 되었든 저를 인정하신다니…… 감사합니다, 공작 전하. 그리고 앞으로 할 일을 물으셨습니까? 우선은 티보스 백작부터 사로잡아야 할 것 같습니다."

"흐음~"

렉스의 말에 세이버는 조금은 긴장한 듯 깊게 숨을 내쉬었다. 그리고는 곧 자신의 의견을 제시했다.

"하지만 군대를 동원했다가는 저희들이 자신을 공격하려 한다는 사실을 곧 알게 될 텐데 그 점은 어떻게 처리해야 할지 모르겠군요."

"군대를 동원하는 것은 안 됩니다. 물론 공작 각하께서 우려하시는 사태가 일어날 수도 있지만 더 큰 이유는 이 일이 레트로니아 왕국 전역에 소문이 날 텐데, 그렇게 된다면 그들은 더욱더 어둠 속으로 숨을 것입니다."

안드레이의 말에 사람들은 고개를 끄덕였다.

티보스 백작에게서 얻을 수 있는 정보가 얼마나 될지는 모르지만 겨우 그에게서 정보를 얻으려고 검은 달 교단이 몸을 숨길 수 있는 기회를 줄 수는 없는 일이었다.

"문제는 얼마나 빠르게 그의 성에 잠입을 할 수 있느냐 하는 것인데…… 으음~ 이럴 때 실력이 뛰어난 기사들이 많다면 어떻게 해볼 수도 있을 것 같은데……."

안드레이가 아쉽다는 듯 말을 꺼내자 잠자코 앉아 있던 로니가 곁에 있던 듀레스코에게 뭔가 귓속말을 했다. 잔뜩 인상을 쓰던 듀레스코는 마지못해 고개를 끄덕였고, 로니가 자리에서 일어나 안드레이를 바라봤다.

"그 일을 저희에게 맡겨주시면 안 되겠습니까?"

"예? 무슨 말씀이신지?"

"그 일은 여기 계신 페르케인 단장과 실버 소드 성기사단이 나서면 해결을 할 수도 있지 않을까 하는데……."

"실례지만 실버 소드 기사단의 수는 얼마나 되는지……."

"우리 실버 소드 기사단의 단원들은 모두 3,000여 명이오. 하나같이 일당백의 용사들로 어떤 이교도와 싸워도……."

"3,000명? 그들을 리스몬테 시로 소집시키려면 얼마나 시간이 걸리겠습니까?"

"비상 연락을 취한다면 7일이면 충분할 것이오."

머리 속에서 복잡한 계산을 하던 안드레이가 곧 고개를 끄덕이고는 샤리프에게 자신의 생각을 설명해 주었다.

"7일이면 인원을 뽑아 시 외각을 차단하고, 티보스 백작의 성에 잠입할 시간은 충분한 셈이군요."

"시미니언님, 3,000이라는 숫자로 충분할까요?"

"충분한 병력은 아니지만 일단 적의 퇴로는 봉쇄할 수 있을 것 같습니다, 안드레이님."

"그런 연후에 티보스 백작의 성에 잠입해 그를 생포하면 될 것 같습니다."

누구보다 병력 운용에 탁월한 능력을 가지고 있는 두 사람이기에 일행들은 두 사람의 이야기에 귀를 기울이고 있었지만, 단 한 사람 듀레스코로서는 기가 막힐 뿐이었다.

비록 하이얀 브로넨스 교단에 속한 성기사단이었지만 자신이 오랜 세월 동안 훈련시키고, 동고동락했던 자신의 분신과 같은 기사단이었다. 비록 이들이 하는 일에 참가시키겠다는 의사는 밝혔지만 지휘권까지 이양한 것은 아니었다.

　그럼에도 불구하고 마치 두 사람은 자신의 기사단을 가지고 병정놀이를 하듯 멋대로 말하다니, 듀레스코는 정말 마음에 들지 않았다. 하지만 이렇듯 침묵을 지키고 있는 것은 교황인 라이터의 지시도 있었지만 조금 떨어진 곳에 공작인 세이버가 앉아 있기 때문이었다.

　"그럼 공격 일자는 언제로?"

　"일단 티보스 백작을 사로잡기로 결심했으니 한시라도 빨리 움직이는 것이 저희들에게 유리할 것 같습니다. 내일 아침 바로 저희들은 리스몬테 시로 출발하겠습니다."

　"제가 도와드릴 일이라도……."

　"공작 각하께서는 일단 아르본 공작을 견제해 주십시오. 이건 최악의 상황을 가정한 것이지만 만약 아르본 공작이 검은 달 교단과 연관이 있다면 국왕과 하이렌의 목숨이 위험할 수도 있습니다."

　"알겠습니다. 하지만 무슨 일이 있어도 하이렌 전하만은 절대 건드릴 수 없을 겁니다."

　그 말을 하는 세이버에게서는 숨 막히는 위엄과 어떤 상황에서도 절대 꺾이지 않을 그의 의지가 엿보였다.

　"그럼 모두 리스몬테로 가는 거야?"

　"아니오, 레이디 메디안. 리스몬테 시로 가는 사람은 렉스와 저, 시미니언님, 로니 프리스트와 크레이 군, 도네님과 샤이베리아님, 그리고 단장이신 페르케인 자작만 갑니다."

　"그럼 나는? 그리고 다른 사람들은?"

　"일단은 이곳에서 저희를 기다려 주시오."

　"뭐? 기다리라고? 내가 놀 곳이 없어서 여기 온 줄 알아?"

　"이번 일은 전격적으로 처리해야 하기 때문에 너무 많은 사람들은 오히려 혼란만 줄 뿐이오."

대답을 하는 안드레이의 말은 냉정하기 이를 데 없었다.

메디안은 열이 올라 어쩔 줄 몰라 했지만 안드레이는 거들떠보지도 않았다.

"난 안 가도 되는 거야?"

"제로스님은 마음대로 하십시오. 어떻게 제가 감히 제로스님께 지시를 할 수 있겠습니까?"

"후후후, 그렇단 말이지. 그런 난 여기……."

딱!

"악!"

제로스는 미처 말을 마치기도 전 자신의 뒤통수를 잡고는 비명을 질렀다.

"건방지게 형님이 허락도 하지 않았는데 니 멋대로 하려고 해? 이게 어디서 배워먹은 싸가지야?"

"너? 너?!"

제로스는 너무도 기가 막혀 그저 렉스의 얼굴만 노려봤다.

"뭐, 너? 한 대 더 맞을래?"

"……."

제로스는 너무나 분통이 터져 눈에서 물이 나오려고 했다.

아마 인간들은 이걸 분노에 가득 찬 눈물이라고 한다지?

"잔소리 말고 날 따라다닐 생각이나 해."

렉스의 말에 고개를 숙이던 제로스의 눈에 자신을 바라보고 있는 샤이베리아의 하염없이 연민에 가득 찬 눈길을 발견하곤 그냥 죽고만 싶었다.

“안드레이, 난 수도에 잠시 들렀다 갈게.”

“수도에?”

“응, 하이렌이 잠깐 보자고 연락이 와서 말이야.”

“황태자가 어떻게 자네에게 연락을⋯⋯?”

“그에게도 이걸 하나 줬거든.”

말과 함께 렉스가 내민 것은 그들이 마법 통신을 사용할 때 사용하던 도네가 만든 거울이었다.

“내게 큰 힘이 될지 모른다고 하는데 그게 뭔지는 모르겠어. 일단 만나봐야지. 가는 김에 클리포드 후작도 만나볼 생각이야. 도네와 함께 다녀올 테니까 일단 먼저 가라고.”

“알았네. 그럼 우리는 우리대로 출발하지.”

다음날 리스몬테로 출발하기로 했던 일행들이 출발한 것을 본 후에야 렉스와 도네, 그리고 제로스는 베노아 공작의 성을 떠났다.

제로스는 시간적인 여유도 있으니까 말을 타고 가자고 자신의 의견을 제시했지만 렉스에 의해 일언지하에 거절당했다.

포얀 시로 워프로 이동한 렉스 일행은 왕궁과 그리 멀리 떨어지지 않은 곳에 있는 〈그린 필드〉라는 카페로 향했다.

왕궁과 가까운 탓인지 실내 장식은 화려하고 또 깨끗했다.

세 사람이 안으로 들어서자 깔끔한 복장을 한 중년 사내가 다가와 정중하게 허리를 숙였다.

“어서 오십시오. 무엇을 도와드릴까요?”

“사람을 만나러 왔는데, 혹시 손님 가운데 렉스란 사람을 찾아온 손님은 안 계신가?”

"잠시만 기다려 주십시오. 곧 확인해 드리겠습니다."

공손하게 양해를 구한 중년 사내는 곧 확인을 하고는 세 사람은 안쪽으로 안내했다.

"즐거운 시간 되시길 바랍니다."

세 사람이 안으로 들어선 곳은 아늑해 보이는 방으로 하이렌이 그들을 기다리고 있었다.

"어서 오게."

하이렌의 인사를 들은 렉스와 도네, 제로스는 맞은편에 앉았고, 테이블에는 미리 주문을 해둔 듯 정갈해 보이는 음식이 놓여 있었다.

"식사를 했는지는 모르지만 일단 음식을 들어보게. 이곳은 포얀에서도 음식 맛이 훌륭하다고 널리 알려진 곳이라네."

하지만 어느 누구도 포크를 드는 사람은 없었다.

"무슨 일로 날 부른 것인가?"

렉스들이 식사할 의사가 보이지 않자 하이렌도 더 이상 권하지는 않았다.

"읽어보게."

하이렌이 정색을 하면서 내민 것은 촛농으로 밀봉한 한 통의 편지였다. 편지를 받아 든 렉스는 촛농을 제거하고 편지의 내용을 살펴봤다.

하이렌 역시 편지의 내용이 궁금하기는 했지만 먼저 렉스의 반응부터 살폈다. 아버지인 아리오가 그저 평범한 편지를 썼을 리 만무하니 틀림없이 렉스가 놀랄 만한 내용일 것이라고 생각했기 때문이었다. 하지만 렉스의 표정에는 아무런 변화도 없었다.

편지를 내려놓은 렉스가 입을 열었다.

"자넨 이 편지의 내용이 뭔지 아는가?"

"모르네. 그 편지는 아바마마께서 자네에게 전하라는 편지인데 내가 어찌 먼저 볼 수 있겠는가?"

"보겠나?"

"자네가 허락한다면……."

렉스가 내민 편지에는 불과 몇 줄의 글밖에는 적혀 있지 않았다. 하지만 그 내용은 결코 평범한 것이 아니었다.

〈레트로니아 왕국을 구할 전사에게.

그대가 왕국의 위험을 알고 음지에서 고군분투하고 있다는 것을 하이렌에게서 들어 잘 알고 있다.

본인은 그대의 그간 노고를 치하하며 그대를 그린 윙 기사단의 새로운 단장으로 임명하는 바이다.

부디 그대의 힘과 지혜를 모아 왕국을 구하도록 하라. 만약 그대가 이 일을 성공적으로 끝낸다면 내 그대에게 후작의 작위와 그에 해당되는 봉토를 내리겠다.

그대의 건투를 빌며……

국왕 아리오 폰 자르츠 레트로니아.〉

"그린 윙 기사단의 단장?"

나직하게 중얼거린 하이렌은 아버지인 아리오의 뜻을 알 수 없어 고개를 갸웃거렸다.

그린 윙 기사단이라면 레트로니아 왕국이 자랑하는 4개의 기사단 가운데 하나다. 그런 기사단 가운데 하나의 단장이 된다는 것은 대단한 명예가 아닐 수 없다. 하지만 그린 윙 기사단은 조금 사정이 달랐다.

근위 기사단이나 로열 기사단, 자르츠 성기사단 같은 경우는 국가적인 지원도 받고, 또 상당수의 귀족들도 소속되어 있어 영향력도 있는 편이었다. 하지만 그린 윙 기사단 같은 경우는 앞의 세 기사단과는 성격이 달라 검술 솜씨가 뛰어난 일반인이나 용병들이 모여 초대 국왕 뮤레이의 인정을 받아 발족한 단체였다.

처음 뮤레이가 살아 있을 땐 상당한 명성을 날렸지만 그가 죽은 후 세인들의 관심은 조금씩 멀어졌고, 결국 출세를 하고 싶은 사람들은 대부분 근위 기사단이나 자르츠 성기사단을 선택했다.

그렇게 사람들의 관심에서 멀어진 그린 윙 기사단은 귀족의 추천을 받아 들어간 자는 있어도 실제 귀족은 단 한 사람도 포함되어 있지 않았다. 그렇다 보니 국가에서의 지원은 더욱 줄어들었고, 별다른 영향력도 없으며, 또한 들어가려는 사람들도 현재는 거의 없는 상황이었다.

아는 사람이 그리 많지는 않지만 현재 그린 윙 기사단은 거의 유명무실한 단체가 되다시피 했는데 대체 아리오는 무슨 생각으로 렉스를 그런 기사단의 단장으로 임명한 것인지 그 이유를 전혀 짐작할 수 없었다.

그린 윙 기사단의 단원들이 얼마나 되는지, 또 그들의 실력이 얼마나 되는지 밝혀진 것은 아무것도 없었다.

과거에는 소속되는 것만으로 영광이라 생각했던 그린 윙 기사단이었다. 하지만 세인들이 미처 알지도 못하는 사이에 서서히 몰락해 지금은 세상에 존재하는지조차 의문인 단체, 그것이 바로 그린 윙 기사단이었다.

“자네를 그린 윙 기사단의 단장으로 임명한다는 편지로군.”

“후후후.”

하이렌의 말에 렉스는 무슨 생각에선지 낮은 웃음을 흘리고 있었다. 하이렌은 그가 무슨 뜻에서 웃음을 흘린 것인지 도무지 그 의도를 짐작할 수 없었다.

“그 웃음은 무슨 뜻인가? 별로 보기 좋은 모습은 아니군.”

“후후후, 왜, 그린 윙 기사단의 단장으로 임명되었다면 내가 눈물이라도 흘리며 기뻐할 줄 알았나?”

“그래도 그린 윙 기사단은 레트로니아 왕국의 4대 기사단 가운데 하나라는 것을 알고 하는 소린가?”

“흥! 그래, 그린 윙 기사단이 4대 기사단 중 하나인 것만은 분명하지. 하지만 지금은 유명무실해진 기사단이라는 것 역시 잘 알고 있지. 그렇지 않은가?”

렉스가 의미심장한 미소를 지으며 대답하자 하이렌은 속으로 뜨끔한 것을 느꼈다.

사실 그의 말처럼 그린 윙 기사단이 이미 유명무실한 기사단으로 변했다는 것은 하이렌도 익히 잘 알고 있었던 사실이다. 자신의 말에 하이렌이 아무런 말도 하지 못하자 비릿한 미소를 짓던 렉스는 곧 자리에서 일어났다.

“훌륭하신 국왕 폐하께서 미천한 용병에게 이런 선물을 주시다니…… 정말 황송해서 눈물이 다 나오는군. 좋아, 좋아. 아주 감사한 마음으로 받도록 하지. 그런데 그들을 만나려면 어디로 가면 되나?”

“자네는 네리펠 시를 아는가?”

"네리펠 시?"

"리오테뉴 지방의 네리펠 시를 모르나? 리오테뉴 지방까지만 가면 네리펠 시를 금세 찾을 수 있을 것이네. 상당히 유명한 곳이거든. 네리펠 시에 가면 '술고래' 라는 술집이 있을 것이네. 그곳 바텐더에게 제르지온이 어디 있냐고 물어보게."

"제르지온?"

"그래, 그린 윙 기사단의 현임 단장이 바로 그 사람이라네. 자네가 얼마나 강한지는 모르겠지만 조심해야 할 것이네. 직접 그들을 만나본 적은 없지만 들리는 소문에 의하면 상당히 거친 사람이라고 하더군. 그가 이끄는 그린 윙 기사단 역시 마찬가지고 말이야. 그에게 이 편지를 보여주면 아마 자네를 단장으로 인정할 것이네."

"아마 인정해? 후후후, 겨우 이 편지 한 장으로 말인가?"

"편지에 찍혀 있는 것이 국왕의 신분을 나타내는 옥새가 아닌가? 틀림없이 그 옥새를 알아볼 것이네."

"과연 그럴까? 후후후."

하이렌의 말에 렉스는 피식 웃음을 터뜨렸다.

"그보다 그들의 수는 얼마나 되는 거지?"

"왕실에 보고를 한 적이 워낙 오래전이라 현재 그들에 대해 정확히 알고 있는 사람은 제르지온 단장뿐이라네."

"후후후, 보고를 하지 않는다고? 그럼 그들에 대한 지원도 전혀 없었겠군. 그렇지 않은가?"

"으음~ 현재로써는… 그렇다네."

하이렌은 대답을 하면서도 얼굴이 화끈거리는 것을 느껴야만 했다. 자신이 생각해도 과연 렉스를 도울 의사가 있기는 있는 것인지 그 진의가 의심스러웠기 때문이다.

"하지만 자네가 단장으로 임명되었으니 자네가 원하는 것은 무엇이든 지원할 생각이네. 필요한 것이 있으면 언제든 말만 하게. 즉시 해결해 주겠네. 이번 일만 잘 해결해 준다면 아바마마가 자네에게 약속하신 것 이상의 보답을 자네에게 할 생각이라네."

"아버지나 아들이나 아주 인심이 후한 분들이시군. 일단은 그들을 만나보고 난 후 이야기를 하도록 하지. 그럼 가겠네."

"잠깐."

막 몸을 돌리는 렉스를 부른 하이렌은 말을 꺼내려다 렉스의 심연처럼 가라앉아 있는 눈을 발견하고는 잠시 머뭇거리지 않을 수 없었다.

잔뜩 비아냥거리고, 건방진 말을 내뱉던 그와는 너무나 다른 차갑고 냉정한 모습에 말문이 막혔기 때문이었다.

"대체 자네의 정체가 뭔가? 그리고 무엇 때문에 나를 도와주는 것인가? 자네의 말을 들어보면 나나 아바마마에 대한 적대감이 보통이 아닌 것 같은데 왜 우릴 도우려는 것인지 난 도저히 자넬 모르겠네."

"후후후, 황태자나리, 내가 어떤 사람인지 가르쳐 줄 사람이 곧 자네 앞에 나타날 걸세. 그럼 그때까지 열심히 내 정체에 대해 생각을 해보게나."

말을 마친 렉스는 도네와 제로스의 손을 잡고 방을 빠져나갔고, 혼자 남은 하이렌은 렉스가 조금 전 한 말을 곰곰이 생각하고 있었다.

"자신의 정체를 가르쳐 줄 사람이 곧 나타날 거라고? 대체 누가 저자의 정체를 알고 있다는 거지? 내가 아는 사람들 가운데 있단 말인가?"

하이렌의 생각은 꼬리에 꼬리를 물고 이어졌다.

*　　　*　　　*

렉스가 도네들과 함께 네리펠 시로 향하는 그 시각.

울창하다 못해 발 디딜 틈도 없이 잡초들이 무성하게 자라 있는 숲을 헤치며 힘겹게 걸음을 옮기는 사람들이 있었다.

"젠장, 빌어먹을 잡초는 왜 이렇게 많은 거야?"

"이봐, 머즐. 그만 좀 투덜거릴 수 없어? 정말 시끄러워서 견딜 수가 없잖아."

그 말에 머즐이라고 불렸던 사내의 눈초리가 당장 치켜 올라갔다.

"뭐라고? 내 입 가지고 내가 떠드는데 스파크, 네가 무슨 참견이야? 왜, 불만있냐?"

"뭐, 스파크? 이 자식이 정말! 내 이름은 블레이즈라고 했잖아! 그리고 그래, 이 자식아. 난 불만 있는 놈이다. 어쩔래?"

말과 함께 블레이즈라고 자신을 밝힌 사내의 손에서 팍 하는 미약한 소음과 함께 어른의 머리통만한 불꽃 하나가 갑자기 나타났다.

얼마나 뜨겁고 거센 불길이었는지 마주 대하고 있던 머즐이란 사내의 상의가 당장 연기를 피워 올리며 눋기 시작했다.

"앗! 뜨, 뜨, 뜨거워!"

머즐은 황급히 뒤로 물러서 상의를 벗고는 어디 화상을 입은 곳은 없는지 샅샅이 살폈다.

살이 벌겋게 변했을 뿐 다행히도 화상은 입지 않았다는 것을 안 머즐은 다시 옷을 입고는 블레이즈를 노려봤다.

"이 자식이 불 좀 만들 줄 안다고 아무에게나 불덩이를 디밀어? 그래, 이 자식아. 죽여라, 죽여!”

화가 머리끝까지 치민 머즐이 막무가내로 머리를 디밀자 블레이즈도 어쩔 수 없이 뒤로 물러서야 했다. 그때 지독하게도 낮은 음성이 옆에서 들려왔다.

“그쯤 했으면 됐어. 그만 해. 그리고 블레이즈도 그 불덩이를 어서 없애고. 그러다 진짜 불이라도 나면 어쩌려고 그래.”

그 말이 들리자 두 사람은 얼어붙은 듯 멈춰졌고, 그들의 시선은 음성이 들린 곳으로 향했다. 그곳에는 보는 사람의 눈을 의심하게 만드는 물체가 있었다.

외형은 사람하고 비슷했지만 마치 안개로 이루어진 듯 뿌옇게 보이는 몸은 깜빡깜빡 보였다 사라졌다를 반복하고 있었다. 분명 조금 전 들렸던 음성은 그 안개로부터 흘러나온 것이었다.

“이봐, 고스트. 제발 인기척이라도 내고 있으란 말이야. 사람 심장 멎게 만들지 말고 말이야.”

“그래, 그건 이 머즐 녀석의 말이 맞아. 넌 사람들을 너무 놀라게 만들어. 지금도 너무 놀라 기절할 뻔했잖아.”

“남이 한 말 따라하지 마. 그리고 떨어져, 임마. 남들이 보면 친군 줄 알겠다.”

“뭐라고? 이 냄새밖에 맡지 못하는 개코 같은 놈이⋯⋯.”

“뭐? 개코? 감히 내 얼굴을 비웃어? 너, 정말 말 다 했어?”

“다 했다면 어쩔래?”

“너희 둘 정말 그만두지 않을래?”

스르릉~

묵직한 쇳소리와 함께 안개 속에서 돌연 날카로워 보이는 칼날 하나가 빠져나왔다.

그 모습에 질색한 두 사람은 뒤로 황급히 물러나 손사래를 쳤다.

"그만 할게, 그만 한다고."

"어서 그 칼을 치워. 이젠 안 싸울 테니까 어서 칼을 치우라고."

"한 번만 더 싸우면 나도 더 이상은 참지 않는다는 것을 명심해."

"알았어."

"머즐, 넌?"

"쳇! 알았어, 알았다고."

"내게 불만있으면 언제든 덤벼. 기꺼이 받아줄 테니까."

"아, 아냐. 불만은 무슨 불만. 불만 같은 것은 절대 없어. 절대로 말이야."

고스트의 엄포에 머즐은 당장 고개를 저었다.

"너희 같은 앙숙들이 대체 어떻게 지금까지 다크 스파이더에 같이 있을 수 있었는지 이해가 안 되는군."

"너도 봤지만 시비는 항상 이 자식이 먼저 걸잖아."

"시비를 누가 먼저 걸었다고 그래, 임마?"

"그만! 조용히 하지 않으면 둘 다 그냥 두지 않을 테니 알아서 해."

고스트의 음성이 더욱 가라앉자 두 사람은 거의 동시에 입을 다물었다.

잠시 동안 침묵이 이어지자 조금은 부드러워진 음성으로 고스트가 입을 열었다.

"너희들도 이번 일이 얼마나 중요한지 잘 알잖아. 게다가 대교황 각하께서도 관심을 보이시는 일이잖아. 다크 베트의 의뢰를 무사히 끝내는 것만이 대교황 각하나 우리의 영원한 지도자이신 카오스님께서 그동안 베풀어주신 은총에 보답하는 길이란 말이야."

"그래, 그건 고스트, 네 말이 맞아. 대교황 각하나 카오스님의 은총에 보답하는 것이야말로 우리를 버리고 멸시한 세상에 통쾌하게 복수를 하는 일이지."

"간만에 옳은 말을 다 하는군. 복수를 해야지. 우리에게 침을 뱉고 죽음에까지 내몬 세상에 반드시 복수를 해야지."

"그래, 그러니까 이번 임무가 끝날 때까지는 제발 더 이상은 싸우지 말고 힘을 합쳐야 한단 말이야."

"너도 알다시피 저 자식이 시비만 걸지 않으면 나야 싸울 이유가 없는 사람이지."

"방금 뭐라고 했냐? 이 빌어먹을 개코야."

"뭐라고?"

고스트는 두 사람의 말다툼 때문에 골치가 지끈거리는 것을 느꼈다.

출발해서부터 싸우기 시작해 지금까지 싸우고 있으니 대체 이 둘을 어떻게 처리해야 좋을지 알 수 없었다. 게다가 아직까지 열흘 이상은 더 가야 하니 생각만 해도 끔찍하기 이를 데 없는 일이었다.

"앞으로 리스몬테 시에 도착할 때까지 입을 여는 놈이 있으면 죽지 않을 정도로 나에게 맞을 줄 알아. 알았어?"

너무나 낮게 가라앉은 고스트의 음성은 그야말로 유령의 음성처럼 음산한 기운마저 풍기고 있었다.

"왜 대답 안 해?"

"입을 열면 때린다며?"

"블레이즈, 넌?"

"나도 그래서……."

“좋아. 누가 먼저 맞을지 상당히 궁금하군. 상당히 즐거운 여행이
되겠어.”
　말을 마친 고스트는 완전히 시야에서 사라졌고, 머즐과 블레이즈는
찍소리도 못한 채 리스몬테 시를 향해 걸음을 옮겨야만 했다.

　스스로를 다크 스파이더 소속이라고 밝힌 세 사람.
　대체 그들에게 어떤 능력이 있기에 소드 마스터조차 죽음을 피할 수
없을 것이라고 대교황이 장담을 했는지 일단은 두고 볼 일이다.

〈5권에서 계속〉

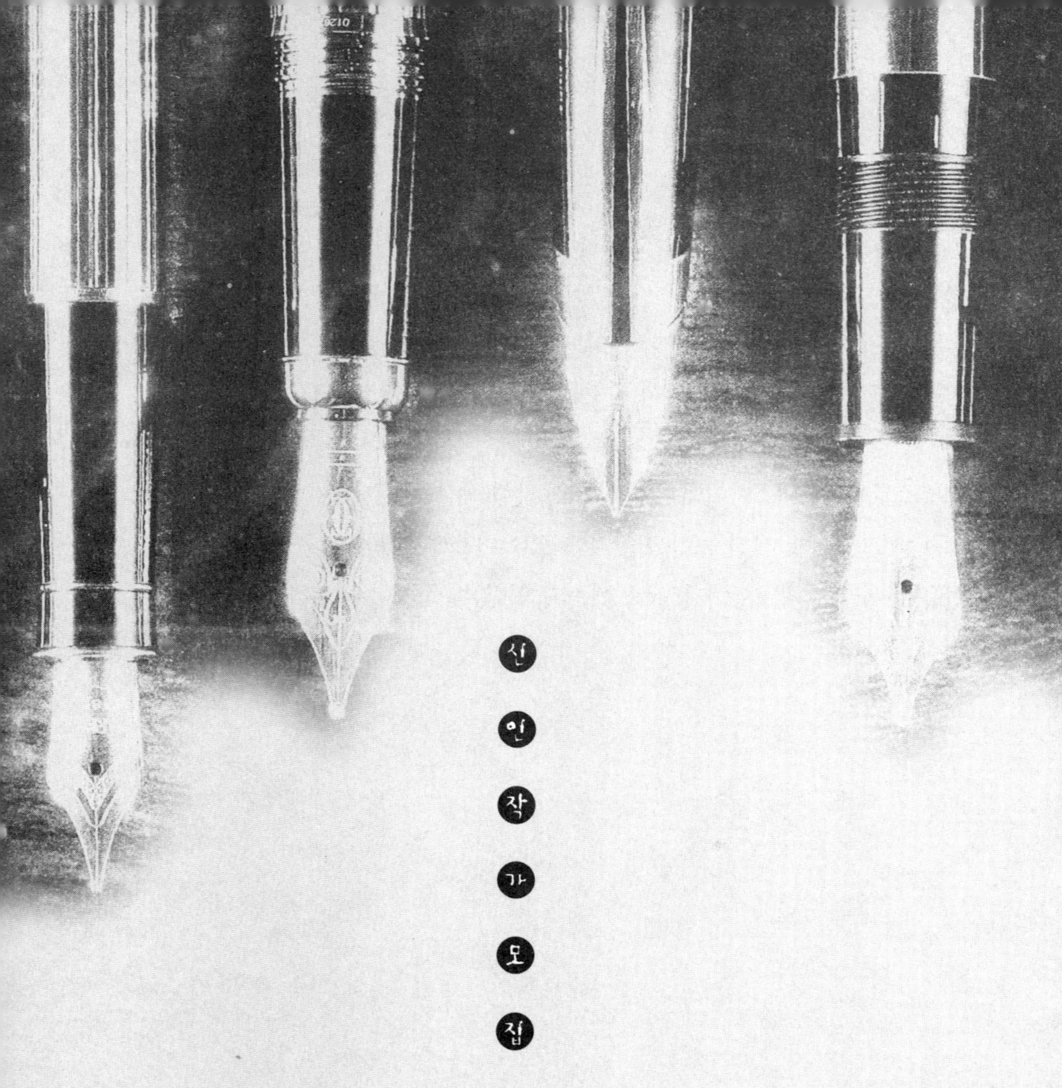

신 인 작 가 모 집

시작이 반이라고 했습니다.
작가의 길에 대한 보이지 않는 벽을 과감히 깨뜨리십시오!
청어람은 작가 지망생 여러분들의
멋진 방향타가 되어드리겠습니다.

저희 도서출판 청어람에서는
소설 신인 작가분들을 모집합니다.
판타지와 무협을 사랑하시는 분들의 많은 참여를 바랍니다.
소정의 원고(A4용지 150매)를 메일이나 우편으로 보내주시면
검토 후 출판 여부를 알려드리겠습니다.

주소:경기도 부천시 원미구 심곡1동 350-1 남성B/D 3F 우편번호420-011
TEL:032-656-4452 · **FAX**:032-656-4453
http://**www.chungeoram.com**
e-mail:chungeoram@chungeoram.com